KB162364

공작영애의 소양

Dean
【딘】
Tahnya
【타냐】
Moneda
【모네다】

Ryle
【라일】
Dida
【디더】
Iris
【아이리스】

목 차

공작 영애의 소양 1

레이아 Reia

Illustration / 후타바 하즈키

루체 LUCE

디더

아이리스의 호위.
어릴 적 아이리스가 거둬들인 아이 중 한 명.

라일

아이리스의 호위.
어릴 적 아이리스가 거둬들인 아이 중 한 명.

아이리스 라나 아르메리아

아르메리아 공작가의 영애.
전생의 기억이 되살아난다.

레메

아르메리아 공작가의 도서관을 관리한다.
어릴 적 아이리스가 거둬들인 아이 중 한 명.

모네다

상업길드 부회계사.
어릴 적 아이리스가 거둬들인 아이 중 한 명.

타냐

아이리스의 전속 시녀.
어릴 적 아이리스가 거둬들인 아이 중 한 명.

메를리스 레제 아르메리아

아르메리아 공작부인.
아이리스의 어머니이자 사교계의 꽃.

세이

아르메리아 공작가의 견습 집사.
어릴 적 아이리스가 거둬들인 아이 중 한 명.

딘

아즈타 상회에서 부정기적으로 일한다.
매우 유능하다.

에드워드 톤 타스멜리아

타스멜리아 왕국 제2왕자.
아이리스와 약혼한 사이였다.

유리 노이어

노이어 남작가의 영애.
학원에 역 할렘을 만든다.

베른 타아시 아르메리아

아르메리아 공작가의 적자.
유리를 좋아한다.

아이리야 폰 타스멜리아

태후.
별궁에서 은거하고 있다.

가젤 더즈 앤더슨

앤더슨 후작가의 전 가주이자,
장군.

도르센 카타벨리아

기사단 단장의 자제.
유리를 좋아한다.

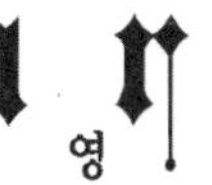

character

공작영애의 소양

인물 소개

루이 드 아르메리아

아르메리아 공작가의 가주이자,
재상.

멜리다

아르메리아 가의 요리사.
아이리스가 거둬들였다.

세바스

아르메리아 가의 집사장.
영지 경영도 하고 있다.

샬리아

현 국왕의 정비.
1남 1녀를 낳고 세상을 떠났다.

엘리아

현 국왕의 측실.
에드워드 왕자의 어머니.

반 루타샤

다릴 교 교황의 아들.
유리를 좋아한다.

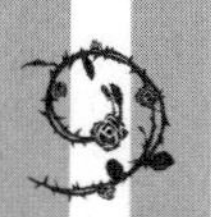

1장
아가씨, 역전극을 펼치다

……아파.

처음 느낀 것은 통각.

지금껏 잠들어 있다가 그 아픔으로 인해 각성하여 '나'를 되찾은 순간이었다.

……좀 더 빨리 각성했으면 좋았을 텐데.

많은 사람 앞에서 바닥에 쓰러진 채 남자들에게 억눌려 있는 이 상황에서는 굳이 내가 아니라도 여자라면 누구나 그렇게 생각할 것이다.

만약 내가 납치를 당한 거라면 '어쩌면 백마 탄 왕자님이 구해 줄지도 몰라…….'라는 달콤한 꿈을 꿀 수 있을지도 모른다. 하지만 지금 이 자리는 '나를 단죄하는 자리'다.

지금 나는 피해자가 아닌 가해자. 그러니 아무도 나를 구해 줄 수 없다.

지금 이 상황을 스스로 정리하기 위해서라도 내가 누구인지 잠시 설명하겠다.

내 이름은 아이리스. 아이리스 라나 아르메리아.
타스멜리아 왕국의 제1 공작 아르메리아 공작의 장녀. 꽃다운 열여섯 살인 소녀다.
아버지는 재상, 어머니는 장군의 딸. 문무 관료 정점에 군림하는 부모님 사이에서 태어난 나는 나라 안에서도 손꼽히는, 그야말로 왕족 다음으로 혈통이 좋은 아가씨다.
어째서 이렇게 제3자의 시선으로 설명하는가 하면…… 그건 '내'가 다른 인간이기 때문이다.
정확하게 말하자면 지금의 나는 아이리스와 또 다른 인격이 뒤섞인 상태.
아이리스와는 별개의…… 또 다른 반쪽인 '나'는 '일본'이라는 나라에서 서른 살이 넘게 일하다가 죽은 평범한 여성의 인격이다.
오로지 일밖에 모르며 살던 '나'는 어느 날 밤늦게까지 일하고 퇴근하는 길에 사고로 죽어 버렸다. 그런 '나'의 인격이 기억과 함께 좀 전의 아픔으로 느닷없이 각성한 것이다. ……소설 속에서는 보통 전생을 기억해 낸 순간에 고열을 앓던데, 나는 순순히 '지금의 나'와 '전생의 나'가 융합하여 지금에 이르렀다는…… 뭐 그렇게 된 것이다.
……하긴 지금의 내겐 고열을 앓을 여유가 없는 것뿐일지도 모르지만.
그리고 '예전의 나'와 '지금의 나'가 융합한 지금, 이제까지의 나의 과거를 돌아보면서 내가 떠올린 생각은――.
……이건 내가 플레이했던 게임 속 세계 그대로잖아! 라는 것이었다.
항상 일밖에 모르고 '연애 따윈 할 시간 없어!' 라고 주장하던 나였지만 그래도 두근거림을 느끼고 싶은 게 여자의 마음이다.

그래서 전생의 나는 여성향 게임에 푹 빠지고 말았다.

잠시 쉴 때나 밤이면 그 두근거림에 많은 위안을 얻었었지…….

아차, 안 돼, 안 돼.

그게 아니라…….

지금 이 세계는 내가 예전에 플레이했던 어느 게임의 세계관과 완전히 똑같다.

게임 타이틀은 「너는 나의 프린세스」. 줄여서 너프린.

스토리는 중세 유럽과 흡사한 세계관을 바탕으로, 귀족 사회에서는 낮은 위치에 속하는 남작가의 영애가 귀족 가문의 자제, 자녀들이 모인 학원에서 귀족 사회의 정점에 서 있는 청년들과 펼치는 신데렐라 스토리…… 그런 흔한 이야기다.

공략 대상은 제2 왕자, 기사단 단장의 아들, 재상의 아들, 그리고 다릴교 교황의 아들.

오만한 왕자님 타입, 무뚝뚝한 열혈 타입, 쿨한 타입, 그리고 사차원 타입. 그야말로 이런 이야기에 빠짐없이 등장하는 전형적인 캐릭터들이다.

그리고 이런 이야기에는 반드시 라이벌 캐릭터가 존재한다.

주인공의 사랑을 방해하고, 주인공을 괴롭히는 인물.

그게 바로 공작 영애이자 제2 왕자 에드워드 톤 타스멜리아의 약혼녀인 나다.

플레이어인 남작 영애가 에드워드를 타깃으로 삼으면 약혼녀로 등장하여 두 사람의 만남을 방해하고 여주인공을 괴롭히는 그녀.

하지만 귀족 영애라고 해 봤자 어차피 어린 소녀……. 부모님의 힘을 빌리지 않으면 아이리스가 할 수 있는 괴롭힘이란 그저 말로 비꼬는 정도다.
플레이어로 게임을 할 때는 라이벌 캐릭터인 그녀가 짜증 난다고 생각한 적도 있지만…….
엔딩에서 그녀가 자택 근신 끝에 가문에서 쫓겨나고, 결국 다릴교의 수녀가 되어 교회에 유폐되는 것을 보고 흠칫 놀라며 "저렇게까지 할 필요는 없잖아……." 하고 나도 모르게 그녀를 동정했다.
생각해 보면 약혼녀가 있는 남자에게 접근해서 홀랑 가로채다니……. 상식적으로 생각하면 그 주인공이 더 나쁜 거 아냐?
솔직히 말해서 누구든 미워하는 게 당연하다.
……하지만 지금 이 상황에서는 그 누구도 내 해명을 들어 주지 않을 것이다. 날 편들어 줄 사람은 아무도 없는 고립무원 상태다.
지금 내가 있는 곳은 학원 식당.
전원 기숙사 제도인 이 학원에서는 기본적으로 식당에서 식사를 해야 한다.
귀족 자녀들이 이용하는 식당이니만큼 당연히 매우 호화롭다.
채광을 위해 높은 천장과 벽 위쪽에 일정한 간격으로 뚫려 있는 커다란 창.
수많은 아치형 천장 기둥에 매달린 샹들리에가 질서정연하게 늘어선 긴 테이블을 비추고 있었다.
학원 관계자라면 누구나 드나드는 이곳에서 나는 지금 게임의 엔딩을 맞이하고 있었다.
내 눈앞에는 히로인과 공략 대상들, 그리고 주위에는 수많은 구경꾼이……. 한마디로 이 학원의 학생들이 우리를 지켜보고 있었다.
당사자인 나는 공략 대상 중 한 명에게 짓눌려 바닥에 주저앉아 있었다.

나무 바닥이 묘하게 차갑게 느껴졌다.

그런데 이렇게 환생할 경우 보통 어린 시절에 전생을 떠올리지 않나?

이래서야 아무리 발버둥 쳐도 이미 형세를 뒤집을 수 없잖아.

“변명이 있으면 말해 보시지, 아이리스. 왜 지금까지 유리를 수없이 괴롭혔는지.”

에드 님의 딱딱한 목소리가 식당 안에 울려 퍼졌다.

나를 내려다 보는 시선에 담긴 것은 다름 아닌 경멸이었다.

역시 일국의 왕자이자 게임의 공략 대상. 이런 상황만 아니었으면 느긋하게 감상하고 싶을 만큼 아름다운 남자였다.

타오르는 듯한 붉은 머리, 칠흑의 눈동자……. 아름다움을 이루는 그 모든 것이 지금 내게는 그에게서 풍기는 압박감을 보다 강렬하게 만드는 무시무시한 요소로만 보였다.

“……놓아주시겠어요?”

그의 말을 무시하고 나를 찍어 누르고 있는 남자에게 말을 건넸다.

기사단장의 아들 도르센 카타벨리아는 힘이 무척 세서 정말로 붙잡힌 팔이 아팠다.

도르센은 내 말을 무시하고 오히려 손아귀에 더욱 힘을 줬다.

……과묵한 그에게 대답은 기대하지 않았지만.

그래도 진짜로 아프니까 제발 그만해.

“아프니까 놓아줘요. ……기사란 약한 자를 지키는 자. 그런데 기사 단장이신 도르나 님의 아들인 당신이 연약한 여자를 힘으로 억압하다니, 너무하지 않나요?”

그 말에 도르센이 움찔하고 반응을 보였다.

역시 기사의 가르침은 어디나 똑같은 모양이다.

나는 한순간 힘이 느슨해진 틈을 타 몸을 뒤틀어 그에게서 빠져나온 뒤 몸을 일으켰다.

"……누님이 연약한 여자? 농담은 그만하시죠."

코웃음을 치며 그렇게 말한 것은 다름 아닌 내 동생인 베른 타아시 아르메리아.

초콜릿 브라운의 머리카락과 예리한 눈동자가 특징이며 전체적으로 아버지를 닮은 남동생.

지금은 누나를 향한 눈빛이라고는 생각할 수 없을 만큼 싸늘한 시선으로 빈정거리듯 한쪽 입꼬리를 치켜 올리고 있었다.

……정말 화난다.

하지만…… 설령 형세를 뒤집을 수는 없다 해도 분노에 떠밀려 최악의 길을 선택할 생각은 없었다.

"……나는 분명 유리 노이어 남작 영애를 괴롭혔습니다. 인정하죠."

"꽤나 깔끔하게 인정하는군?"

"네. 뻔한 사실을 폭로하기 위해 굳이 이런 자리까지 만든 여러분께 드리는 제 나름대로의 사죄랍니다. 시간을 빼앗아서 죄송하네요."

"……어째서 그녀를 괴롭힌 거냐……!"

에드 님의 말에 울컥 화가 치밀었다.

"……『어째서?』, 당신이 내게 그 이유를 묻는 건가요……?"

입 밖으로 흘러나온 목소리는 평소보다 한층 차가웠다.

잔뜩 격앙되었던 에드 님이 한순간 움츠러들었다.

……찔리는 구석이 있기 때문일까?

아니다. 아이리스의 기억에 의하면 주인공에게 홀딱 빠진 그의 머릿속은 온통 사랑으로 가득 찬 꽃밭이다.

그러니까 지금 그의 머릿속에서는 아이리스의 말이 이 상황을 넘기기 위한 교묘한 말장난이라고 편할 대로 왜곡하고 있을 것이다.

……이런 우스꽝스러운 촌극에 더 이상 어울리기 싫어.

어차피 이건 에드 님과 그 친구들의 분풀이를 위한 자리.

그리고 주인공을 피해자로 만들어 정당화하기 위한 자리.

상황이 이렇게 된 이상 이미 자택 근신은 피할 수 없다.

……이 자리에서 할 수 있는 일은 더 이상 없다.

이제 남은 건 교회에 유폐당하는 걸 피할 수 있느냐, 없느냐……. 하지만 그건 아버님과의 교섭에 달려 있다.

거듭 말하지만 이 자리에서 할 수 있는 일은 더 이상 아무것도 없었다.

"……앞으로 여러분과 만날 기회가 없을 테니 이 자리를 빌려서 인사드리죠. 여러분, 지금까지 고마웠어요. 같은 학생으로서 이 학원에 다녔던 것도, 모두 친절하게 대해 주셨던 것도 정말 감사하고 있답니다. 그럼 여러분, 안녕히."

앞으로 사교계에 나갈 일도, 이 학원으로 돌아오는 일도 없을 것이다.

그렇게 생각하며 다른 사람들에게 마지막 인사를 건넸다.

"아이리스, 기다려……!"

멋지게 마무리하고 자리를 떠나려던 나를 에드 님이 불러 세웠다.

분위기 파악도 못 하나……. 나는 왜 이런 남자를 좋아했던 걸까?

"가기 전에 유리한테 사과해."

정말로 왜 이런 남자를 한순간이라도 좋아했던 걸까? 아아, 뭐야……. 혹시 잘못 들었나 싶어서 나도 모르게 잠시 침묵했잖아.

공작 영애인 내가 이 많은 사람 앞에서 남작 영애에게 사과하라고? 큰 소리로 그렇게 쏘아붙여 주고 싶었다.

……나는 지금 그저 자존심 때문에 화가 난 것이 아니다.

지금의 나는 어린 소녀. 그러나.

내 행동은 공작가, 나아가서는 귀족 사회에 큰 영향을 미친다.

내가 사과하는 것은 아르메리아 공작가가 남작가에 머리를 숙이는 것이나 마찬가지.

제1 공작가가 남작가에 머리를 숙이는 것은 전대미문이다. 뿐만 아니라 우리 가문은 물론 후작과 백작의 입장도 난처해진다.

신흥 귀족들이 기세 등등 콧대를 높여서 귀족 간의 파워 밸런스가 무너지는 사태가 벌어질 수도 있는데…….

아아, 정말 사랑 때문에 머릿속이 꽃밭으로 변한 걸까?

게다가 전 약혼자인 당신이 감히 그런 소리를 해? 가슴에 손을 얹고 잘 생각해 봐!

……나뿐만 아니라 이 자리에 있는 다른 학생들도 그렇게 생각하는 듯, 조금 전까지는 바늘방석에 앉아 있는 기분이었는데 지금은 어느 정도 사람들의 시선이 누그러들고 오히려 동정의 눈길마저 느껴졌다.

……이 기회를 놓칠 수는 없지.

"……사과하지 않겠어요. 나는 나의 긍지를 가지고 행동했을 뿐이니까요. 설령 그 앞에 파멸이 기다리고 있다 해도 나는 나 자신을 굽히지 않겠어요."

그만큼 각오를 하고 한 행동이에요. 나는 넌지시 그렇게 암시했다.

"……유리 영애, 당신은 내게서 무엇을 더 빼앗으려는 거죠? 내 약혼자, 내 지위…….”

이쯤에서 또르륵 눈물을 흘렸다. 마음은 비극의 히로인이다.

오, 흐름이 내게로 넘어왔다. 좋은 느낌이다.

조금 전까지 완전히 악역이었던 내가 이제는 피해자가 되었다.

“……하지만 나를 나답게 만드는 건 나만의 것. 긍지도 그중 하나죠. 사죄하는 건 나 스스로 자신을 짓밟는 것이나 마찬가지. 그러니까 사과할 생각도 없고 더 이상 당신에게 아무것도 빼앗기지 않겠어요.”

말해 버렸다……. 아아, 속 시원해.

나는 후련한 기분으로 식당을 떠났다.

에드 님은 뭔가 불만스러운 표정이었고, 당사자인 주인공은 어리둥절한 표정으로 눈을 동그랗게 뜨고 있었지만.

나는 그 자리를 떠나서 학원 밖으로 나왔다.

……이상한 부분에서 준비성이 좋은 동생을 믿고 저지른 행동이었다. 예상대로 동생은 집에 고용인을 보내서 이미 날 데려갈 사람을 불러 놓은 모양이었다.

호화로운 마차……. 와인레드색 차체에 금으로 아르메리아 공작가의 문장이 그려진 마차에 빈 몸으로 올라탔다.

……어차피 짐은 나중에 집안사람이 한꺼번에 집으로 실어 오거나 처분할 것이다.

이걸로 이 학원과도 작별이구나.

더 이상 이곳에 올 일은 없다.

그건 내가 스토리대로 신분을 박탈당하고 유폐될 경우는 물론, 그 밖의 결과를 쟁취한다 해도 마찬가지일 것이다. 아버님이 나를 학원에서 떨어뜨려 놓을 테니까.

후우……. 한숨이 흘러나왔다. 우스꽝스러운 촌극은 이제 끝이다…….

지금까지 나는 스토리를 따라온 것뿐이다. 이제부터 앞날은 더 이상 정해져 있지 않다.

그리고 무엇보다도 다음은 드디어 라스트 보스인 아버님과의 대면. 솔직히 아까보다 긴장된다.

점점 무거워지는 마음과 달리 마차는 천천히 왕도에 위치한 아르메리아가의 별저(別邸)로 달려갔다.

† † †

아르메리아 공작가 별저…… 왕도의 우리 집. 재상이라는 직책상 왕도를 떠날 수 없는 아버님과 그런 아버님을 따라온 어머님이 생활하고 있었다.

적갈색 벽돌과 하얀 기둥이 아름답게 어우러진, 별저라고는 생각할 수 없을 만큼 호화로운 저택.

전생의 관점에서는 이곳도 충분히 호화 저택이지만…… 그래도 어디까지나 본가는 영지에 있는 저택이기 때문에 그곳과 비교하면 조금 떨어져 보인다.

저택 안으로 들어가서 로비를 지나 붉은 융단을 밟으며 내 방으로 걸음을 옮겼다.

학원에서 쫓겨났다……. 죄송하기도 하고 겸연쩍기도 하고.

왠지 마음이 불편해서 자연스레 걸음이 빨라졌다.

흰색과 핑크색으로 꾸민 귀여운 내 방에 도착한 후, 겨우 안도의 한숨을 내쉬었다.

나는 그대로 소파에 앉아서 마음을 가라앉혔다.

……밤에는 라스트 보스와 대면이다. 긴장을 풀어야 한다.

"……아가씨……!"

"어머, 타냐. 나 돌아왔어."

눈물을 흘리며 방으로 들어온 사람은 나의 전속 시녀 타냐.

그녀는 평민 출신이면서도 완벽한 예법을 구사하고 아름다운 얼굴을 지니고 있다.

복잡하게 땋아 올린 머리 모양은 빈틈없이 단정하면서도 귀여웠다.

짙은 감색의 심플한 제복이 그런 그녀에게 무척 잘 어울렸다.

"왜 그렇게 침착하신 건가요……! 저는 너무 분하고 분해서……!"

눈물을 방울방울 흘리는 그녀를 보고 있노라니 왠지 마음이 따뜻해졌다.

동시에 미안한 기분도 들었다. 나 때문에 많이 걱정했나 보구나.

타냐는 평민…… 그것도 슬럼 출신으로, 내가 몰래 거리에 나갔다가 주워 온 소녀다.

그 무렵의 나는 공작가의 딸이라는 신분이 너무나 무겁게 느껴졌다.

집 안에서는 물론이고, 귀족 사회에서도 우리 가문쯤 되면 가볍게 대화를 나눌 수 있는 상대를 좀처럼 찾을 수 없기 마련이다.

거리에 나갔다가 길바닥에 쓰러져 있는 그녀를 주운 것도 '혹시 이 아이라면 내 말동무가 되어 주지 않을까……?' 라는 타산적인 마음 때문이었다.

하지만 그녀는 은혜를 입었다고 생각하는지 나를 무척 잘 따랐다.

내게도 타냐는 가족이라고 해도 과언이 아닌 존재다.
"진정해, 타냐. 지금은 슬픔에 빠져서 울 때가 아니야."
"……그렇군요. 실례했습니다. 주인님은 밤에 돌아오실 겁니다."
타냐는 머리 회전이 빠르다. 또한 사태에 대응하는 속도도 빠르다.
지금까지의 눈물은 어디로 간 걸까, 타냐는 곧 침착함을 되찾고 내가 원하는 정보를 제공했다.
"……그래? 그럼 뭔가 마음이 진정될 만한 마실 것을 부탁해."
"알겠습니다."
일단 방에서 나가려는 타냐를 향해 나는 또다시 입을 열었다.
"타냐."
"왜 그러시지요?"
"……고마워."
내가 생각해도 짧은 말이다. 하지만 그 말밖에는 떠오르지 않았다.
걱정해 줘서 고마워. 나를 위해 울어 줘서 고마워.
그런 여러 가지 마음을 담은 말이었다.
"외람되지만 아가씨. 저는 아르메리아 공작가가 아니라 아가씨를 섬기고 있습니다. 그러니까 설령 왕족이라 해도 아가씨를 배신한 에드워드 님을 절대 용서할 수 없습니다. 그리고 이제부터 주인님이 아가씨께 뭐라고 말씀하셔도 저는 아가씨 편이랍니다."
"나는 행복한 사람이네."
"아뇨, 저야말로 그렇습니다. 그리고 이 저택에 있는 저와 같은 처지의 자들도 모두 똑같은 마음이라는 걸 부디 잊지 말아 주세요."

사실 타냐 외에도 내가 주워 온 사람은 여섯 명이나 된다.

나는 어린 시절부터 꽤 특이한 아이였다. 항상 선물은 필요 없다며 타냐 같은 의지할 곳 없는 아이를 주워 와서 그 아이들을 내 곁에 두게 해 달라고 부모님을 졸랐다.

처음에는 못마땅해하셨지만 내가 보기 드물게 고집을 부리자 부모님도 결국 마지못해 허락해 주셨다. 그 뒤로 나는 해마다 한 명씩 나와 같은 또래의 의지할 곳 없는 아이를 주워 왔다.

사실 이건 게임 설정에도 없는 이야기다. 어쩌면 기억은 못 해도 전생의 영향 때문일지도 모른다.

하지만 그들과 대화를 나누는 것은 공작 영애라는 신분을 잊을 수 있는 무척이나 귀중한 시간이었다.

나이를 먹으면서 서로의 입장을 확실히 하지 않으면 안 된다는 주위의 압력 때문에 타냐처럼 주인과 고용인의 입장이 되고 말았지만, 그들은 내게 특별한 존재다.

"하지만 타냐, 나는 네가 너의 행복을 제일 먼저 생각해 줬으면 좋겠어. 다른 모두도."

내 말에 타냐는 의아한 표정을 지었다.

실제로는 무표정이지만…… 오랫동안 함께 지내 온 덕분에 대충 어떤 마음인지는 전해져 왔다.

"내가 멋대로 고집을 부려서 너희를 이런 답답한 세계로 끌어들였는걸. 너희가 원한다면 언제든지 자유를 찾아 떠나도 돼. 오히려 앞날을 생각하면 그게 나을지도……."

"아가씨, 더 이상 말씀하지 마세요."

타냐가 보기 드물게 내 말을 가로막았다.

"저는 그때 죽을 목숨이었습니다. 그런 저를 구해 주신 건 다름 아닌 아가씨예요. 그때부터 제 생명은 아가씨의 것. 제가 아가씨 곁을 떠나는 건 제 생명이 다할 때나…… 아니면 아가씨께서 절 필요 없다고 판단하실 때뿐이랍니다."

"어머, 그럼 타냐는 죽을 때까지 내 곁을 떠날 수 없겠네."

살짝 농담처럼 말해 봤지만 그녀는 조금도 동요하지 않았다.

"그렇다면 더할 나위 없는 행복이지요."

그뿐인가, 타냐는 기쁜 듯이 미소 짓고 있었다.

"……네 마음은 잘 알았어. 역시 나야말로 행복한 사람이네. 하지만 타냐, 행복은 결코 하나가 아니야. 그러니까 아까 내가 했던 말도 잊지 마."

"……아가씨께서 그렇게 말씀하신다면."

타냐는 마지못해 고개를 끄덕였다.

……만약 신분이 박탈되고 교회에 유폐당하게 된다면 역시 타냐는 따라오지 말았으면 좋겠다. 그만큼 소중하니까.

하지만 보아하니 아무래도 따라올 것 같네…….

아아, 역시 어떻게든 아버님을 이겨야 돼.

새롭게 결의를 다지며 타냐가 끓여 준 차를 마셨다. ……음, 맛있다.

"……아가씨."

마음이 차분해졌을 무렵, 다른 고용인이 문을 노크했다.

"들어와."

"……실례합니다."

방 안으로 들어온 것은 시녀장 에를르였다.

여성 고용인들을 총괄하는 그녀는 한 치의 빈틈도 없는 메이드복 차림이었다.

"아가씨, 주인님께서 부르십니다."

"어머, 벌써? 아버님은 밤에나 돌아오신다고 들었는데……."

"아가씨 문제로 일찍 마치고 돌아오셨다고 합니다."

"어머나……."

후우. 한숨이 흘러나왔다.

아아, 좀 전의 맹세는 어디로 간 걸까……. 왠지 위가 욱신거린다.

"외람된 말씀이오나 아가씨, 저는 이번 일로 아가씨께서 주인님께 꾸지람을 들을 필요는 없다고 생각합니다."

평소 무척이나 엄격한 에를르의 생각지도 못한 선언에 나는 너무 놀라서 무심코 눈을 깜빡거렸다.

"이 저택 사람들은 모두 아가씨 편이랍니다. 그러니 당당하게 주인님을 만나세요."

……게임 속에서는 악역으로 그려졌던 아이리스.

하지만 사실 집안에서는 고용인들과 양호한 관계를 쌓고 있었다.

물론 귀족 출신이건, 평민 출신이건 관계없이.

즉 게임 속에서 주인공을 '남작 영애 주제에…….'라며 경멸했던 건 그만큼 에드워드를 좋아해서 질투에 사로잡혔기 때문일 것이다.

나는 새삼 아이리스를 동정했다……. 아니야, 안 돼.

지금은 내가 아이리스다. 나는 나를 위해서 아이리스를 행복하게 만들지 않으면 안 된다.

다시 한번 각오한 후 에를르를 따라 아버님의 서재로 향했다.

"그럼 아가씨."

"응. 고마워, 에를르. 타냐 너도 여기서 기다려 줘."

"알겠습니다."

자아, 전장에 도착했다.

중후한 문 앞에서 마른침을 삼키며 호흡을 가다듬은 후…… 문을 노크했다.

"들어오너라."

"실례합니다."

무거운 분위기 속, 나는 아버님의 맞은편에 앉았다.

예리한 이목구비의 그는 현역 재상답게 눈빛이 날카롭고 늘 딱딱한 분위기를 풍겼다.

……그런데 지금은 평소보다 20%쯤 더 날카롭고 딱딱해서 도무지 버티기가 힘겨웠다.

"……공연히 시간을 빼앗아서 죄송합니다."

"호오……. 네가 그만큼 큰일을 벌였다는 건 알고 있느냐?"

"아뇨."

꿈틀. 아버님의 얼굴에 혈관이 불거졌다……. 아니, 그런 기분이 들었다. 무서워.

"재상직을 맡고 계신 아버님께도, 공작이신 아버님께도 폐를 끼쳤다고 생각하진 않습니다. 제가 사죄해야 하는 건 부친이신 아버님뿐입니다."

"호오……? 어째서냐?"

"첫째, 제가 저지른 짓은 기껏해야 그녀에게 몇 마디 빈정거린 것뿐입니다. 그것도 상황 증거뿐이니 재상인 아버님이 나설 만큼 큰 일은 아니죠. ……무엇보다 그쪽은 공작가를 무시한 데다 일방적으로 약혼을 파기했으니 강하게 나올 수 없을 거예요. 학원에서도 제 쪽에 정상 참작의 여지가 있다는 인상을 강하게 심어 줬으니 이 문제를 크게 만들 수는 없겠지요. 에드워드 님이 아무리 난리를 쳐도 기껏해야 엄중한 주의를 주는 게 고작일 것입니다."

"학원에서 있었던 일은 이미 나도 들었다."

"그렇겠지요. 그리고 공작인 아버님께 사죄를 드리는 것도…… 애초에 아버님은 저와 에드워드 님의 약혼을 반대하시지 않았나요?"

"왜 그렇게 생각하지?"

"제 혈통은 결혼하는 왕자에 따라서 왕가의 파워 밸런스를 무너뜨릴 수도 있기 때문이죠. 제1 공작가이자 재상이신 아버님과 장군가의 외동딸인 어머님의 피를 물려받았으니까요. 제1 왕자와 결혼한다면 몰라도 제2 왕자와 결혼한다면 언젠가 나라를 분열시킬지도 모르죠."

내 말에 아버님은 처음으로 표정을 드러냈다.

……씨익, 효과음이 날 만큼 짓궂은 미소……. 본인은 전혀 의도하지 않았겠지만…… 무서워.

"그렇다면 내가 왜 너와 에드워드 님의 약혼을 허락했다고 생각하느냐?"

"……어느 쪽이든 상관없었던 거 아닌가요?"

이것저것 생각해 봤지만 그게 제일 그럴 듯한 답이었다.

"그게 무슨 뜻이냐?"

"제가 제1 왕자와 약혼할 경우에는 동생도 그의 가신으로 만들어 제1 왕자가 기반을 다지도록 돕고, 제가 제2 왕자와 약혼할 경우에는 동생을 제1 왕자의 진영으로 보낼 생각이셨겠지요. 그 경우, 제가 제2 왕자 측의 동향을 살피며 고삐를 쥘 것을 기대하고. 뭐…… 전자가 훨씬 시간과 노력도 들지 않고 지극히 심플하니까 아버님은 그쪽이 좋으셨겠지만."

사실 게임 속에서는 제1 왕자에게 그다지 스포트라이트가 비추지 않았다.

오히려 제2 왕자가 차기 국왕이 될 것처럼 그려져 있다. 하지만 현실은 그렇게 간단하지 않다.

제1 왕자는 세상을 떠난 정실의 아들, 제2 왕자는 현재 국왕의 유일한 비이자 측실의 아들.

보통 정실에게서 태어난 제1 왕자가 차기 국왕이 되는 게 당연하다고 생각하기 마련이지만 꼭 그렇지만은 않다.

측실은 현재 세력을 키우고 있는 후작가의 딸이며 정실의 가문은 백작가이기 때문에 가문의 격으로 따지자면 측실의 가문보다 떨어진다.

왕이 정실을 너무나도 사랑해서 주위의 반대를 무릅쓰고 그녀를 정실 자리에 앉히는 바람에 이런 미묘한 밸런스가 생긴 것이다.

그리고 그 미묘한 밸런스 위에 이루어진 귀족 사회도 앞으로 크게 흔들릴 것이 뻔하다.

게임에는 이런 어둡고 질척질척한 부분까지는 그려져 있지 않았다. 제1 왕자는 다른 나라로 유학을 떠났다는 설정으로 대충 끝내버리는 바람에 '그렇구나…….' 하고 별생각 없이 넘어갔지만.

역시 현실은 혹독하다.

그리고 아버님은 왕가가 아닌 나라를 섬기고 있다 해도 과언이 아닐 만큼 왕자들의 권력 다툼에는 철저하게 중립적인 입장을 취하고 있다.

그나마 제1 왕자파에 가까운 것도 '왕위 계승권은 제1 왕자에게 있다' 라는 법에 따라 내린 판단일 뿐, 만약 제1 왕자가 어리석은 인물이라면 가차 없이 돌아설 것이다.

……왕이 어리석으면 나라가 어지러워지는 법이니 그게 올바른

대응이기는 하지만.

"하지만 동생은 완전히 제2 왕자의 편. 그렇다면 아버님은 저와 제2 왕자의 약혼이 깨지기를 노리고 계셨을 테죠. 다행이네요, 아버님."

그런 사건이 있었다 한들 아버님이라면 결국 나를 제2 왕자의 정실로 밀어 넣을 수 있었을 것이다.

공작가에는 그만한 힘이 있다.

하지만 그렇게 하지 않은 것은 다름 아닌 아버님이 그것을 바라지 않으셨기 때문이다.

"하하하하."

아버님이 즐겁다는 듯이 웃었다.

그런데 그 웃음, 꼭 악역 같거든요. 제3자가 보면 완전히 위축될지도 모른다.

"그래. 사실 나는 너와 왕자가 파혼하기를 바라고 있었다. 제2 왕자와 거리를 두라고 그 녀석을 몇 번이나 타일렀다만…… 그 녀석은 자신의 역할을 잊고 완전히 제2 왕자의 추종자가 되고 말았지. ……하지만 아이리스, 너는 그래도 괜찮은 거냐? 제2 왕자를 좋아하는 것 아니었느냐?"

"사랑은 병과 같은 것. 식어 버리면 그걸로 끝이죠. ……저도 일찌감치 이렇게 돼서 다행이라고 생각해요."

그런 꼴을 보면 100년의 사랑도 식어 버리기 마련이다.

"……흠. 하지만 아이리스. 이번 일은 대외적으로는 너의 잘못이다. 그러니 매듭을 짓지 않으면 안 된다."

"……그렇군요……."

역시 신분을 박탈당하고 가문에서 쫓겨나 교회에 유폐되는 코스를 피할 수 없는 걸까…….

타냐가 따라올 것 같으니 어떻게든 집에 남으라고 설득해야지.

"너는 영지로 돌아가서 근신하거라. ……뭐, 왕도에서 멀리 떨어진 땅이니 네가 뭘 하건 내가 상관할 바는 아니지."

"……네?"

그 말, 혹시 뭘 해도 OK라는 뜻인가? 어라, 그럼 유폐는 면한 걸까?

"그곳에서 허송세월만 보내기는 아까우니 너에게 영주 대행 지위를 주마. 영지를 잘 다스려 보거라."

……영주 대행? 그러니까 아버님 대신 영지를 다스리란 말이야?

이런 걸 뭐라고 하더라……. 호박이 넝쿨째 굴러 들어왔다? 돼지 목에 진주 목걸이? 아아, 둘 다 아니야! 너무 혼란스러워서 엉뚱한 말밖에 떠오르지 않는다.

"……영주 대행은 보통 적장자인 동생의 역할 아닌가요?"

일단 제일 의아한 것부터 물어보았다.

"맡겨 봤자 어차피 영지에 가지 않겠지. 녀석은 지금 한창 네가 말하는 병에 걸린 것 같으니까."

……그건 그렇다. 유리 남작 영애에게 홀딱 반해서 거리를 둬야 하는 제2 왕자의 추종자가 되고 말았으니까.

분명 장기 방학 때도 왕도에 남아서 그들과 하하호호 어울려 다닐 것이다.

……그녀가 제2 왕자와 맺어졌으니 이제는 정말로 거리를 둬야 할 텐데.

아마 동생의 마음속에서는 사랑하는 사람의 행복을 지켜보는 아련한 역할로 자신의 위치를 미화하고 있을 것이다.

"……알겠습니다. 왕도가 '어떤 상태' 가 되더라도 흔들리지 않는 영지로 만들겠습니다."

내가 그렇게 말하자 아버님은 만족스러운 듯이 고개를 끄덕이며 물러가도 좋다고 손짓했다. 나는 그대로 방을 나왔다.

† † †

……아이리스가 방에서 나간 후, 방에 남은 그녀의 아버지 루이드 아르메리아는 조금 전 딸과의 대화를 떠올리며 훗 하고 웃었다.

생각해 보면 오늘은 참으로 많은 일이 있었다…….

먼저 딸 아이리스의 학원 추방과 파혼. ……이건 예정된 노선을 밟은 것뿐이다.

애초에 딸아이의 행동을 알았을 때 충고하고 미리 막을 수도 있었다.

하지만 그렇게 하지 않았던 것은 약혼을 깨뜨리기 위해서…… 오직 그 때문이었다.

만약 딸아이가 어리석은 짓을 저지르지 않았더라도 병을 핑계 삼아 서둘러 파혼을 시켰을 것이다.

그리고 언젠가 교회에 유폐하는 척하며 귀족 사회에서 물러나게 할 생각이었다.

……제2 왕자에게 푹 빠진 딸아이라면 무슨 말을 해도 듣지 않을 테니 그게 가장 좋은 방법일 것이다.

그렇게 생각했다.

그러나 막상 마주한 딸아이는 사랑했던 남자에게 굴욕적인 이별을 선고받고도 꽤나 산뜻하고 침착한 모습이었다. 게다가 자신의 생각을 멋지게 맞혔다.

……재미있군. 그렇게 생각했다.

일 때문에 아이들과 많은 시간을 함께하지 못했다. 그리고 그동안 아내에게 어리광을 부리며 자란 두 아이.

딸은 뭐든 뜻대로 해야 직성이 풀리는 전형적인 귀족으로 전락했다.

그리고 아들은 자신의 힘을 과신하여 허술하기 짝이 없는 애송이가 되었다만…… 왕궁에서 일하게 되면 자신이 직접 철저하게 훈련시킬 생각이었다.

그런데 그런 딸아이가 모종의 깨달음을 얻은 것처럼 이야기하고, 자신의 생각을 멋지게 맞혔다.

……지금 이 시점에서는 안타깝게도 딸아이가 아들보다 세상의 흐름을 읽는 힘이 있었다. 또한 자신의 입장도 잘 알고 있었다.

마치 사람이 바뀐 것 같다는 생각도 들었지만 그녀의 이야기를 들으며 그는 문득 한 가지 생각을 떠올렸다. 그러고 보니 이 아이는 가끔 이상한 짓을 저지르곤 했었지.

그중 최고는 평민 아이들을 주워서 곁에 둔 것이었다.

한창때의 다른 소녀들처럼 값비싼 선물을 원하는 대신에 의지할 곳 없는 아이들을 데려와서 곁에 두게 해 달라고 졸랐다.

……혹시 부하로 키우려고 그러나 싶어서 결국 승낙했지만 그런 기색은 보이지도 않았다.

그때는 역시 특이한 아이라고 생각하고 말았지만…… 아까의 그녀는 예전에 그 말을 할 때와 똑같은 얼굴이었다.

그냥 놔두기는 아깝군.

그는 그렇게 생각했다. 그리고 정신을 차리고 보니 영주 대행 지위를 주겠다고 말해 버리고 만 것이다.

미친 짓이라는 건 알고 있다.

현재 영지에는 영지 운영을 맡고 있는 세바스가 있으니 당장 큰일이 벌어지지는 않을 것이다.

그렇다면 아이리스가 어떤 일을 할 수 있을지 그걸 지켜보는 것도 하나의 즐거움.

조금 전에 딸과 나눴던 대화를 떠올리고 있을 때, 그의 아내 메를리스 레제 아르메리아가 방으로 들어왔다.

"……여보, 아이리스는 역시……."

메를리스는 그가 딸에게 영주 대행을 맡으라고 지시한 사실을 아직 모르는 눈치였다.

그녀는 딸의 앞날을 걱정하며 남편의 안색을 살피듯 물었다.

"……아니, 교회로 보내는 건 그만뒀소. 영지로 돌려보내서 영주 대행을 맡기기로 했소."

"……어머나! 하지만 그 아이에겐 너무 책임이 무겁지 않을까요……?"

아이리스가 교회에 유폐되지 않는다는 것을 듣고 아내가 기쁜 듯이 목소리를 높였다.

하지만 곧 또 다른 걱정이 드는 모양이다.

"뭐 시험해 보는 것도 재미있을 것 같아서……."

"그래요? 이번 일로 그 아이가 너무 직진밖에 모른다는 생각이 들어서…… 과연 영주 대행을 잘해 낼 수 있을지 걱정이에요."

……이번 일.

이번 일이란 남작 영애와의 다툼과 파혼을 말하는 것이다.

아이리스는 지나치게 직설적으로 남작 영애에게 못된 말을 늘어

놓았다.

공작 영애라는 위치를 이용하여 제 편을 늘리고, 기반을 다지고, 그리고 주위를 이용하여 행동할 수도 있었을 것이다.

그런데도 아이리스는 바보같이 정직하게 직접 행동에 나섰다.

그 결과, 그녀는 아무 해명도 할 수 없을 만큼 궁지에 몰리고 말았다.

그녀가 저지르지 않은 짓까지.

……그렇다. 그녀는 오히려 이용당한 것이다.

남작 영애를 좋지 않게 생각하는 다른 귀족 자제와 자녀들에게.

그들이 한 수 위였다.

아이리스가 저지르지 않은 짓도 마치 아이리스가 저지른 짓으로 꾸민 걸 보면.

메를리스의 처세술을 조금이라도 배웠으면 좋겠다는 생각이 들기도 했다.

메를리스는 자식들의 어리광을 지나치게 받아 주는 경향은 있지만 본인에게 엄격하고 남편인 그가 참견할 필요조차 없을 만큼 처신도 훌륭하니까.

메를리스는 이렇게 될 줄 알면서도 아무런 손을 쓰지 않은 남편인 자신을 무척 책망하고 있었다.

"……이번 일로 뭔가 배운 걸까? 그 아이, 많이 변했소. 제2 왕자와의 약혼도 자신의 입장을 잘 이해하는 것처럼 말하더군……."

"어머나……. 후후후. 그런데 당신이 아직 냉정한 걸 보면 그 아이는 아직 당신의 본심을 알아맞히지 못했나 보네요?"

아내의 말에 그는 쓴웃음을 지었다.

단 하나. 그녀가 맞히지 못한 것이 있다.

제2 왕자와 약혼을 허락한 이유.

……재상직을 맡고 있는 그의 입장에서는 당연히 딸아이가 제1 왕자와 약혼하는 편이 나았다.

하지만 제2 왕자와의 약혼을 허락한 것은 단순히 딸이 그것을 바랐기 때문이다.

얼음의 재상이라고 불리는 그도 결국 자식에게 약한 한 사람의 아버지일 뿐.

결국 아이리스의 말대로 제2 왕자의 고삐를 쥔다는 명목을 들어 약혼하기에 이르렀다.

그리고…… 딸이 약혼을 결심한 후로는 중립의 입장을 버리고, 고심하며 왕족의 동향을 살피고 상황을 조정했다.

하지만 나라면 어떻게든 할 수 있을 거라고 너무나도 자신의 힘을 과신했던 모양이다……. 나도 아들을 나무랄 처지가 못 되는군.

그는 그런 생각을 하며 스스로를 비웃는 것처럼 입꼬리를 올렸다.

……그의 바람과는 반대로 차기 국왕 자리를 둘러싼 분쟁은 수면 아래에서 격화되고 있었다.

늦건 빠르건 아이리스는 분쟁의 소용돌이에 말려들 것이다.

그녀에겐 그 소용돌이를 헤쳐 나갈 기지도, 재치도 없었다.

그렇다면 분쟁이 일단락될 때까지 딸아이를 귀족 사회에서 멀리 떼어 놓을 수밖에 없다. 그는 그렇게 판단했다.

물론 정세가 안정되면 다시 불러들일 생각이었다.

하지만 오늘의 그녀는 그의 판단을 바꾸게 만들었다.

……그녀는 이미 자신이 이끌고 지켜 줘야 하는 존재가 아니었다.

오히려 스스로 거친 풍랑을 헤쳐 나갈지도 모른다는 기대마저 들었다.

……과연 어떻게 움직일까? 앞으로가 기대되는군.

† † †

……나 아이리스는 아버님의 지시를 받고 아르메리아 영지로 거처를 옮겼다. 오늘이 그 첫째 날이다.

아르메리아 공작령은 왕도 남동쪽에 위치한 영지.

왕도까지 마차를 타고 편도 일주일쯤 걸리는 거리다.

동쪽은 바다와 맞닿아 있고, 서쪽에는 산들이 솟아 있다.

왕도 다음으로 광대하며 자연도 풍부하다. 농경이 발달되고 항구가 있어서 타국과의 교역이 활발한 것도 특징이다.

옛날부터 영도(領都 영지의 수도) 정비에 힘을 쏟았던 역대 가주들 덕분에 영도만은 치안도 좋다.

학원에 입학하기 전까지 나와 베른, 그리고 어머님은 사교 시즌 외에는 이곳에서 지냈다.

그러나 입학한 후에는 학원의 장기 방학 때도 왕도 저택에 머물렀기 때문에 무척 그립게 느껴졌다.

아침 햇살이 눈부시게 영지를 비췄다.

그리고 나는 이른 아침부터 요가를 하고 있었다.

아침 운동을 하면 잠도 깨고, 무엇보다도 건강에 좋다.

……음. 사실 나, 조금 통통한 편이거든.

공작 영애라는 높은 신분 덕분에 식사도 호화롭고, 고칼로리 음식을 마음껏 먹을 수 있으니 살이 찌는 것은 당연했다.

그래서 다이어트를 겸해 아침부터 열심히 운동하는 중이다.

"아가씨, 안녕히 주무셨…… 꺄악!"

"어라, 타냐. 안녕."
타냐, 왜 놀라는 거야?
아, 물론 타냐도 나를 따라서 아르메리아 영지에 와 있다.
유폐당한 것도 아닌데 뭐 상관없긴 하다.
"안녕하지 못합니다. 아가씨, 대체 그 꼴로 뭘 하시는 거죠?"
"그 꼴이라니……."
나는 내 모습을 살펴보았다.
……잽싸게 조달한 허드렛일용 삼베 바지와 상의.
운동할 때 입기에 딱인 것 같은데?
"나 이제부터 건강을 위해 아침마다 운동하려고. 움직이기 편한 옷을 고른 건데, 안 돼?"
"아가씨가 운동을?"
타냐는 의아한 표정을 지었다.
하긴 귀족 아가씨가 운동이라니, 이미지를 떠올리기 쉽지 않다.
"응. 책에서 읽었는데 몸을 움직이지 않으면 건강에 좋지 않대. 이제부터는 매일 아침 운동할 거니까 놀라지 마."
"알겠습니다. ……실례했습니다."
"괜찮아. ……땀을 흘려서 씻고 싶은데 목욕 준비 좀 해 줄래?"
"물론이지요."
타냐가 준비해 준 목욕물로 몸을 씻고 아침 식사를 했다.
……운동한 뒤라 아침은 마음껏 먹었다.
물론 영양 균형을 생각해서.
"……앞으로 어떻게 할지 세바스와 이야기를 나누고 싶어. 약속을 잡아 줄래?"
"알겠습니다."

타냐가 곧 약속을 잡아 줬고, 나는 그날 오후가 되기 전에 세바스와 면담하게 되었다.

세바스는 우리 가문의 집사장이다.

우리 집안 모든 고용인의 총책임자이자 실질적으로 영지 운영을 맡고 있다.

방 안으로 들어온 세바스는 어딘가 에를르와 비슷한 분위기를 풍겼다.

……빈틈없이 차려입은 연미복, 신속하면서도 보는 사람에게 허둥대는 인상을 주지 않는 아름답고 군더더기 없는 움직임……. 그야말로 집사의 교과서와도 같은 눈부신 백발의 장년 남성.

"……바쁠 텐데 불러서 미안해."

"아닙니다. 저는 아가씨의 손과 발이 되어야 할 자입니다. 언제든지 불러 주십시오."

"그래? 그럼 요 3년 동안 영지의 수지(收支) 보고서 전부랑 현재 행정 구도를 보고서로 작성해서 가져와 주겠어?"

"알겠습니다. 그런데 그 보고서로 뭘 하시려는 겁니까?"

"물론 전부 읽어 봐야지. 어쨌든 아버님은 내게 영주 대행을 맡기셨어. 하지만 부끄럽게도 난 현재 영지가 어떻게 운영되고 있는지, 영지 사람들이 어떻게 살아가고 있는지 잘 몰라. 그러니까 나한테 한 달만 시간을 줄 수 있을까?"

"한 달 말씀입니까?"

"응. 모든 자료를 읽고 시찰하려면 그 정도 시간이 필요해."

"알겠습니다. 하지만 시찰을 나가려면 미리 준비해야 합니다. 대략 일주일 정도 시간이 필요할 것 같습니다만."

"이번에는 현재의 상황을 파악하기 위해서 신분을 숨기고 시찰을 다닐 생각이야. 그러니까 최소한의 인원으로 움직이려고. 그 인원은 내가 알아서 준비할게. 세바스를 번거롭게 할 생각은 없어."

"주제넘는 질문을 드려서 죄송합니다."

"아니야. 앞으로 영지를 운영하면서 세바스에게 중요한 일들을 맡길 생각이니까 의견이 있으면 뭐든지 말해 줘."

세바스가 물러간 후 타냐를 불렀다.

"타냐. 라일과 디더, 그리고 레메를 불러 줄래?"

"알겠습니다."

그로부터 몇 분 후, 타냐와 함께 세 명의 남녀가 방 안으로 들어왔다. 어릴 때부터 나와 함께 지낸 세 사람…… 즉, 내가 주워 온 아이들이다.

라일은 아름다운 금발과 귀공자 같은 얼굴을 지니고 있지만 체격만큼은 왕국 기사단에 비해도 뒤떨어지지 않을 만큼 탄탄하다. 그야말로 싸우기 위한 몸이다.

일단 내 호위를 맡고 있다.

디더도 라일과 마찬가지로 내 호위.

그는 어깨까지 닿는 갈색 머리를 하나로 묶고 있다.

라일과 비교하면 호리호리한 체형. 표표한 분위기에 가볍고 넉살 좋은 성격이지만 실력만큼은 확실하다.

레메는 안경을 쓴 소녀로, 책을 무척 좋아해서 우리 가문의 도서관에서 사서로 일하고 있다.

공작가의 도서관은 공공시설에 버금가는 규모의 장서를 보유하고 있다. 따라서 그녀의 역할은 매우 중요하다.

"다들 오랜만이야."

세 사람은 역할상 학원까지 데려갈 수 없었기 때문에 왕도로 따라오지 않고 이 영지에서 각각 일하며 지냈다.

내가 '자유롭게 지내도 좋다' 라는 말을 남기고 영지를 떠났는데도 여전히 이 집에 있어 줘서 기쁘기도 하고 미안하기도 했다.

"오랜만이야, 우리의 공주님."

제일 먼저 대답한 것은 디더.

여느 때처럼 가볍게 대답하며 생글생글 미소를 짓고 있었다.

"디더, 너 또 아이리스 님께 그런 말투를……!"

"괜찮아, 라일. 너희는 내게 가족 같은 존재인걸. 아무도 없을 때만큼은 옛날처럼 대해 줘. 나도 그게 더 기쁘니까."

"하지만 아이리스 님……."

"부탁이야, 라일."

"……알겠습니다."

라일이 커다랗게 한숨을 쉬면서도 그녀의 뜻에 따랐다.

"모두 알다시피 나는 에드워드 님께 파혼당하고 이 영지로 돌아왔어."

"전 납득할 수 없어요오. 왜 아이리스 님이 파혼을 당하고, 게다가 근신 처분까지 받으셔야 하는 건가요오."

레메도 타냐처럼 분한 듯이 눈물을 글썽였다.

"정말 보는 눈이 없는 도련님이군."

"고마워. 하지만 이건 정해진 일이야. 게다가 나는 이 영지에서 다시 너희와 함께 지낼 수 있어서 진심으로 기뻐. ……그리고 본론부터 말하자면 다들 알다시피 나는 영주 대행으로 임명받았어. 그래서 먼저 각지를 시찰할 생각인데…… 모두 따라와 주겠어?"

"알겠습니다."

"공주님의 호위라——. 간만에 실력 발휘 좀 해 볼까."

의욕을 드러내는 두 사람과는 달리 레메는 조금 복잡한 표정을 지었다.

"두 사람은 호위니까 알겠지만 저는 왜 함께 가야 하나요오?"

"그야 물론 너의 지식이 필요하기 때문이지."

"네?"

"너는 우리 공작가의 모든 책을 읽었잖아? 그중에는 향토사와 지리에 대한 책도 있지. 나는 그런 책에서 얻은 지식을 원해. 실제로 보러 갈 때 예비 지식이 있는 것과 없는 건 큰 차이가 있으니까."

우리 가문이 보유하고 있는 장서량은 그야말로 어마어마하다.

귀족이기 때문이라기보다는 역대 가주들이 대대로 재상직을 맡았기 때문이다.

이 저택의 어느 방보다도 넓은 도서관은 온통 책으로 가득 차 있다.

장르도 매우 다양하다.

소설은 물론 역대 가주들의 취미와 관련된 책들, 정치, 지리, 법률 등등.

그걸 전부 독파한 레메의 지식은 그야말로 굉장하다.

"……그런 거라면 알겠습니다아. 열심히 제 역할을 다할게요오."

"시찰은 이틀 후에 떠날 생각이야. 각자 필요한 게 있으면 타냐한테 말하도록 해. 타냐, 준비를 부탁해."

"알겠습니다."

"그리고 누가 모네다와 연락해 줄래?"

"모네다, 말입니까?"

"응. 상업 길드에서 일하고 있다지?"

상업 길드란 이름 그대로 여러 상점이 모인 조직.

모네다도 주워 온 아이 중 하나지만, 내가 학원에 입학할 무렵에 우리 가문에서 일하는 걸 그만두고 상업 길드에 들어갔다.

"네. 지금 회계로 일하고 있다고……. 연락은 할 수 있습니다."

"그럼 라일, 연락을 부탁해. 될 수 있으면 일정 막바지에 약속을 잡아 줘."

"알겠습니다."

그리고 시찰의 상세한 내용을 확인한 후 세 사람은 방에서 나갔다.

때마침 타이밍 좋게 세바스에게 부탁했던 자료가 도착했다. 나는 서류를 한차례 훑어보았다.

사실 나는 일본에서 살 때 세무 사무소에서 일했다.

덕분에 수지 보고서나 회계 관계 숫자를 읽는 건 내 특기다.

딱히 어렵지 않게 숫자를 눈으로 좇았다.

"……아가씨, 점심 식사 시간입니다."

"어머. 벌써 시간이 그렇게 됐나?"

시간이 흐르는 속도가 빠르기도 하다. 눈 깜짝할 사이에 점심 식사 시간이라니.

그건 그렇고 다른 사람이 식사를 준비해 주니까 정말 편하구나.

솔직히 전생에서는 너무 바빠서 식사는 늘 대충 때웠는데.

재빨리 식사를 마치고 다시 일을 시작했다.

……아, 음식은 물론 꼭꼭 씹어 먹었다. 다이어트를 잊은 건 아니니깐.

바쁘면 배고픈 걸 잊어버리니까 마침 잘됐는지도 모른다.

† † †

타냐는 서재 책상에 앉아 서류에 몰두하고 있는 아이리스의 옆에서서 살며시 그녀를 바라보며 과거를 떠올렸다.

생각해 보면 예상치 못한 일들의 연속이었다…….

애초에 자신이 이렇게 공작가에서 일하는 것 자체가 기적 같은 일이라고 그녀는 생각했다.

그녀에게는 성이 없다.

그녀가 태어나고 자란 슬럼에서는 모두가 그랬다.

먹을 것도 부족하고, 내일을 장담할 수 없는 처지에 성이 있건 말건 신경 쓸 여유도 없었다.

그렇게 살아오던 그녀가 나라 안에서도 손꼽히는 명문가에서 일할 수 있게 된 것은 단순히 아이리스의 변덕 때문이었다.

하지만 변덕이라도 별로 상관없었다.

길거리에 쓰러져 죽을 목숨을 구해 줬다……. 그것만으로도 충분했다.

그러나 아이리스는 언제나 그녀를 '소중'하다고 말하며 마치 친구처럼 대해 줬다.

……그래서 타냐는 아이리스를 성심성의껏 모시기로 결심했다.

하찮은 자신에게 살아갈 의미마저 준 사람이니까.

아이리스를 모신 지 이제 곧 10년.

정말로 행복한 나날이었다고 가슴을 펴고 말할 수 있다.

하지만 그 행복은 자칫하면 부서질 뻔했다.

……아이리스의 약혼자였던 에드워드 때문에.

아이리스의 약혼자인 제2 왕자는 약혼녀도 있는 주제에 남작 영애에게 홀딱 반하고 말았다.

아이리스의 표정이 날로 어두워지고, 웃음도 사라졌다.
그런가 하면 질투의 불꽃에 몸을 태우며 그녀답지 않게 악의 어린 말로 남작 영애를 할퀴었다.
그런 아이리스에게 아무것도 해 줄 수 없는 것이 너무나도 안타까웠다.
동시에 제2 왕자를 향한 분노가 그녀를 가득 채웠다.
그런 녀석이 왕족이라니, 정말 이해할 수 없어…….
아이리스가 얼마나 멋진 사람인지 알지도 못하면서, 남작 영애에게 푹 빠져서 공작 영애인 아이리스를 홀대하고, 게다가 많은 사람 앞에서 강제로 찍어 누르는 굴욕마저 안겨 주다니. 말도 안 된다. 절대 용서할 수 없다.
그러나 정작 아이리스는 왕도의 저택으로 돌아왔을 때 이미 후련한 얼굴이었다.
'어라? 그토록 「사랑해요!」 라고 온몸으로 외쳤으면서 어떻게 된 걸까?'
의아했지만 딱히 깊게 물어보지는 않았다. 아이리스가 제2 왕자 따위에게 미련을 가질 필요는 없다고 생각했기 때문이었다.
그보다 타냐에게는 아이리스가 앞으로 어떻게 될지…… 그게 더 중요했다.
물론 아이리스가 어디로 가게 되더라도 따라갈 생각이었지만.
결과적으로 아이리스에게 내려진 처분은 영지로 돌아가는 것이었다. 생각보다 매우 가벼운 처분이다.
그러나 타냐는 안심하기도 전에 아이리스에게 떨어진 지시를 듣고 경악할 수밖에 없었다.
……아가씨가 공작가의 영주 대행? 주인님은 대체 무슨 생각이신

걸까?

그 말을 들었을 때에는 자신의 귀를 의심했다.

아이리스는 귀족답고, 고고하고, 그 이름에 부끄럽지 않은 교양을 지니고 있다.

하지만 그게 실무와 이어지는 것은 아니다.

아이리스의 동생이 정치, 경제를 배우는 동안 아이리스는 유년 시절에 주로 매너를 공부했고, 학원에서는 산술, 시, 문학, 그리고 역사와 지리 등 일반 교양을 배웠다.

그런데 대체 어쩌란 말이지……?

하지만 지금 아이리스는 숫자가 빼곡하게 적힌 어려운 서류를 빠른 속도로 훑어보고 있었다. 마치 진짜로 읽는 것처럼.

때때로 손에 든 종이 뭉치에 뭔가를 적어 넣는 것을 보면 정말 읽고 있는 모양이다.

아가씨는 역시 나 따위가 감히 헤아릴 수 없는 분이야……. 그녀는 그렇게 생각했다.

동시에 예상치 못했던 일들의 연속에 저도 모르게 웃음이 흘러나왔다.

10년 전은커녕 1년 전에도 설마 자신이 영주 대행하는 분을 모시게 될 줄은 상상조차 못했는데…….

문득 시계를 보자 꽤 오랜 시간이 지나 있었다.

아이리스는 여전히 서류에 몰두하고 있었다.

종이를 넘기는 소리만이 실내에 울려 퍼졌다.

아무래도 아이리스는 지나치게 집중하면 주위가 보이지 않는 타입인 모양이다. 아가씨가 너무 과로하지 않도록 때때로 상태를 살펴봐야겠다고, 타냐는 마음속으로 맹세했다.

† † †

세바스에게서 자료를 받은 지 하루가 지났다.

아직 서류는 책상 위에 산더미처럼 쌓여 있었다.

사실은 그 서류를 마저 확인하고 싶지만 타냐가 "제발 쉬세요."라고 호소하는 바람에 휴식을 겸해서 저택 탐사에 나섰다.

그러고 보니 오랜만에 돌아왔는데 느긋하게 둘러보지도 못했네…….

왕도의 저택도 나름대로 호화롭지만 역시 본가는 격이 다르다.

무엇보다도 넓다. ……진짜로 넓다.

얼마나 넓으냐고 묻는다면 측정해 본 적은 없어서 잘 모르겠지만…… 애초에 정문에서 저택까지 걸어서 15분쯤은 걸리는 것부터가 전생의 '나'에게는 충격적이다.

저택으로 이어지는 길 양옆에는 물이 솟아오르는 분수와 계절에 따라 꽃들이 만발한 정원이 펼쳐져서 찾아오는 이들의 눈을 즐겁게 해 준다.

나도 어젯밤 마차 안에서 그 광경을 봤을 때에는 그리움과 함께 무척 큰 위안을 받았다.

저택도 광대하지만 저택 뒤쪽은 그 두 배 이상으로 넓었다.

저택 뒤쪽에는 잔디밭이 펼쳐져 있었고, 연못이라고 부르기엔 너무 크고 호수라고 부르기엔 조금 작은 호수도 있었다. 저택에서는 보이지 않지만 마구간도 멀리 있었다.

그리고 그 안쪽에는 나무가 우거진 숲.

……너무 넓어서 나도 저택 끝에서 끝까지 걸어 본 적은 없을지도

모른다.

일단 오늘은 저택 후원으로 나가 보았다.

살랑……. 바람이 뺨을 어루만지고 풀과 나뭇잎을 흔들었다.

음, 날씨 좋다.

날씨와 풍경에 위안을 받으며 일단 마구간을 향해 걸었다.

마구간까지 걸어가는 건 어릴 적 이후로 처음이니까 길을 잃지 않게 조심해야지……. 그런 생각을 하며 걷기를 십수 분.

"……마구간이 이쪽이었나?"

아니나 다를까, 길을 잃었다.

기억이 애매하네……. 그렇게 생각하긴 했지만 설마 내 집에서 길을 잃을 줄 누가 알았겠어?

뭐…… 저택은 보이니까 여차하면 돌아가면 그만이지만.

그보다 슬슬 다시 업무를 시작하고 싶으니까 마구간은 포기할 수밖에 없다.

우리 집인데 뭐. 나중에 생각날 때 다시 오자……. 그렇게 생각하고 왔던 길을 되돌아가려던 바로 그때였다.

"……어라?"

시야 끄트머리에 낯익은 금발이 보였다. ……라일인가?

한번 가 볼까 하는 생각에 일단 길을 벗어나서 그쪽으로 걸어갔다.

얼떨결에 숲속으로 들어오긴 했는데, 여기서 저택까지 돌아갈 수 있을까?

혹시 라일이 아니면 어떡하지……. 조금 불안하기도 했지만 역시 그곳에 있던 것은 라일이었다. ……아무래도 검술 연습을 하고 있는 모양이다.

그는 무거워 보이는 검을 휘두르며 땀을 흘리고 있었다.

"……아가씨이셨습니까?"

등 뒤에서 나타난 나를 알아차리다니, 놀라움을 넘어 어안이 벙벙할 지경이다.

"……어떻게 나라는 걸 알았어? 라일은 뒤통수에 눈이 달렸어?"

"훈련 덕분이죠. 눈이 보이지 않는 어둠 속에서도 싸울 수 있도록 기척을 읽는 훈련을 받았습니다. 하물며 발소리나 냄새가 조금이라도 느껴지면 누군지 금방 알 수 있죠."

"그래도 굉장하다. ……미안해. 연습을 방해해서."

"아닙니다. ……마침 끝내려던 참이었습니다."

라일은 그렇게 말하며 검을 내렸다.

"그럼 다행이지만."

"아가씨는 어째서 여기 계신 겁니까?"

"응? 아……. 세바스한테 부탁했던 자료를 살펴보고 있었는데 타냐가 제발 좀 쉬라고 잔소리를 해서 산책 겸 마구간까지 걸어가던 중이야."

"마구간? 마구간은 좀 더 서쪽에 있습니다. 아마 길 하나를 잘못 드신 모양입니다."

"그렇구나……. 어쩐지 아무리 걸어도 안 나오더라."

눈앞에 펼쳐진 것은 나무가 우거진 숲……. 즉 거의 북쪽 끝까지 온 셈이다.

내 기억이 맞는다면 마구간은 이 숲 앞에 있다.

"웬일이십니까? 아가씨가 이렇게 정원을 걸어 다니시다니."

"그러게……. 오랜만에 집에 와서 그런가. 참, 라일. 혹시 지금 어디 가 봐야 돼?"

내 질문의 의도를 눈치챈 걸까? 라일이 쿡쿡 웃었다.

부끄러워서 나도 모르게 라일을 흘겨보았다.

"……실례했습니다. 제 역할은 아가씨를 호위하는 것. 부디 저택까지 동행하게 해 주시겠습니까."

……그렇다. 기왕이면 저택까지 데려다주면 안 될까……. 그런 흑심을 품고 혹시 가 봐야 할 곳이 있냐고 물어본 것이다.

뭐, 데려다준다면 무척 고맙긴 하지만.

라일이 내 발밑에 무릎을 꿇고 예를 취했다. 그 과장된 몸짓에 놀라움보다 웃음이 터져 나왔다.

"응, 부탁해."

쿡쿡 웃으며 나를 향해 뻗은 손을 잡았다.

"더없는 영광입니다."

라일이 진지하게 대답하며 미소 지었다.

"근데 라일은 그곳에서 자주 연습하는 편이야?"

나는 저택을 향해 걸으며 라일에게 물었다.

"글쎄요……. 조금 긴 시간이 나면 보통 그곳에서 훈련합니다."

"하지만 다른 호위들이랑 함께 훈련도 하고 있잖아? 라일은 정말 열심이구나."

아르메리아 공작가는 저택의 경비와 일족의 호위를 위해 적지 않은 인원을 사병으로 고용하고 있다.

라일과 디더는 그곳에 소속되어 일하고 있다.

"……디더도 어디선가 몰래 훈련하고 있을 겁니다."

"디더가? 왠지 상상이 안 가."

"그 녀석은 노력하는 모습을 보이길 싫어하니까요. 하지만 날마다 착실하게 강해지고 있습니다. ……저는 그런 그 녀석에게 지고 싶지 않은 것뿐일지도 모릅니다."

라일이 그렇게 말하며 쓴웃음을 지었다.
"후후. 뭐, 어때. 아마 디더도 똑같은 말을 할 거야."
"글쎄요."
"옛날부터 두 사람은 툭하면 경쟁하고 승부를 겨뤘잖아? 좋은 라이벌이라고 해야 하나."
옛날부터 그랬다.
평소에는 라일이 매사에 표표한 디더를 이리저리 챙겨 주는 느낌이다.
하지만 사소한 일로 경쟁심을 불태우면 싸움이나 다름없는 승부가 시작된다.
보통 디더가 먼저 시비를 걸고 승부가 시작되는 경우가 많다.
그러다 결국 결판이 나지 않고 끝나는 것도 이미 하나의 패턴이 되어 버렸다.
"……이번 여행에서도 두 사람의 호위를 기대할게."
훈련하는 이유가 뭐든 그래서 강해진다면 내가 참견할 문제는 아니다.
어쨌든 이번 여행도 안심할 수 있겠네.
"맡겨 주십시오."
라일이 웃으며 말했다. 긍지가 느껴지는 웃음이었다.

2장
아가씨, 여행을 떠나다

이틀 만에 모든 자료를 읽은 나는 오늘부터 사전에 점찍어 놓은 영지들을 둘러보기로 했다. 영도는 물론 영지 구석의 마을까지.

아쉽게도 영지 전체를 둘러볼 수는 없기 때문에 이번에는 특히 세수(稅收)가 감소한 남쪽과 세수가 풍족한 동쪽을 둘러볼 예정이다.

나와 타냐, 그리고 레메는 마차를 타고, 호위를 맡은 라일과 디더는 말을 타며 여행길에 올랐다.

그리고 마차를 모는 마부 한 사람……. 이 여섯 명이 이번 여행의 일행 전부다.

창밖을 흘러가는 풍경을 바라보았다.

저택을 떠난 지 수 시간……. 느긋한 여정이다 보니 아직 영도를 벗어나지 못했다.

유서 깊은 아름다운 거리. 수많은 사람이 끊임없이 오가고 조금은 부산스러운…… 그것이 이 거리의 인상이다.

"활기차네."

"그야 그렇죠. 이 거리는 제2의 왕도라고 불릴 만큼 발전된 곳이니까요오."
"그렇구나……."
문득 어느 구역에 눈길이 멎었다.
잘 보이지는 않지만 전체적으로 지저분하고, 멀리서 보기에도 그곳만 지나다니는 사람들이 뜸해 보였다.
"저어, 레메. 저긴 뭐지?"
내가 가리킨 방향을 바라보며 레메는 조금 거북한 표정을 지었다.
"아, 저곳은……."
"부탁이야, 레메. 숨기지 말고 가르쳐 줘."
"저곳은 최근에 생긴 슬럼이랍니다아."
"슬럼? 왜 슬럼이 늘어난 거지?"
"이유는 아주 많아요. 다른 영지에서 흘러 들어온 자, 빚을 진 자, 꿈을 좇아서 영도에 왔다가 생계를 유지하기 어려워진 자, 그리고 부모님이나 그 윗대부터 대대로 슬럼에서 살아온 자. 하지만 제일 많은 건 세금을 내지 못한 자들이에요. 특히 농촌의 차남이나 삼남은 종종 이곳까지 흘러 들어오곤 한답니다아."
레메의 말에 어두운 감정이 마음속을 점령했다.
그것은 그들을 향한 동정 때문일까, 아니면 이 비참한 상황에 대한 분노 때문일까?
"세금……이라. 우리 영지의 세금 제도는 얼마나 오랫동안 개정되지 않았지?"
"글쎄요……. 마지막으로 개정된 건 지금으로부터 5대 전 가주님 때예요오."
"그렇게 오랫동안 바꾸지 않았단 말이지……."
그녀의 담담한 대답에 나도 모르게 한숨을 쉬고 말았다.

"하지만 이곳 슬럼은 그나마 나은 편이에요. 다른 영지와는 달리 찾아보면 임금은 적지만 일자리도 있고, 괴롭힘을 당하는 것도 아니니까요오."

"그렇구나……. 하지만 이곳에는……."

나는 하려던 말을 도중에 입 안으로 삼켰다.

"왜 그러세요오? 아이리스 님."

"아무것도 아니야. 나중에 또 이것저것 질문할지도 모르니까 잘 부탁해."

"네에——."

레메와 대화를 마친 나는 또다시 창문으로 마차 밖을 바라보았다.

어느샌가 좀 전의 슬럼이 보이지 않는 곳까지 와 있었다.

'하지만 이곳에는…….'

조금 전에 하려던 말을 마음속으로 떠올렸다. 그리고 그다음 말까지.

'하지만 이곳에는…… 그때의 너희와 같은 아이들이 있겠지.'

지금도 선명하게 기억한다.

그들 한 사람, 한 사람과의 만남을.

지저분하고 피폐한 눈빛. 비쩍 마른 몸.

……지금의 나는 물론, 전생의 나도 어린아이의 그런 모습은 본 적이 없었기 때문에 사실 처음 봤을 때에는 몹시 충격을 받았다.

그때 나는 내 눈에 띈 아이들을 그 환경에서 데리고 나올 수밖에 없었다. 하지만…… 그래. 지금은 다른 방법으로 그들을 도울 수 있을지도 모른다. 그만한 힘을 손에 넣었으니까.

그런 생각에 잠겨 있는 동안 어느새 마차는 관문을 지나 영도를 벗어났다.

성벽에 둘러싸인 영도 밖은 드문드문 민가 같은 것만 보일 뿐, 온통 자연으로 가득한 풍경이었다.

그 아름다움에 마음이 부드러워졌다.

영도와는 달리 길이 잘 정비되지 않고 울퉁불퉁해서 때때로 마차가 요란하게 흔들렸다.

변함없는 풍경을 멍하니 바라보며 시간을 보내다 보니 이윽고 다음 마을이 보이기 시작했다.

이 마을에서 하룻밤을 보낸 후, 일주일하고도 며칠 동안 달려서 먼저 남쪽 마을을 찾아가기로 했다.

† † †

"……더워."

무심코 흘러나온 중얼거림에 맞은편에 앉아 있는 레메가 고개를 끄덕였다. 정말 끔찍하게 덥다.

타냐가 최대한 덥지 않게 시원한 드레스를 입혀 줬지만 그래도 더운 건 어쩔 수 없었다.

"할 수 없죠. 이 영지는 남북으로 길게 뻗어 있어서 남쪽으로 내려가면 갈수록 더워지거든요오."

레메의 말에 고개를 끄덕이며 옆에 앉아 있는 타냐를 슬쩍 바라보았다.

그녀는 찜통 같은 더위 속에서도 홀로 담담한 표정을 유지하고 있었다.

"……아가씨, 잠시 후에 휴식이니까 조금만 참으세요."

물끄러미 쳐다보는 내 시선을 눈치챈 타냐가 걱정스럽게 말했다.

"고마워."

나는 쓴웃음을 지으며 대답한 후 또다시 차창 밖 풍경으로 시선을 되돌렸다.

남쪽으로 내려오면서 바깥의 풍경은 크게 바뀌었다.

자연이 풍부한 것은 변함없지만 우거진 나무와 그 사이에 핀 꽃들이 지금까지 오는 길에 봤던 모습과는 확연하게 달랐다.

그 뒤로도 한참을 더 달린 끝에 휴식을 취하고자 일단 마차를 멈췄다.

모두가 작은 시내 근처에서 제각각 휴식을 취했다.

"그런데 라일이랑 디더는 안 더워?"

두 사람은 호위를 위해 무거워 보이는 갑옷을 입고 있었다.

이것도 정식 갑옷보다는 가벼운 편이라니 정말 놀랍다.

"네. 단련되어 있으니까요."

라일이 이마에 살짝 땀을 흘리면서도 산뜻한 미소를 지으며 대답했다.

"단련해도 덥긴 덥거든. 공주님만 허락해 주시면 당장 물에 뛰어들고 싶을 정도야."

그 옆에서 디더가 하하 웃으며 말했다.

"아가씨께서 허락하셔도 내가 허락할 수 없어요."

타냐가 단호하게 디더의 말을 가로막았다.

"너무해, 타냐."

타냐와 디더의 대화에 나는 무심코 웃음을 터뜨렸다. 휴식을 마친 후, 또다시 마차를 타고 마을로 향했다.

머지않아 최남단의 마을에 도착했다. 얼기설기 엮은 나무 울타리가 마을을 둘러싸고 있었다.

최남단의 마을은 영도와는 비교조차 할 수 없이 초라했으며 나무로 지은 건물은 허름하기 짝이 없었다.

마을로 들어서자 전체적으로 인적도 드물고 거리를 오가는 사람들도 모두 비쩍 말라 있었다.

영도의 슬럼가와 어느 쪽이 더 나을까……. 나도 모르게 그런 생각이 들 정도였다.

"여기는 너무 더워서 작황이 좋지 않거든요오. 그러니까 아무래도 세금 부담이 무거워질 수밖에 없죠."

저도 모르게 눈살을 찌푸리며 그 광경을 바라보고 있을 때, 레메가 내 심정을 눈치채고 살며시 설명해 줬다.

"그래서 이곳 세수가 좋지 않은 거구나."

눈앞에 펼쳐진 참상에 한순간 말문이 막혔다

하지만 그것은 아주 짧은 한순간뿐, 나는 곧 생각을 전환했다.

"그렇다면 작물 이외에 뭔가 돈이 될 만한 걸 만들어야겠네."

작물 이외에 돈을 벌 만한 방법.

하지만 말은 쉬워도 실제로 해내기는 당연히 어렵다. ……어떻게 하면 좋을까? 도무지 좋은 방법이 떠오르지 않았다.

전생의 기억이 있다고 해서 초인적인 힘을 가진 것은 아니니깐.

"아가씨……."

레메가 걱정스러운 얼굴로 나를 바라보았다.

"괜찮아. ……자, 먼저 촌장을 만나 볼까."

마부를 마을 입구에 대기시켜 놓고 다섯 명이 함께 마을 안을 걸었다.

촌장의 집은 쉽게 찾을 수 없었다. 건물이 다른 집들과 거의 다르지 않았기 때문이다.

그냥…… 다른 집들보다 조금 큰 정도.

"어서 오십시오. 이런 촌구석까지 찾아와 주셔서 감사합니다."

집 앞에 도착해서 인사를 건네자마자 촌장이 우리를 환영하며 안으로 들여보내 줬다.

응접실도 없는 평범한 거실 같은 공간.

촌장은 다른 마을 사람들과 다름없는 차림새였다. 특징을 꼽자면 나이가 아주 많고, 허리가 굽었는데도 별로 힘든 기색 없이 움직이는 정도?

나는 촌장이 권해 준 의자에 앉았다.

집 밖을 경비하는 디더를 제외한 나머지 세 사람이 모두 대기하듯 내 뒤에 섰다.

"……그런데 아가씨께서 무슨 일로 이런 곳에……?"

촌장이 조심스럽게 물었다.

이 반응은 공작 영애가 찾아왔기 때문일까, 아니면 지금껏 영지 운영과 관련된 자가 찾아온 적이 없기 때문일까?

전자라면 그나마 낫다.

……후자일 경우 그건 이 땅을 오랫동안 버려 두고 있었다는 뜻이다.

그것은 곧 영주로서 이 땅을 다스리는 우리 가문의 실책이다.

"지금 영지 각지를 시찰하며 돌아다니는 중이에요. 그러다 이곳에 들른 거죠."

"그렇군요……. 그래도 높으신 분이 직접 오실 줄이야……. 이게 대체 몇 년 만인지."

"……그런데 촌장, 마을 안에 젊은 사람…… 특히 남자가 보이지 않던데 어떻게 된 거죠……?"

후자였나……. 나는 한숨을 쉬고 싶은 마음을 억누르며 물었다.
"아, 그건…… 젊은 남자들이 돈을 벌려고 마을 밖으로 일하러 나갔기 때문입니다. 특히 차남이나 삼남 중에는 그런 자가 많지요. 배운 게 없다 보니 다들 나라의 군에 지원해서 입대하곤 합니다."
"그렇군요……."
"경작지가 얼마 안 되니 하는 수 없지요……."
촌장이 그렇게 말하며 슬프게 웃었다.
"……숲에 사는 짐승이 마을로 들어오는 경우는 없나요?"
"가끔 있지만…… 그래도 아주 큰 짐승은 나타난 적이 없어서 마을 사람들 힘으로 어떻게든 대응하고 있습니다."
"그렇군요……."
일단 국군이 치안 유지를 맡고 있지만…… 국가 전역이 활동 무대인 만큼 이런 작은 마을까지는 손길이 미치지 않는 모양이다.
중요도를 따지자면 아무래도 국경 수비가 비중이 클 수밖에 없다.
"여러 가지로 알려 줘서 고마워요. 지금부터 마을 안팎을 살펴봐도 될까요?"
"아, 안내는……."
"됐어요. 촌장은 그냥 하던 일을 계속하세요."
그리고 나는 촌장의 집을 나왔다.

촌장의 이야기를 들어 보니 이곳에는 부족한 게 너무 많았다.
돈도 부족하고, 일손도 부족하고, 병원도, 학교도 아무것도 없다.
그 생각은 마을 안을 둘러보며 더욱 강해졌다.
내친김에 마을 밖까지 둘러보았다.
마을 외곽에 자리 잡은 밭은 레메의 말대로 작황이 좋지 못한지 풍작과는 거리가 멀었다. 마을 사람들은 체념한 듯이 지칠 대로 지친 얼굴로 그 광경을 바라보고 있었다.

다음에는 마을 밖으로 나가서 근처 숲으로 가 보았다. 레메에게 이 근방에서만 열리는 과일이 있다는 얘기를 들었기 때문이었다.

디더가 앞장서서 걷고, 그 뒤로 나와 타냐 그리고 그 뒤로 레메와 라일이 따랐다.

울창한 나무는 짙은 초록색이었는데, 나무에 열린 과일은 아열대 지방에서 나는 과일이었다.

과일을 팔면 어떨까? 레메가 말하기를 이 과일들은 너무 생소하고 인기가 없어서 팔 길이 마땅치 않다고 했다.

"그건 그렇고 신기한 과일들이 잔뜩 있네……."

디더는 연신 신기해하며 과일들을 따서 하나하나 관찰했다.

"오! 이건 뭐야? 레메."

디더가 레메에게 울퉁불퉁한 노란색 덩어리를 내밀며 물었다.

크기는 디더의 손보다 조금 큰 정도. 어디서 본 것같이 생겼는데…….

"그건 카카오라는 열매인데……."

그 말에 나는 걸음을 우뚝 멈췄다.

그리고 그가 들고 있는 과일을 바라보았다.

"잘했어! 디더!"

나는 레메의 말이 끝나기도 전에 무심코 디더의 손을 덥석 움켜잡았다. 너무 힘껏 움켜잡는 바람에 누가 보면 꼭 덤벼드는 것 같았지만 디더는 수월하게 나를 받아 줬다.

비록 손에 들고 있던 카카오는 날아가 버렸지만.

"우왓! 고, 공주님……?"

"잘했어! 그거야, 그것만 있으면……. 아, 그리고 레메."

나는 레메에게 어떤 상품의 이름을 말한 후, 들어 본 적이 있는지 확인해 보았다.

레메는 눈을 동그랗게 뜨며 미안한 얼굴로 '모르겠다.' 라고 대답했다.

"괜찮아! 이제부터 뭘 해야 할지 보이기 시작했어. 먼저 이 카카오를 사 가도록 하자."

그리고 황송해하는 마을 사람들에게서 카카오 콩을 사들였다.

들고 갈 수 있는 만큼, 사들일 수 있는 만큼 카카오 콩을 구입한 후 마을을 떠났다.

"아가씨, 괜찮으시겠어요오……?"

"응? 뭐가?"

"그 카카오 콩 말이에요……. 카카오 콩은 인기 없는 남부 특산물 중에서도 특히 인기가 없거든요오?"

"괜찮아. 내가 필요한 건 바로 그 카카오 콩이니까."

단호하게 대답하자 레메는 '그렇군요…….' 라고 중얼거리면서도 좀처럼 납득할 수 없는 표정을 했다.

이제부터 모두를 설득하려면 무척 힘들지도 몰라……. 역시 실제로 만든 다음에 얘기를 나누는 게 좋을까?

나는 레메의 반응을 보며 마음속으로 생각했다.

† † †

남쪽 마을을 떠난 후, 우리는 동쪽을 향해 달리기 시작했다.

바다와 맞닿아 있는 동쪽 마을은 항구에서 교역을 통해 얻은 수입으로 세금을 충당하고 있다고 한다.

길은 여전히 울퉁불퉁하고, 마차의 흔들림도 심해서 그만큼 피곤했다. 다만 치안이 좋고, 도적이 출몰하지 않는 게 그나마 다행이었다. 하루 만에 도착할 거리가 아니다 보니 도중에 여관에서 숙박하며 여정을 서둘렀다.

동쪽 마을이 가까워질수록 거리에 활기가 감돌기 시작했다.

차츰 더위가 누그러들고, 떠도는 공기에 짭조름한 바다 냄새가 섞일 무렵.

우리는 겨우 영지 동쪽 끝에 위치한 마을에 도착했다.

"우와……. 사실은 저, 바다를 보는 건 처음이에요오!"

맞은편에 앉은 레메가 눈을 반짝반짝 빛내며 바다를 바라보았다.

바다 정도는 전생에서 실컷 봤으면서도 나 역시 내심 무척이나 흥분했다.

거리는 항구 마을답게 오가는 사람이 많았고, 물건 거래도 활발해서 떠들썩하면서도 시끌벅적했다.

"거기 아가씨! 위험해! 비켜!"

내가 두리번거리며 길가에 서 있을 때 한 남자가 고함을 질렀다.

뒤를 돌아보자 어마어마한 화물이 코앞에 다가와 있었다.

"아가씨, 위험해요!"

갑작스러운 상황에 꼼짝도 못 하고 있을 때, 라일이 나를 잡아당겼다. 강한 힘이 몸을 끌어당긴 순간, 눈앞의 풍경이 순식간에 달라졌다.

그대로 끌어 안기자 눈앞에 라일의 가슴이 있었다.

잘 단련된 그의 몸은 무척 탄탄했다.

코가 가슴에 닿아서 조금 아팠다.

"고마워, 라일."

고개를 들고 고맙다고 말하며 몸을 뗐다.

계속 이 자세로 있으면 아무래도 곤란할 테니까.

"아닙니다. 무사하셔서 다행입니다. 아가씨, 부디 혼자 돌아다니지 마시고 타냐나 다른 사람의 옆에 계십시오."

"응, 그럴게. 또 그런 일을 당하긴 싫으니까."

남쪽 마을을 찾아갔을 때처럼 이번에도 이 마을을 관리하는 시장과 이야기를 나눴다.

활기가 넘치는 마을인 만큼 지난번 남쪽 마을과는 달리 시장의 집을 곧바로 찾았다.

영지 운영과 관련된 자가 시찰을 나오는 것도 별로 드물지 않은 일인지 응대에도 빈틈이 없었다.

뭐, 영주인 공작의 딸이 찾아온 것에는 놀라움을 감추지 못했지만.

그 후 다섯 명이서 함께 마을을 둘러보았다.

"역시 활기가 넘치네……."

메인 스트리트인 듯한 그곳은 지나다니는 사람도 많았고, 상업도 활발하게 이루어지고 있었다.

거리가 비좁을 정도로 늘어선 노점들. 수많은 화물이 거리를 오가고 사람들은 그 사이를 누비듯 걸어 다녔다.

"그렇죠. 이 일대는 교역과 소금 정제로 안정된 수입을 얻고 있으니까요오."

시찰을 핑계로 여러 노점을 돌아다녔다.

항구 마을답게 제법 진귀한 물건들도 눈에 띄었다. 예를 들면 타국에서 만든 듯한 작은 소품들. 해변에서만 볼 수 있는 어패류.

몇 가지는 나도 사고 싶은 물건들이 있었다.

유통을 잘해 보면 판로를 넓힐 수 있지 않을까……? 머릿속 한구석에서 그런 생각을 하면서도 순수하게 시찰을 즐겼다.

하지만 메인 스트리트를 대충 둘러봤을 무렵.

문득 메인 스트리트가 아닌…… 그 옆의 골목길을 자세히 살펴보자 여기저기 초라하고 지저분한 모습이 눈에 띄었다.

어두운 뒷골목. 그리고 어딘가 황량하게 느껴지는 건물.

길바닥에는 쓰레기가 여기저기 널려 있었다.

저렇게 사람들이 붐비는 거리가 있는 한편, 이런 쓸쓸한 거리가 조용히 존재하고 있는 것이다.

메인 스트리트가 활기 넘치는 만큼 그 뒷골목은 멀리서 보면 전혀 다른 마을로 느껴지기조차 했다.

그쪽으로 가 보려고 했지만 그럴 수 없었다.

디더가 손을 움켜잡고 날 막았기 때문이었다.

"……공주님, 그쪽은 가면 안 돼."

말투는 평소와 다름없었지만 목소리는 묘하게 진지했다.

"저런 곳이야말로 시찰해야 되지 않을까?"

"호위란 공주님에게 위험이 닥칠 때 구하기만 하면 되는 게 아니야. 그런 상황에 처하지 않도록 감시하는 것도 우리의 역할이야."

그만큼 위험하다고 말하고 싶은 걸까?

……하지만.

"너와 라일, 그리고 타냐도 있는데? 그래도 안 돼?"

"응, 안 돼. 여긴 위험해. 섣불리 건드렸다가 큰일이 벌어지기라도 하면 솔직히 이 정도 인원으로도 안심할 수 없어."

디더의 말에 깜짝 놀라서 나도 모르게 눈을 동그랗게 떴다.

라일과 디더는 저택의 사병들 중에서도 1, 2위를 다투는 실력자다. 왕국에서도 정예 중의 정예로 손꼽히는 근위병에 스카우트될 만큼.

그런데 이 정도 인원으로도 불안하다니…….

납득하지 못하는 내 심정이 전해진 걸까. 디더가 또다시 말했다.

"이곳의 상식은 바깥세상의 상식과는 달라. 그리고 그 상식을 깨는 자를 절대 용서하지 않아. 개개인이라면 몰라도 조직이 움직이면 이 정도 머릿수로는 끝장이야. 어중간한 각오로 손을 댔다가는 다치는 정도로 끝나지 않을걸? 물론 영역을 침범하고 말고 그 이전에, 아마 놈들은 공주님을 상대도 해 주지 않겠지만."

그렇게까지 말하는 이상 물러설 수밖에 없었다.

나 같은 건 상대도 해 주지 않을 거라고……? 그건 분명 실력을 운운하는 문제는 아닐 것이다.

나는 아직 아무 실적도 쌓지 못했고, 무엇보다도 상대를 잘 알지도 못한다.

영주 대행이라는 이름만 달고 있는 나를 상대해 줄 리가 없다……. 그는 분명 그렇게 말하고 싶은 것이다.

"알았어……. '지금' 은 그만둘게."

내 말에 다른 멤버들이 안도의 표정을 지었다.

"……이쯤에서 일단 시찰을 마치고 어디서 점심이라도 먹을까?"

일단 포기하고 기분을 전환하기 위해 점심 식사를 제안했다.

순간 어두웠던 분위기가 확 바뀌었다.

"아! 나 가 보고 싶은 가게가 있어."

제일 먼저 돌변한 것은 디더였다……. 디더는 평소와 다름없는 밝은 목소리로 어느 가게를 가리켰다. 우리는 순순히 그 가게로 들어갔다. 라일과 타냐는 내가 들어가기엔 너무 서민적인 가게라고 반대했지만……. 물론 그 반대는 뿌리쳤다.

모처럼 다른 지방으로 여행을 왔는걸. 당연히 이 지역의 특산물을 맛봐야지.

그리하여 내 앞에 놓인 음식은 항구 마을다운 해산물이었다. 그것도 해산물 회.

"와…… 맛있겠다……."

나도 모르게 황홀한 얼굴로 음식을 바라보았다.

전생의 내가 마음속에서 그립다고 외쳐댔다.

그동안 회는커녕 해산물이 식탁에 오른 적은 거의 없다……. 사방이 바다로 둘러싸인 일본에서 태어나고 자란 내게 이 음식들은 더할 나위 없는 진수성찬이었다.

"날것, 이군요……."

"아가씨, 드시지 마세요."

라일과 타냐는 날것이라는 사실에 거부감을 표했다.

그 옆에서 디더는 희희낙락 음식을 집어먹고 있었다.

"우우…… 책에서 읽긴 했지만…… 이 근방은 어패류를 날로 먹는 습관이 있어요오. 콩으로 만든 소스를 찍어 먹는다던데…… 이 갈색 액체가 그 소스인가 봐요오."

레메는 머뭇머뭇 음식을 입에 가까이 댔다가 멀리 떨어뜨리기를 되풀이했다.

"맛있어. 먹어 봐."

나는 주저 없이 음식을 먹었다.

……음, 맛있다. 역시 신선해서 그런가.

"오! 공주님 잘 드시네."

직무상 절대 술을 마셨을 리 없지만……. 왠지 술 취한 아저씨 같은 디더의 말투에 나도 모르게 웃음을 터뜨리고 말았다.

"억지로 먹을 필요는 없지만…… 한번 먹어 보지 그래? 맛있어."

다들 각오한 듯 음식을 입에 넣었다.

라일과 타냐는 차츰 날것이라는 사실에 적응했는지 맛있게 먹기 시작했지만…….

역시 레메는 날것 특유의 냄새를 도저히 참지 못하고 도중에 기권했다.

"역시 책으로 읽는 것과 실제로 경험하는 건 다르네요. 새로운 발견이었어요오……."

제법 멋진 말이었지만 아무래도 날 생선에 꽤나 충격을 받았는지 울먹거리며 중얼거리는 바람에 멋있다기보다는 안쓰러운 느낌이 더욱 컸다.

† † †

……식사를 마친 후 다시 항구로 돌아왔다.

이번에는 항구가 한눈에 내려다보이는 언덕 위에서 발밑에 펼쳐진 풍경을 바라보았다.

"언젠가……."

나는 항구를 바라보며 문득 중얼거렸다.

"언젠가 이 항구를 더욱 크게 만들어서…… 교역을 확장하고, 그리고 전 세계의 항구와 이어지는 거야……. 정말 멋지지 않아?"

내 물음에 모두가 미소를 지었다.

"멋져, 공주님. ……그렇게 되면 난 이국의 술을 마시게 해 줘."

"디더! 너 또 아가씨께 그런 말을……. 정말 멋집니다, 아가씨."

"좋아, 디더. 기대하시라. 그리고 라일. 만약 이루어지면 너는 뭘 하고 싶어?"

"글쎄요……. 굳이 말하자면, 그렇군요. 이국의 무구를 보고 싶습니다."

"라일답네. 그럼 레메는?"

"물론 이국의 책을 읽고 싶어요오."

그것도 레메다운 대답이었다. 그 대답에 나도 모르게 웃고 말았다.

"그럼 타냐는?"

"글쎄요……. 진귀한 찻잎 종류가 있으면 꼭 아가씨께 맛보여 드리고 싶네요."

"나도 꼭 타냐와 함께 맛보고 싶어."

나는 모두의 반응을 살펴본 후 다시 등을 돌리고 항구를 바라보았다. 그리고 그 광경을 눈에 새겼다.

"역시 시찰하길 잘했어. 지금까지 몰랐던 많은 것, 보지 못했던 많은 것을 볼 수 있어서……. 그리고 많은 걸 배운 것 같아."

세바스가 만들어 준 서류는 무척 잘 정리되어 있었다. 영지에 대해 아무것도 몰랐던 내게는 좋은 교본이었다.

그 서류를 보고 배운 것도 아주 많다. 하지만 이렇게 현실을 살펴보는 것도 또 다른 배움이 되어 줬다.

그리고 이 여행 덕분에 내 마음속에는 영주 대행을 맡을 각오가 생겼다.

"……다들, 다시 한번 물어볼게. 날 따라와 줄래? 물론 지금 같은 여행을 말하는 게 아니야. 너희의 모든 걸 내게 맡겨 줘."

"전 이미 아가씨께 모든 걸 바쳤답니다."

내 바람에 제일 먼저 대답해 준 것은 타냐였다.

"물론입니다, 아가씨."

"따라갈게, 공주님. 공주님 곁은 재미있을 것 같으니까."

라일과 타냐도 웃으며 찬성해 줬다.

"저도요. 아가씨를 따라가면 분명히 즐거울 테니까요오."

그리고 마지막으로 레메도 웃으며 그렇게 말했다.

"……다들 고마워."

……그날 밤.

메인 스트리트 근처에 숙소를 잡은 우리는 느긋하게 휴식을 취했다. 숙소는 항상 타냐가 정하는데, 실패한 적은 한 번도 없었다.

그건 그렇고, 몸은 피곤한데도 어째서인지 묘하게 정신이 말똥말똥하고 잠을 이룰 수 없었다.

내일도 아침부터 움직일 예정이라 빨리 자야 되는데……. 그렇게 생각하면서도 도무지 잠이 오지 않았다.

후우……. 한숨을 쉬며 침대에서 몸을 일으켰다.

타냐에게 뭔가 마실 걸 갖다 달라고 할까……? 하지만 이런 밤중에 깨우긴 미안한데.

왠지 다시 침대에 누울 기분이 아니네…….

나는 부스스 일어나서 정처 없이 방을 나섰다.

아무리 여관 안이라지만 이런 한밤중에 아무도 거느리지 않고 혼자 돌아다니다니……. 그렇게 생각하면서도 왠지 나쁜 짓을 하는 듯한 그 기분이 나를 더욱 두근거리게 만들었다.

어쩐지 어린 시절로 돌아간 것 같다.

"……공주님, 이런 시간에 방 밖으로 나오면 안 돼요."

복도에 놓인 긴 의자에 앉아서 커다란 창문 너머 밤하늘을 바라보고 있을 때, 문득 등 뒤에서 목소리가 들려왔다.

"……디더……."

"아무리 숙소 안이라지만 여긴 저택이 아니야. 좀 더 위기감을 가져, 공주님."

"미안해. 왠지 잠이 오지 않아서……."

"레메도 똑같은 말을 하던데. 처음 본 바다 때문에 흥분돼서 잠이 오지 않는다면서……."

"난 그런 건 아니지만……. ……그건 그렇고 놀랐어. 계속 내 뒤를 쫓아온 거야?"

여기 올 때까지 기척을 전혀 느끼지 못했다.

조용하고 어두컴컴한 복도를 혼자 걸어온 줄 알았는데.

"그야 뭐. 숙소 안에서도 공주님은 나와 라일이 교대로 경호하고 있으니까. 우연히 지금은 내 차례였던 것뿐이야. 공주님을 혼자 돌아다니게 했다가 들키면 아마 라일이랑 타냐가 날 죽여 버릴걸? 뭐…… 내가 아니라도 어차피 타냐가 곧 눈치채고 공주님을 혼자 두지 않았겠지만."

"그렇구나……. 정말 미안해. 귀찮게 해서."

"괜찮아. 오히려 자기 전에 공주님을 만나서 기분이 좋은걸?"

디더는 그렇게 말하며 아하하 웃었다.

"디더."

"응?"

"오늘 모두가 가지 말라고 막았던 거리 있잖아."

내가 말을 꺼내자 디더의 시선이 어색하게 허공을 방황했다.

"아…… 그건."

"디더는 꽤 자세히 아는 것 같던데……. 어째서야?"

디더가 물끄러미 나를 바라보았다.

지금의 그는 평소의 표표한 분위기가 아니었다.

눈동자에 아무것도 비치지 않는 듯한…… 보고 있으면 조금 무서워지는 눈빛.

"네가 그런 사람들과 연결되어 있다거나…… 그런 의심을 하는 건 아니야. 단순히 네가 자세히 아는 것 같아서 그래. 그리고 내가 아무것도 모르니까 듣고 싶은 것뿐이야."

그렇게 덧붙였지만 디더는 아무런 대답도 하지 않았다.

어째서일까……? 조금 전까지는 기분 좋게 느껴지던 정적이 지금은 오히려 괴롭고 숨이 막혔다.

"……공주님이 주워 줄 때까지, 우린 나를 포함해서 모두 슬럼에 살았어."

그런 생각에 잠겨 있을 때, 문득 디더가 입을 열었다.

"응, 그랬었지……."

"그곳에서는 무슨 일이 있어도 아무도 도와주지 않아. 자신의 몸은 스스로 지켜야 돼. 어린아이에게도 가차 없는 곳이니까."

"그렇……구나."

"그래서 위험한 냄새를 맡는 감각도 남들보다 몇 배나 발달되어 있어. 위험하다는 걸 알면 그만큼 자신의 몸을 지킬 수 있잖아?"

디더의 말투는 평소대로 돌아와 있었지만 목소리는 진지했다.

"하지만 난 바보였어. 위험하다는 걸 알면서도 바보같이…… 그런 녀석들에게 접근해서 심부름꾼 노릇을 한 적이 있거든. 아, 주인님과 세바스는 알고 있으니까 들키면 어떡하나 걱정하지 않아도 돼."

표정을 보고 내 생각을 눈치챈 것일까? 디더가 선수를 쳐서 덧붙

이듯 말했다.

……아버님도, 세바스도 알고 있었구나.

그를 주워 온 내가 이렇게 말하긴 좀 그렇지만, 용케 반대하지 않고 받아 주셨구나.

"그래서 공주님이 보기엔 자세히 알고 있는 것처럼 느껴진 거 아닐까?"

"……굉장히 바보 같은 질문이지만…… 디더, 넌 어째서 그런 짓을 한 거야?"

"돈 때문에. 뭐, 흔한 얘기지. ……곧바로 후회했지만. 힘없는 어린아이란 실컷 써먹고 버릴 수 있는 편리한 장기짝일 뿐이야. 똑같은 처지의 녀석들이 몇 명이나 어느 날 갑자기 사라졌지. 하지만 눈치챘을 때에는 이미 돌이킬 수 없었어. 도중에 도망치는 건 그야말로 목숨을 버리는 거나 마찬가지니까."

디더가 와하하 웃으며 말했다. ……그리고 쓸쓸한 미소를 지었다.

"……그래서 공주님이라고 부르는 거야?"

"……응?"

줄곧 의문이었다.

그는 왜 나를 공주님이라고 부르는 걸까?

장난으로 넘기기엔 항상 질리지도 않고 공주님이라고 불렀다.

뭐라고 불러도 상관없다고 했던 건 바로 나. 그리고 딱히 디더가 날 존경해 주기를 바라지도 않지만…….

그는 내가 온실 속에서 곱게 자란 아가씨라고 말하고 싶은 걸까? 내가 아무것도 보지 못하고, 아무것도 듣지 못하고, 아무것도 모르는 공주님이라고 조롱하려는 걸까?

“……아무것도 아니야. 이상한 질문을 해서 미안해.”
“내가 공주님이라고 부르는 건…… 공주님이 공주님이기 때문이야.”
디더는 그렇게 중얼거리며 싱긋 웃었다.
“……응?”
“앗. 궁금해? 궁금해?”
디더가 싱글싱글 미소를 지으며 내 표정을 살피듯 고개를 기울이며 얼굴을 바싹 댔다.
……꼭 놀리는 것 같잖아.
“……아가씨께 너무 가까이 다가가지 말아요.”
그 분위기를 깨뜨린 것은 타냐였다.
디더가 머리를 감싸 쥐고 웅크렸다.
타냐가 머리를 후려갈길 때 아주 멋진 소리가 나던데…… 아프겠다…….
“하여간…… 아가씨를 데리러 간 줄 알았는데 아무리 기다려도 돌아오지 않길래 와 봤더니……. 아가씨, 밤이 늦었답니다. 내일도 아침 일찍부터 움직이려면 그만 주무셔야죠.”
“응……. 이제 조금 잠이 올 것 같아. 타냐, 데리러 나오게 해서 미안해.”
“괜찮습니다. 뭐든지 말씀하세요. 푹 잠드시게 따뜻한 우유를 갖다 드릴까요?”
“부탁해. ……디더도 고마워.”
그리하여 내 작은 모험인 여관 산책은 끝났다.
타냐가 가져온 따뜻한 우유를 마시자 졸음이 밀려와 푹 잠들 수 있었다.

† † †

"당신도 마실래요?"

타냐는 문 앞에 있는 남자…… 디더에게 조용히 컵을 내밀었다.

"오, 고마워, 타냐. 따뜻한 우유, 내 거까지 끓여 준 거야?"

디더가 기쁜 듯이 컵을 받아 들고 우유를 한 모금 마셨다.

"……그럴 리가요. 아가씨를 호위해야 하는데 뭐 하러 잠이 오는 따뜻한 우유를 주겠어요? 그냥 뜨거운 물이에요, 뜨거운 물."

"그래…… 그럴 줄 알았어."

디더는 그렇게 말하며 쓴웃음을 지었다.

"……그렇게 침울한 기분을 밖으로 드러내다니 당신답지 않네요."

"그래?"

디더는 웃으며 뜨거운 물을 마셨다.

타냐는 잠자코 그 모습을 물끄러미 바라보았다.

"……공주님이 왜 공주님이라고 부르냐고 묻더군."

"아, 그래요."

디더의 말에 타냐는 냉정하게 잘라 내듯 대꾸했다.

"너무 차가운걸, 타냐. 그보다 먼저 물어본 건 타냐잖아."

"네. 하지만 당신의 대답이 너무 새삼스러워서요. ……그리고 어차피 그렇게 고민하는 것도 아니잖아요."

"뭐, 그렇지……. 공주님 생각대로 세상 물정 모르는 순진한 아가씨라고 조롱했던 것도 사실이야. 하지만 그것만은 아닌데……."

"그래요. 처음 봤을 때, '꼭 동화 속에 나오는 착하고 상냥하고 예쁜 공주님 같다.' 라고 생각했기 때문이라고 했었죠."

타냐와 디더……. 그들에게 공작 영애란 구름 위의 존재였다.

평생 인연이 없을 거라고 생각했던 사람.

그런데 무슨 인연인지 그녀가 그들을 주웠고…… 함께 지내게 되었다.

이런 세계가 있을 줄이야. 이런 존재가 있을 줄이야. 놀라웠다.

그건 거칠고 비뚤어진 마음을 가진 디더도 예외는 아니었다.

놀란 동시에…… 질투했다.

어째서 이렇게 다른 걸까?

어째서 이런 세계를 보여 주는 걸까?

디더가 공작가에 온 지 얼마 되지 않을 무렵에 느꼈던 것은 바로 그런 감정이었다.

온 세상의 행복을 한 몸에 받은 듯한 더러움을 모르는 아이리스를 미워한 적조차 있었다.

……그렇지만 순수하게 부럽기도 했다.

마치 동화 속에 나오는 것 같은 존재.

단순한 장기짝에 불과했던 자신을, 푼돈 몇 푼보다도 존재 가치가 없는 자신을 걱정하고, 웃어 주고, 소중하다고, 필요하다고 말해 주는 존재.

그게 너무 좋아서 시간이 흐르고 문득 정신을 차려 보니…… 자신이 살아갈 곳은 바로 여기라고, 자신의 주인은 그녀라고 각인되어 버렸다.

"말하지 그래요? …… '동화 속 공주님처럼 예쁘고 상냥해 보여서.' 라고. 별로 다른 뜻도 없잖아요. 아니면 너무 순수한 어린아이의 감상 같아서 이제 와서 말하긴 부끄럽나요?"

"뭐, 말하는 건 상관없지만……. 생각해 봐, 타냐도, 라일도, 레메도 다들 '공주님, 너무너무 좋아요.' 라는 속마음을 솔직하게 드러내잖아?"

디더의 말대로 아이리스가 거둬들여 집안에 남은 멤버들은 그녀에게 진심으로 충성을 맹세하고 있다.

그 속에서 디더만이 표표하게 본심을 숨기고 있었다.

정말로 그녀에게 충성을 맹세하고 있는지…… 디더는 제일 파악하기 힘든 인물이었다.

"좀 다른 표현은 없나요……."

"하지만 사실이잖아?"

"그렇긴 하죠."

"내가 공주님을 공주님이라고 부르는 이유는 별거 아냐. 하지만 공주님은 그 '이유'를 꽤나 진지하게 생각했던 모양이야. 그리고 자신의 미숙한 부분을 고민하고 있지. 정말 최고야."

디더는 그렇게 말하며 환하게 웃었다.

자신과 대화를 시작한 후로 이 부분에서 제일 환하게 웃다니, 역시 성격이 비뚤어졌군. 타냐는 내심 한숨을 쉬었다.

"다들…… 공주님이 너무너무 좋다고 솔직하게 표현하면서 공주님이 원하는 걸 이뤄 주기 위해 움직이고 있지. 그러니까 이런 녀석도 한 명쯤 있는 게 좋지 않을까? 속이 보이지 않고, 무슨 생각을 하는지 알 수 없는 녀석……. 문득 공주님 스스로 멈춰 서서 생각을 하게 만드는 녀석 말이야."

"골치 아픈 성격이네요."

"비뚤어져서 그래."

"그게 그거죠."

“내가 왜 공주님을 공주님이라고 부르는지…… 그건, 음. 내가 이 역할에서 물러날 때 말씀드릴까?”

“……어머나, 그럼 공주님은 오래 살지 않으면 디더의 진심을 모르겠네요.”

“헉! 그런가.”

“스스로 이 일을 그만둘 생각도 없는 주제에 잘도 그런 말을 하는군요. 아가씨가 당신을 해고할 가능성은 더 낮을 텐데요.”

“그럴지도 몰라.”

디더는 아하하 웃었다.

타냐가 그런 그에게 또다시 주먹을 치켜들었다.

“조용히 해요. 아가씨가 깨면 어쩌려고 그래요?”

“아야……. 타냐, 너무 세게 때리는 거 아니야?”

“아니거든요. ……그럼 난 이만 돌아갈게요.”

“——네네. ……그런데 타냐.”

“뭐죠?”

“나 타냐한테 ‘공주님 같아서 공주님이라고 부른다’ 고 말한 적 있었나?”

“오래전에 술에 취해서 말한 적이 있어요……. 그 말을 듣기 전까지는 아가씨를 조롱하는 줄 알고 당신을 없애 버리려고 생각한 적도 한두 번이 아니었죠…….”

“무섭다…….”

“마음을 숨기는 것도 적당히 해요. ……그러다가 뭐가 진짜 마음인지 알 수 없게 될지도 몰라요.”

“그렇게 되진 않을 테니까 걱정 마. ……내게도 한 가지 양보할 수 없는 게 있으니까.”

디더는 그렇게 말하며 웃었다.
타냐도 보기 드물게 미소를 지었다.
……그가 무슨 말을 하고 싶은지 알기 때문이었다.
양보할 수 없는 것, 즉 자신들에게 소중한 것.
……그리고 그들에게 가장 소중한 것은 주인 아이리스.
디더가 그렇게 말하면 타냐도 납득할 수밖에 없다.
문이 닫힌 후, 디더는 아무 일도 없었던 것처럼 다시 경호를 시작했다.
그에게선 평소대로의 표표한 분위기가 풍겼다.

† † †

……그렇게 유예로 얻은 한 달이라는 시간이 거의 끝나고, 마지막으로 모네다를 만났다.
내게 그와의 만남은 최초의 난관이기도 했다.
우리 일행은 상업 길드의 응접실로 안내받았다.
모네다가 소속된 상업 길드는 말 그대로 상업을 생업으로 삼는 자들이 모여서 만든 조합 같은 것이다.
원래 세계의 '노조' 같은 거라고 설명하면 이해하기 쉬우려나.
각 영지에 위치한 상업 길드는 영지에 얽매이지 않고 전국적으로 하나의 조직을 이루고 있다.
하지만 각 지부마다 특색이 있기 때문에 하나의 조직이라고 뭉뚱그려 말해도 되는지 어떤지는 판단하기 어렵다.
즉 본부의 전달 사항이나 공유하는 룰은 있지만, 각자 재량에 따라 자유롭게 움직여도 좋다는 뜻이다. 왕과 우리 영주들의 관계와 비숫하다고 해야 하나.
상업 길드 지부의 건물은 귀족들의 저택과는 달리 쓸데없이 호화롭고 화려한 장식을 배제하고, 차분하고 중후하게 꾸며져 있었다.
하지만 안목 있는 자가 보면 그 가구와 장식들이 충분히 가치 있는 물건들임을 알 수 있을 것이다.
"오랜만입니다, 아이리스 님."
잠시 후 응접실로 들어온 것은 안경을 쓴 산뜻한 청년이었다.
……내게는 그 웃음이 굉장히 수상쩍게 보이지만.
"오랜만이야, 모네다. 아, 너무 딱딱하게 그러지 마. 오늘은 어디까지나 신분을 숨기고 찾아온 거니까."
"아닙니다. 이게 제 원래 성격이라서요."
"……그래, 넌 옛날부터 그랬지."
"그보다 용건이 뭡니까?"
……다짜고짜 본론이냐.
지난날을 추억하며 분위기를 부드럽게 만들 생각은 없나 보군.
뭐, 모네다는 옛날부터 이런 느낌이었지만.
"어머, 모네다. 오랜만에 만났는데 너무하네. 요즘 어떻게 지내?"
"저 말입니까? 아주 잘 지내고 있습니다."
"그렇겠지. 역시 상업 길드의 부회계장다워. 그럼 내 근황도 당연히 알고 있겠지?"
"뭐…… 그렇죠."
모네다는 쓴웃음을 지었다.
소문과 정보를 빠르게 입수하는 것이 상인의 특징.
많은 돈을 뿌리는 귀족의 동향도 당연히 파악하고 있을 것이다.
"너도 알다시피 난 이번 소동 때문에 영지로 돌아왔어. 그런데 모네다, 요즘 길드는 어때?"

"그쪽도 순조롭습니다."

"어머, 그래? 왕도와의 무역 거래가 꽤 줄어든 것 같던데?"

파직. 지금까지 온화했던 그의 표정이 얼어붙었다.

그 변화에 나도 모르게 웃음이 흘러나왔다.

"어머, 그럼 안 되지. 그렇게 얼굴에 드러내면 상대한테 금방 속마음을 들키거든."

호호호. 아가씨다운 웃음으로 분위기를 다시 부드럽게 되돌리려고 했지만 모네다의 표정은 여전히 딱딱했다.

"모네다, 미안해. 널 떠보려고 넘겨짚은 것뿐이야. 하지만 역시 우리 영지와 왕도 간의 무역이 줄어든 건 사실인가 보네."

정세가 불안정한 왕도와의 무역 거래는 당연히 줄어들 수밖에 없다.

귀족을 상대로 장사할 때, 그 귀족의 저택을 방문해서 거래하는 것은 드문 일이 아니다.

오히려 그게 주류라고 할 수 있다.

하지만 그렇기 때문에 리스크가 따른다.

너무 친밀해져서 그들과 적대하는 귀족들에게 터무니없는 의심을 받을 수도 있기 때문이다. 그런 사태는 당연히 피하고 싶은 법이다.

……하지만 아직까지는 정말로 미미한 정도일 것이다.

그야말로 매일 장부를 노려보지 않으면 모를 정도.

참고로 내가 그에게 던진 질문은 근거고 뭐고 아무것도 없이 정말로 떠본 것뿐이다.

조금씩 정세를 예측하기 어려워진 지금은 지금까지보다 더욱 신중해지지 않으면 안 된다……. 내가 상인이라면 그렇게 생각했을 테니까.

"……한 방 먹었군요. 참고 삼아 묻습니다만, 왜 그렇게 생각하신 겁니까?"

"현재 정세를 보면 저절로 알 수 있지. 어쨌든 모네다, 나는 너에게 심술을 부리러 온 게 아니야."

"그렇다면 용건이 뭡니까?"

대화의 흐름이 원래대로 돌아왔다.

하지만 이번에는 조금 전과 '다르게' 느껴졌다.

처음 말을 꺼냈을 때에는 어디까지나 대등했던…… 아니, 대화의 주도권은 저쪽이 쥐고 있었던 것에 비해 이번에는 이쪽이 주도권을 쥔 채로 대화가 시작되었다.

어쩌면 내 부탁도 조금은 들어줄지 모른다.

"모네다, 좀 더 큰돈을 움직여 보고 싶지 않아?"

"더 큰돈? 저를 공작가에 고용해 주시는 겁니까?"

"응. 단, 공작가에서 일하는 게 아니라 공작령에서 일해 줬으면 좋겠어."

"……그게 무슨 뜻입니까?"

"이제부터 공작령의 영지 제도 개혁을 시작할 거야. 행정과 우리 가문을 분리하는 것도 그중 하나지. 너에게 이 영지의 예산 관리와 운용을 맡기고 싶어."

"왜 접니까? 공작가에 인재가 없진 않을 텐데요."

"네가 현장을 가장 잘 아니까. 그리고 중장기적으로 특단의 개혁을 단행할 생각이거든……. 지금의 '상식'은 필요 없어. 물론 어느 정도 토대는 필요하겠지만……. 그것도 이런 젊은 나이에 부회계장을 맡고 있는 너라면 괜찮겠지. 무엇보다도 너라면 믿을 수 있어. 신뢰란 돈을 움직일 때 가장 중요한 거잖아."

"하하하. 꽤나 장대한 계획이로군요. 그게 사실이라면 앞으로 공작령이 어떻게 변할지 기대됩니다. ……그런데 실례지만 당신에게 임명권은 있습니까?"

아, 믿지 않는구나.

혹시 전부 아버님의 생각이고 나는 심부름을 온 것뿐이거나…… 아니면 내가 공이 탐나서 자신을 스카우트하러 왔다고 생각하는 걸까?

그렇다면 여기서 최후의 카드를 꺼내 들어야겠군.

"물론이지. 난 지금 영주 대행이니까."

그 말과 함께 임명될 때 건네받은 발령장을 모네다에게 건넸다.

이건 영지에 올 때 아버님이 주신 것이다.

……사실 난 아직 영주 대행으로 임명된 것을 대대적으로 발표하지 않았다.

이때다 할 때 밝히는 게 효과적일 것 같았기 때문이다.

……바로 지금처럼.

설마 내가 영주 대행으로 임명받았을 거라고는 생각 못 했던 것일까. 모네다가 꽤 놀란 듯이 발령장을 바라보았다.

게다가 이 영주 대행, 영주인 아버님이 모든 책무를 내게 인계한 데다가 권한도 거의 영주와 동격일 만큼 파격적이다.

즉, 아버님이 반대하건 동생이 나중에 꼬투리를 잡건, 나는 내가 하고 싶은 일을 밀어붙일 수 있다는 뜻이다.

그런 내용까지 발령장에 적혀 있으니 놀라는 것도 무리는 아니다.

……아버님도 참, 대체 무슨 생각을 하시는 걸까?

뭐, 나야 도움되고 좋긴 하지만.

"……감사합니다."

모네다는 그렇게 말하며 발령장을 정중하게 돌려줬다.

"그래서 어때?"

"기꺼이 승낙하겠습니다."

"어머, 꽤나 빠른 결단이네. 좀 더 검토할 줄 알았는데."

"상인에게는 결단력도 중요한 능력이니까요."

"그러면 나야 고맙지. 그럼 앞으로 어떻게 할지 자세히 얘기를 나누고 싶은데……. 언제 나한테 와 줄 수 있어?"

"3일만 기다려 주십시오. 지금 맡고 있는 업무를 전부 인수인계하고 가겠습니다."

"좋아. 그럼 3일 후에 우리 집으로 와."

"알겠습니다."

후우. 겨우 어깨의 짐을 덜었다.

모네다도 무사히 끌어들였고, 3일만 있으면 세바스에게 자세한 확인을 할 수 있다.

한차례 큰일을 마친 나는 모두를 이끌고 무사히 공작가로 돌아왔다.

† † †

모네다는 창문 너머로 상업 길드를 떠나는 아이리스의 모습을 지켜보았다.

그의 얼굴에는 미소가 떠올라 있었다.

상업 길드란 인재 알선, 상가 간의 중재 등, 이른바 상가를 총괄하는 조직이다.

상가는 상업 길드에 반드시 가입해야 하며 길드의 보호를 받는 대신 세금이라는 형태로 상업 길드에 금전을 지불한다.

부회계장은 상업 길드에 가입된 상가에서 거둬들인 세금과 상업 길드 운영 자금을 관리하는 직책이다.
일은 바쁘지만 제법 보람도 있고 즐겁다.
그것이 지금 맡고 있는 일에 대한 모네다의 생각이었다.
그렇게 충실한 나날을 보내던 와중에 어떤 면담 신청이 들어왔다.
상대는 아이리스 라나 아르메리아.
아르메리아령 영주의 딸로, 고아였던 그를 주워 준 인물이다.
처음에는 솔직히…… 귀찮다고 생각했다.
물론 은혜를 입긴 했지만 그것과 일은 별개의 문제다.
공사를 혼동할 생각은 없다.
파혼을 당하고 돌아왔다는 사실은 상인 네트워크를 통해 알고 있었기 때문에 어차피 골치 아픈 일을 부탁하지 않을까…… 그렇게 의심하고 있었다.
……그러나.
『어머, 그래? 왕도와의 무역 거래가 꽤 줄어든 것 같던데?』
용건을 물어보자 그녀는 곧바로 폭탄을 투하했다.
그걸 어떻게 알았지……? 제일 먼저 떠오른 것은 그런 의문이었다.
확실히 아는 사람은 알 수 있는 상황.
하지만 그건 매일 장부를 들여다봤을 때의 이야기다.
그런 일과는 인연이 없는 그녀에게서…… 그것도 왕도에서 귀족 도련님과 귀족 아가씨들에게 둘러싸여 있던 그녀의 입에서 나올 말은 아니었다.
우습게 보고 덤볐다가는 잡아먹힌다.
옛날부터 제1선에서 일하는 실력자를 앞에 뒀을 때와 똑같은 긴장감이 그의 마음속에 피어올랐다.

하지만…… 눈치채는 것이 너무 늦었다.

이미 대화의 주도권은 그녀가 쥐고 있었다.

첫 번째 싸움에서 진 그가 또다시 입을 열자 그녀는 이때를 노리고 있었던 것처럼 '부탁' 해 왔다.

역시 공격할 타이밍을 살피고 있었나……. 그는 내심 탄식했다.

그리고 그 사실에 놀라는 한편 그녀의 부탁에 더욱 놀라고 말았다.

영지 제도 개혁? 그것도 중장기적인?

설마 그녀가 그런 말을 꺼낼 줄은 생각도 못했다.

재미있군.

모네다는 그렇게 생각했다.

예전의 그녀가 그런 말을 했다면 무슨 헛소리냐고 생각했겠지만 지금의 그녀는 다르다. 그녀는 지금 모든 상황을 파악한 후에 그렇게 말한 것이다. ……조금 전의 대화를 통해 그는 그 사실을 뼈저리게 느꼈다.

하지만 어디까지나 그저 그뿐.

아이리스에게 인사 결정권이 없는 이상 그녀가 말하는 미래도 구체적으로 보이지 않았기 때문이다.

그러나 그녀는 그것마저 해결해 버렸다. 설마 영주 대행일 줄이야. 마지막으로 최강의 카드를 꺼낸 것이다.

더 이상 검토할 필요도 없었다.

……그다음부터는 거칠 것이 없었다.

그는 곧바로 승낙했다.

그리고 그녀가 돌아간 후 부하들에게 인수인계를 시작했다.

……3일 후, 그녀가 어떤 계획을 들려줄지 기대하면서.

† † †

모네다와 면담을 마치고 겨우 집으로 돌아왔다.

역시 우리 집이 최고야……. 나는 한숨을 돌리며 생각했다.

"실례합니다."

서재에서 세바스가 건네준 서류를 다시 한번 훑어보고 있을 때, 노크 소리와 함께 세이가 들어왔다.

"어머, 세이. 무슨 일이야."

세이는 종자이자 내가 주워 온 아이들 중 한 명이다.

주로 지시를 받고 자잘한 일을 처리하거나 집사 보좌를 맡고 있다.

"세바스 님께 추가로 자료를 받아 왔습니다. 시간이 나면 한 번 읽어 보시기 바랍니다."

세이의 대답에 무심코 웃음이 흘러나왔다.

"……세이, 그렇게 딱딱하게 굴지 않아도 돼."

"아뇨, 저는……."

세이는 뭔가 말을 하려다가 그만두고 한숨을 쉬었다.

"……역시 안 어울립니까?"

그렇게 말하는 그의 눈썹은 처량하게 축 처져 있었다.

"아니……. 다만 어깨에 너무 힘이 들어가 있어. 그렇게 힘을 잔뜩 주고 있으면 상대도 왠지 긴장되거든……."

세이는 옛날부터 귀여운 소년이었다.

조금 내성적이고, 덜렁대고, 웃는 얼굴이 귀여운 아이.

내가 학원에 입학한 후, 세이는 영지에 남아 있었기 때문에 꽤 오랫동안 만나지 못했다.

……그래서일까.

지난번 오랜만에 다시 만났을 때에는 정말 놀라고 말았다.
너무 많이 변했기 때문이다.
세월은 사람을 변화시킨다지만 왠지 위화감이 느껴져서 견딜 수 없었다.
차가워졌다고 해야 하나, 묘하게 잔뜩 긴장한 것 같다고 해야 하나…….
혹시 추방당한 꼴사나운 주인과는 거리를 두고 싶은 건 아닐까 했지만 타냐나 다른 멤버들도 똑같이 대하는 걸 보면 그렇지는 않은 모양이다.
그의 변화에는 타냐조차 놀랐을 정도다.
……그래서 세이에게 캐묻자 실은 세바스를 목표로 수행 중이라고 했다.
세바스는 '뭐든지 잘한다' 고 해도 과언이 아닐 만큼 고용인으로서 완벽하다.
그를 목표로 삼는 세이의 마음도 이해하지 못하는 건 아니다.
그럼 혹시 그 목표를 지나치게 의식해저 다가가기 어려운 분위기를 풍기는 걸까?
"……세이, 좀 더 어깨에 힘을 빼면 어떨까? 그렇게 잔뜩 긴장하고 있으면 함께 일하는 사람들도 덩달아 긴장해서 서로 지치고 말 거야."
뭐든 지나친 건 좋지 못하다.
직무 중에 긴장감을 갖는 것은 분명 중요한 일이지만…… 지나치면 주위를 둘러보지 못하고 사소한 곳에서 실수를 하게 된다.
……나도 종종 주위가 보이지 않게 되기 때문에 남 말할 처지는 아니지만……. 나는 조금 반성하며 전생에 어떤 선배가 내게 해 준 충

고를 그대로 세이에게 말했다.

"조언 감사합니다."

세이는 쓴웃음을 지으며 인사한 후 방에서 나갔다.

……쓸데없는 참견이었을까?

후우. 한숨을 쉬며 세이가 가져다준 자료를 훑어보려던 바로 그때였다.

또다시 노크 소리와 함께 이번에는 세바스가 들어왔다.

"실례합니다. 조금 전 세이가 가져다드린 서류의 추가분을 가져왔습니다."

세바스는 그렇게 말하며 들고 있던 서류를 내 책상 위에 올려놓았다.

내가 방문했던 최남단 마을 주변의 마을에 대해 조사한 보고서, 그리고 동쪽 마을과 그 주변 마을에 관한 보고서였다.

"그래? 고마워."

책상 위에 놓인 서류를 팔랑팔랑 넘기며 내용을 대충 훑어보았다.

"……그런데 세바스."

"왜 그러십니까?"

"세이는 요즘 어떻게 지내고 있지?"

"……글쎄요. 사생활까지는 저도 모릅니다만."

"굳이 당신한테 세이의 사생활을 물어볼 생각은 없어. 일 얘기야."

"세이가 무슨 실수라도 저질렀습니까?"

"그건 아니야. 내가 보기에도 세이는 잘해 내고 있어. ……하지만 묘하게 힘이 들어가 있다고 할까……. 물론 직무 중에 긴장감을 갖는 건 중요하지. 그렇지만 왠지 무리하는 것처럼 느껴져."

그가 옛날 그대로였으면 좋겠다고 내 멋대로 바라는 것뿐일지도 모르지만……. 그렇게 중얼거리며 무심코 쓴웃음을 짓고 말았다.

정말 자기중심적인 생각이다.

변하지 않는 건 없는데.

집으로 돌아와서 예전과 변함없는 모두의 모습을 보고…… 변하지 않는 것도 있노라고 안심하고 있었는지도 모른다.

왕도에서 그런 꼴을 당했으면서.

……아니, 그래서 그런 걸까?

나는 그저 옛날을 그리워하며 과거에 매달리고 싶었던 것뿐이다.

세바스는 내 말에 고개를 끄덕였다.

"아가씨 생각이 맞습니다. 확실히 지금 세이는 무리하고 있습니다."

"역시 그럴까?"

"네. ……아가씨께서 영지로 돌아오시기 조금 전부터 세이는 변했습니다. 아니, 변하려고 하는 중이지요……."

"어째서?"

"그는 이곳에서 꽤 오랫동안 일했습니다. 그래서 이번에 집사 승격이 결정되었지요."

"그랬구나……."

"종자와 집사의 직무에는 큰 차이가 있습니다. 종자는 주인의 명령에 따라 움직여야 하지만 집사는 주인이 편하게 지낼 수 있도록 명령하지 않아도 스스로 생각하고 행동해야 합니다. 그중에는 다른 고용인들을 관리하고 지시를 내리는 것도 포함되어 있지요. ……본가에는 제가 있기 때문에 영지 관리와 저택 관리까지는 하지 않아도 됩니다. 하지만 다른 고용인들을 관리하고 지시를 내릴 필요는 있지요. 그는 아직 그 일이 익숙하지 않은 것 같더군요. 먼저 자신부터 모범적인 고용인이 되어야 한다며 열심히 노력하는 중입니다."

"……그렇구나……."

"그는 저 같은 집사가 되는 게 목표라고 하더군요. 하지만…… 지금 당장 저처럼 되지 않아도 괜찮습니다. 당찮은 목표라고 생각할지도 모르지만…… 저는 지금의 제가 되기까지 수십 년 동안 경험을 쌓았습니다. 그러니까 지금 당장 저와 똑같이 될 수 없는 건 당연한 일이지요."

……그건 그렇다.

세바스는 우리 아르메리아 공작령과 본가 저택, 그리고 고용인들까지 관리하고 있다. 그는 아버님의 오른팔 같은 존재이자 중요한 인재다.

하지만 세바스가 지금의 세바스가 될 때까지 과연 몇 년이 걸렸을까.

"세바스는 세이가 집사로서 소질이 있다고…… 생각해?"

"그건 앞으로 주인이 되실 아가씨께서 판단하실 문제. 다만 저는 소질이 없는 자를 승격시키지는 않습니다."

"후후후……. 그렇군. 세이에게 필요한 건 경험이란 말이지……."

지시를 내리는 것과 일이 잘 돌아가도록 사람과 시간을 관리하는 일.

……생각해 보면 집사의 업무란 정말 굉장하다.

"고마워, 세바스. 가서 업무를 보도록 해."

세바스는 내 말에 예를 표한 후 방에서 나갔다.

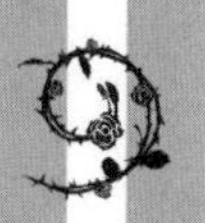

3장
아가씨, 경영을 하다

눈 깜짝할 사이에 3일이 지나고, 약속대로 모네다가 우리 집을 찾아왔다.

그리하여 제1회 회의 개최.

먼저 내 생각을 내 사람들에게 이해시켜야 한다.

"오늘 이렇게 모여 줘서 고마워. 회의를 시작할게."

지금 이 자리에 모인 것은 내가 믿을 수 있는 사람들……. 즉 함께 시찰을 떠났던 멤버들과 모네다, 세바스 그리고 세이.

"……먼저 내 생각부터 말할게. 요 한 달 동안 영지를 둘러보고 세바스에게 사실을 확인받았는데…… 우리 영지는 다른 영지에 비해 풍족해."

이건 사실이다.

왕도 남부에 위치한 사시사철 따뜻한 우리 영지는 농경도 발달되어 있고, 바다와 인접하여 교역도 제법 활발하게 이루어지고 있다.

이 나라의 제2의 왕도라 불리는 것도 무리는 아니다.

"하지만 내가 실제로 보고 느낀 건…… 이 영지는 무르익은 과실 같다는 거야. 지금은 한창 먹기 좋은 때지만 이윽고 썩기 시작하겠지. 그런 느낌이야."

예상치 못했던 발언이었을까. 다들 내 말에 눈을 깜빡거렸다.

특히 세바스와 세이는 더욱 그랬다.

"……부유한 자에게 부가 집중되고, 가난한 자는 위로 올라갈 수 없어. 새로운 상품이 없는 상점, 정체된 공기."

자본주의 국가에서 살았던 나는 경쟁 사회를 긍정하여 부가 어느 정도 집중하는 것도 어쩔 수 없다고 생각한다.

하지만 이 영지는 다르다.

애초에 경쟁조차 할 수 없다.

위에 있는 사람들은 어지간한 실수를 하지 않는 이상 여전히 위에 군림하고, 아래에 있는 사람은 기어 올라갈 기회조차 없다.

"서민들이 부유해지지 않으면 영지는 부유해질 수 없어."

그렇다.

한정된 시장은 이윽고 쇠퇴한다.

즉 서민들이 돈을 많이 벌어서 경제를 활성화시키지 않으면 이윽고 우리 영지도 쇠퇴해 버릴 것이다.

문득 주위를 둘러보자 몇 명의 얼굴에 물음표가 떠 있었다.

"……즉, 알기 쉽게 설명하자면 옛날의 너희 같은 처지의 아이들이 생기지 않는 영지를 만들고 싶다는 뜻이야."

이제야 이해가 된 것인지 모두가 미소를 지으며 고개를 끄덕였다.

"큰 목표는 그거야. 우리 영지가 현재뿐 아니라 미래에도 발전할 수 있도록 우선은 영지민들의 생활의 질을 향상시키는 것. 그러기 위해 몇 가지 개혁을 진행하고 싶어. 먼저 우리 공작가와 영지의 운영 자금을 확실하게 분리할 것. 그리고 은행 설립과 정무 집중화, 세제 개혁, 가도 정비, 의무 교육…….”

“……저어, 은행이라는 게 뭔가요?”

내가 이야기를 하는 도중 세이가 머뭇머뭇 입을 열었다.

“어머, 실례. 나도 모르게 너무 열중해서 설명을 생략해 버렸네. 은행 일은 세바스와 모네다에게 맡길 생각이니까 나중에 자세히 구상을 말해 줄게. ……다만 그것도 먼저 우리 가문이 영지민들의 세금에 의존하지 않고도 생활을 유지할 수 있도록 체제를 정비하지 않으면 실현할 수 없겠지만.”

“즉 영지민들의 세금은 어디까지나 영지 운영에만 사용하고, 공작가를 유지하기 위해서는 별도로 자금을 조달하고 싶다는 말씀입니까?”

“맞아, 모네다.”

“구체적으로 어떻게 하실 생각입니까?”

“먼저 장사를 시작할 거야.”

나의 그 한마디에 한순간 회의실의 공기가 얼어붙었다.

“……장사, 말입니까…….”

세바스와 세이의 표정이 조금 어두워졌다. 아마 반대인가 보다.

“잘 알지도 못하는 일에 손을 댔다가 가세가 기울어진 선례는 아주 많습니다. 장사는 그만두는 게 좋을 것 같습니다만.”

상업 길드에 소속되어 있던 모네다도 반대하는 눈치다.

하지만 돈을 벌지 않으면 내 구상은 정말 공상으로 끝나게 된다.

저택 유지와 우리가 입는 쓸데없이 호화로운 의복, 그리고 식사……. 앞으로 그쪽에 사용할 예산을 그만큼 공공도로 정비에 할애하고 싶다.

하지만 공작가의 체면을 생각하면 우리 가문에 사용하는 돈도 지나치게 줄일 수 없으니……. 그래서 생각해 낸 것이 바로 장사다.
마침 시찰하면서 좋은 물건도 발견했다.
"어머, 모네다. 얘기를 듣기 전에 그만두려는 거야? 큰돈을 벌 수 있을지도 모르는데."
내 말에 모네다는 의아한 표정을 지었다.
"농담이야. 어차피 나는 귀족 영애. 시장이라는 상인들의 전장에서 본 적도 없는 내가 갑자기 장사를 시작하겠다고 하면 그렇게 반응하는 게 당연하지."
"……아뇨. 실례했습니다."
"괜찮아. 일단 난 이 상품을 팔고 싶어. 레메, 그걸 꺼내 줘."
"알겠습니다."
레메가 봉투 안에서 꺼낸 것은 갈색 열매였다.
"……이건?"
그 열매를 한 번도 본 적이 없는 듯한 세바스와 세이는 정체를 알 수 없는 그것을 물끄러미 바라보았다.
함께 시찰을 다녀온 멤버들은 "아, 저거구나……."라고 중얼거렸다.
"이건 카카오라는 열매예요오. 남부 열대 지방에서 열리는 열매인데, 그 고장 사람들은 가끔 갈아서 음료수로 만들어 먹는대요."
그렇다, 카카오.
우리 영지는 남북으로 길게 뻗어 있어서 영도는 항상 봄 같은 날씨지만 남부 일부는 아열대 기후다.
그래서 최남단인 그 마을에는 카카오가 자라고 있다.
"……들어 본 적은 있습니다. 하지만 너무 써서 도저히 먹을 수 없다고……."

역시 모네다.

상업 길드에서 일했던 만큼 각 지역 특산물에 대해 잘 알고 있군.

……뭐, 시찰할 때 레메가 이 열매를 알고 있던 게 더 놀라웠지만.

그때 느꼈다. 이 아이는 정말 모르는 게 없구나…… 라고.

심지어 레메는 그 고장 사람들이 카카오 열매로 음료수를 만드는 공정까지 알고 있었다.

이쯤 되면 놀라는 게 당연하지 않을까?

"역시 아직 제품화되진 않았나 보네. 지금 모네다의 말을 듣고 안심했어."

"아, 네에……."

설마 이걸 팔 생각이냐? 심지어 그렇게 자신만만한 표정으로 그런 말을? 아마 모두 그렇게 생각하고 있을 것이다.

하지만 나는 꽤 자신이 있었다.

누가 뭐래도 귀족들에게 달콤한 맛은 중요하니까. 특히 티타임을 즐길 때.

"타냐, 문을 열어 줘."

"알겠습니다."

타냐가 문을 열자 그곳에는 우리 가문의 요리사 중 한 사람인 메리다가 서 있었다.

참고로 메리다도 내가 어릴 적에 주워 온 아이 중 한 명이다.

타냐, 라일, 디더, 모네다, 레메, 세이, 그리고 메리다. 이 일곱 명이 내가 거둬들인 아이들이다.

메리다는 요리를 해 보고 싶다며 우리 가문의 요리사가 되었다.

내 요리는 그녀가 만들어 주고 있는데, 다이어트 중인 나의 여러 가지 요구에 멋지게 응해 주는 훌륭한 요리사다.

"이건 메리다에게 부탁해서 카카오로 만든 과자야."
그녀가 가져온 것은 물론 초콜릿이었다.
내게는 익숙한 음식이지만 다들 의아한 얼굴로 초콜릿을 바라보았다.
"먹어 봐."
다들 머뭇거리며 미지의 음식을 입에 넣었다.
"……맛있어!"
하지만 한 입 먹어 본 순간, 이구동성으로 찬사가 터져 나왔다.
나도 초콜릿 하나를 맛보았다.
전생의 기억 속에 있는 초콜릿보다는 아무래도 품질이 떨어지지만 이 세계에는 지금까지 없었던 맛이니 이건 이 나름대로 훌륭하다.
카카오 콩을 초콜릿으로 만드는 공정은 어렴풋이 기억하고 있었다. 그래서 메리다와 시행착오를 거쳐 간신히 초콜릿을 만들어 냈다. ……생각보다 설탕이 많이 들어가서 다이어트 중인 나는 조마조마하며 시식했었다. 생각해 보면 좋은 추억이다.
"이건 카카오로 만든 거로군요. 확실히 이거라면……. 가격은 어떻게 하실 겁니까?"
"시간과 수고도 잔뜩 들고, 설탕도 들어가니까 조금 비싸게 책정할 생각이야. 타깃 층은 귀족이니까 고급 식재료를 듬뿍 사용해서 판매하는 거야. 나중에는 보다 많은 사람이 살 수 있도록 가격이 저렴한 상품도 만들 생각이지만. 그리고 메리다, 다른 것도 보여 줘."
"알겠습니다."
아까 내온 것은 아무 특징도 없는 판 모양의 밀크 초콜릿.
다음으로 내온 것은 판 모양의 다크 초콜릿과 생 초콜릿, 그리고 트뤼플이었다.

"이건 아까랑 똑같은 카카오 콩으로 만든 건데 맛은 전혀 달라. 먹어 봐."

이번에는 다들 아까보다 망설임 없이 먹었다.

"우와, 맛있다아! 전 이 동그란 게 좋아요."

"저는 살짝 쌉싸름한 맛이 먹기 편하고 좋네요."

다들 취향에 따라 마음에 드는 초콜릿이 달랐다.

하지만 대체적으로 전부 평이 좋아서 마음이 놓였다.

"이런 식으로 다양하게 만들 수 있어. 어때, 모네다? 최근까지 상업 길드에서 일하던 너의 의견은?"

"지금까지 없었던 상품……. 선전만 잘하면 당장에라도 성공할 수 있을 겁니다. 그만큼 매력적입니다. 타깃 층이 명확한 것도 좋군요."

"고마워. 그럼 세이, 너는 내 손과 발이 되어서 이 상품을 판매할 판로를 구축해 줘."

내 지명에 세이는 한순간 놀란 듯이 눈을 동그랗게 떴다.

"……저 말입니까? 외람되지만 저보다는 모네다가……."

"아까도 말했지만 모네다에겐 은행 설립을 맡길 생각이야. 그쪽은 언젠가 상업 길드와 교섭할 일이 많을 테니까 그게 좋을 것 같아서. 그리고 귀족이 타깃 층이라고 했잖아. 이 공작가에서 우리 가족을 상대하는 너라면 금방 대응할 수 있을 거야."

집사가 되려고 노력하는 세이에게는 조금 먼 길을 돌아가는 셈일지도 모른다.

하지만 경험을 쌓는다는 관점으로 볼 때 관리하고, 지시를 내리고, 결과도 내지 않으면 안 되는 이 일은 그에게도 좋은 경험이 되지 않을까?

그를 지명한 것은 그런 의도 때문이기도 했다.

"알겠습니다. 기대에 부응할 수 있도록 노력하겠습니다."

"그럼 우선 이 상품을 중심으로 상회를 안정된 궤도에 올려놓는 것부터 시작해 볼까. 세바스, 카카오 콩을 재배하는 마을과 계약서를 작성해 줘. 그리고 라일과 디더는 그쪽 마을과 우리 가문을 잇는 가도의 치안 유지를 위해 어느 정도의 인원이 필요한지 생각해 보고 보고해 줘. 도로 상태는 얼마 전 시찰할 때 지나갔으니까 기억하고 있겠지?"

"알겠습니다. 당장에라도 착수하겠습니다."

세바스, 라일, 디더가 자리에서 일어섰다.

"메리다는 이 시험작을 좀 더 많이 만들어 줘. 나중에 또 다른 레시피를 건네줄게. 그리고 타냐는 어머님께 편지를 쓸 준비를 해 줘."

"……마님께 말입니까?"

"응. 어머님만큼 선전을 잘하는 분은 없으니까. 부탁드리면 다과회에 내놓고 알아서 선전해 주실 거야."

"알겠습니다."

"모네다는 상회 설립 수속을 부탁해. 그때는 세이도 데려가 줘. 그리고 될 수 있으면 이 상품을 만들 장소도 확보해 줘. ……앞으로 3개월 동안은 경영을 성공시키는 걸 최우선으로 삼고 싶으니까 미안하지만 이쪽 일을 도와주지 않겠어?"

"물론입니다. 이런 재미있는 일을 놓칠 수는 없죠."

"고마워. 레메는 몇 가지 확인하고 싶은 게 있으니까 남아 줘. 너라면 시장의 주요 생산물의 평균적인 가격을 알고 있겠지?"

"네에. 요 15년 동안의 가격이라면 뭐든지 물어보세요."

"그럼 각자 맡은 일을 잘 부탁해. 무슨 일이 있으면 곧장 내게 보고하고 의논해 줘."

……그리하여 우리 상회가 시작되었다.

상회의 이름은 아즈타 상회.

우수한 우리 일원들은 각자 유감없이 그 능력을 발휘하여 곧 상품을 판매하기에 이르렀다.

어머님께 시험작을 보내자 생각보다 더욱 호평이 쏟아졌다. 어머님은 그 초콜릿을 다과회에 내놓거나 다른 귀족들에게 선물해 줬고, 눈 깜짝할 사이에 귀족들 사이에는 초콜릿 붐이 일어났다.

현재 문의와 주문이 폭주하여 상회도 기쁨의 비명을 지르고 있다.

……전생의 지식 만세.

당장에라도 생산 라인을 늘려서 대응해야 한다는 의견도 나왔지만 그 의견은 기각되었다.

타깃 층은 어디까지나 귀족이기 때문에 억지로 생산 라인을 늘리는 것보다는 희소가치를 높이는 게 더 좋을 것이다……. 그런 생각 때문이었다.

그와 함께 브랜드의 이미지를 확고히 만들기 위해서 상자와 초콜릿에는 반드시 백합 문양을 새겼다.

……언젠가 경쟁사가 나타날 때를 대비해서였다.

아직은 나타나지 않았지만.

그리고 현재, 귀족 라인과는 별도로 평민용 라인도 만들기 시작했다.

초콜릿 자체는 아직 고급품이기 때문에 초콜릿 크림을 사용한 크레페와 과일을 초콜릿으로 코팅한 음식을 판매하는 카페를 검토하는 중이다.

……이미 장소도 확보했고, 식재료 유통 루트도 확보했다. 이제 곧 실제로 판매를 시작할 수 있을 것이다.

세이는 정신없이 바쁘게 뛰어다니는 중이다.

아직 어깨의 힘이 완전히 빠지진 않았지만 전처럼 딱딱하지는 않다.

너무 바쁘다 보니 긴장이고 뭐고…… 다 날아가 버렸나 보다.

물론 나도 아무것도 안 하고 빈둥거리고 있는 건 아니다.

차츰 상회가 궤도에 오르기 시작한 지금, 상회 운영과 병행하여 영지 운영 개혁 준비에 착수했다.

눈이 돌아갈 만큼 바쁜 스케줄이지만 왠지 그립기도 했다.

전생에도 이랬었는데.

그런 생각을 하는 동안 이윽고 오늘 첫 일정이 시작되었다.

오늘 첫 일정은 세이의 보고를 받는 것이었다.

"……현재 상황은 지금 드린 자료에 적혀 있는 대로입니다."

"귀족 라인은 여전히 순조롭네. 인력 확보는 어떻게 되어 가고 있지?"

"그쪽도 안심하십시오. 현재 많은 셰프가 우리 상회를 찾아오고 있습니다. 미지의 음식, 그것도 화제의 상품인 만큼 당연히 만드는 법을 배우고 싶겠죠."

"그렇군……. 그럼 전에 말했던 휴가 제도를 도입해 줘. 그리도 메리다와 얘기해 봤는데, 메리다가 마음에 들어 하는 사람에게는 새로 시작하는 다른 라인의 가게를 맡기고 싶거든. 슬슬 그쪽 일도 진행하고 싶으니까 그녀에게 확인해 보고 나한테 데려오도록 해."

"알겠습니다."

"그리고 앞으로는 기존 상품을 왕도뿐만 아니라 다른 도시에도 유통시키고 싶어. 그 유통 경로와 인원을 확보하고 싶은데……. 차라리 운송 부문도 독자적으로 설립해 볼까? 타냐, 레메와 모네다를 불러 줘."

타냐가 지시대로 곧 레메와 모네다를 불러왔다.

"……모네다, 보통 상가는 어떻게 유통 경로를 확보하지?"

"글쎄요……. 중소 상가는 스스로 운반하는 곳이 많습니다. 큰 상가는 호위를 고용해서 역시 스스로 운반하거나 또는 부하에게 맡기곤 하죠."

"……그렇다면 운송업도 꽤 괜찮을지 몰라. 레메, 당장 지도를 꺼내 봐. 그리고 국내의 도로 중에 가장 평탄하고, 가장 기후차가 적은 길을 골라 줘. 각 영지에 도착할 때까지 소요되는 시간도 계산해 봐. 라일과 얘기해서 호위는 얼마나 필요한지, 그 비용도 함께 계산해 줘."

"네에! 이번엔 무슨 일을 시작하시려는 건가요오?"

"현재 운송업의 발전판이라고 해야 하나? 나중에 구상을 종이에 적어 줄 테니까 비용을 감안해서 실현 가능한지 검토해 봐. 그럼 세이, 먼저 좀 전에 보고했던 요리사 고용 초안을 작성해서 메리다와 얘기를 나눠 봐. 레메도 서둘러 작업을 부탁해. 타냐는 세바스를 불러와 줘. 그리고 모네다는 이대로 남아서 은행 구상을 시작해 볼까."

정신없이 쏟아지는 내 지시를 다들 잘 파악하고 움직여 줬다.

흠, 슬슬 이쪽 인원도 늘리고 싶은데.

천천히 늘려 가고는 있지만 지시를 내리는 쪽이 압도적으로 부족하다.

세이도 이대로 가다가는 쓰러질 것 같고……. 좀처럼 생각대로 되지 않는구나.
안 돼, 안 돼. 지금은 쓸데없는 생각 하지 말자.
"……모네다. 은행에 대해 어디까지 얘기했었지?"
"물가 조정, 자금 집중화, 그리고 신용 창조까지 말씀하셨습니다."
슬슬 본격적으로 영지 제도 개혁을 추진해 볼까 하는 생각에 얼마 전 모네다에게 일단 내가 구상한 은행에 대해 설명했다.
현재 시장에는 돈은 유통되고 있지만 그걸 통제할 기관은 없다.
또한 정말 놀랍게도…… 현재 영지민들은 돈을 옷장 속에 모아 두거나 상업 길드에 맡긴다고 한다.
상업 길드의 경우, 돈을 맡기면 전국 어느 지부에서나 맡긴 돈을 인출할 수 있는 매우 편리한 시스템을 갖추고 있다.
다만 상업 길드는 그게 본업이 아니기 때문에 정말로 맡기만 하고 끝이다.
"여기까지 혹시 질문 있어?"
"아뇨. 그런데 용케 이런 걸 생각해 내셨군요."
뭐, 내가 생각해 낸 건 아니지만.
그렇게 말하고 싶었지만 차마 아무 말도 못 하고 웃는 얼굴로 흘려 넘겼다.
"어쨌든 은행용 건물을 구입해 줘. 그리고 가까운 시일 안에 상업 길드의 길드장과 주요 상회 간부들을 내 이름으로 집합시켜서 만나게 해 줘."
"알겠습니다."
……그로부터 몇 주일 동안 은행 설립을 위해 분주하게 뛰어다

녔다.

건물 확보, 비품 확보……. 할 일은 산더미처럼 많았다.

그리고 약속한 회합의 날이 다가왔다.

지정 장소는 아르메리아 공작령지부 상업 길드.

모네다를 만나러 갔을 때도 느꼈지만 여전히 위압감이 느껴지는 장중한 실내 장식이다.

"……여러분, 오늘 바쁘신 와중에 이렇게 모여 주셔서 진심으로 감사드립니다."

먼저 나부터 인사를 건넸다.

지금 여기 모여 있는 사람들은 모두 초단위로 스케줄이 꽉 차 있는 바쁜 이들이다. 오늘 이렇게 모여 줘서 정말로 감사하고 있다.

"아닙니다, 저희도 공녀님을 만나 뵙기를 기대하고 있었습니다. 누가 뭐래도 최근 화제의 상회를 이끄는 총수님이시니까요."

번뜩이는 날카로운 눈빛.

과, 과연…… 박력 만점이다.

"오늘은 아즈타 상회의 회장이 아닌 아르메리아 공작령의 영주 대행으로서 여러분을 만나러 왔답니다."

"호오……. 영주 대행으로서 말입니까?"

"네. 그렇지 않으면 여러분을 모이게 할 수는 없죠. 우리 상회는 아직 신참이니까요."

"겸손의 말씀을. 아즈타 상회의 활약은 저희도 잘 듣고 있습니다."

"어머나…… 칭찬으로 받아들일게요. 그건 그렇고 오늘의 용건 말인데……."

파직. 공기가 한순간 얼어붙었다.

아아, 입을 여는 게 무섭다.

한마디라도 실수하면 끝장이다.

"먼저 우리 영지에 은행을 설립할 생각입니다. 여러분도 부디 이용해 주시기 바랍니다."

"……은행, 말입니까?"

"그래요."

"실례지만 그게 뭡니까?"

"쉽게 설명하자면 현재 상업 길드에 있는 자금 부문의 발전판이에요. 주요 업무는 세 가지. 첫째, 예금 업무. 둘째, 계좌 거래 업무. 셋째, 융자 업무죠."

"예금……? 융자……? 들어 본 적도 없는 말입니다만…… 그게 무슨 뜻입니까?"

"우선 예금. 현재 상업 길드의 자금 부문에는 상회, 개인을 불문하고 자금을 맡길 수 있죠. 그걸 은행에서 맡는 것입니다. 상업 길드에서 자금 부문을 위해 고용했던 호위 유지비가 통째로 필요 없어지는 거죠. 그것만으로도 상업 길드에는 이익이겠죠? 또한 은행에서는 계좌 간에 자금을 결제할 수 있습니다. 그게 계좌 거래 업무. 예를 들면 둘 다 은행에 돈이 예금되어 있을 경우, 굳이 현금을 들고 다니지 않아도 은행 계좌 간에 자금을 이동시키면 된답니다."

예금 업무는 일본과 똑같다.

계좌를 만들고 이용하는 것.

인감을 등록할 기계가 없기 때문에 예금 인출을 비롯한 각종 수속은 계좌 개설 시 작성한 서류를 보관하고 있는 지점에서만 취급할 수 있다는 게 맹점이지만.

그걸 생각하면 상회용 당좌 예금(수표 또는 어음을 발행하여 언제든지 자유로이 찾을 수 있는 예금)도 있으면 좋겠네.

지방으로 이동해야 할 때도 많으니까 그럴 경우 수표나 어음으로 대응하는 것도 괜찮은 방법이다.

앞으로 호적을 작성할 계획이니까 그와 겸해서 ID를 작성하게 하는 것도 괜찮지 않을까?

ID 뒷면에 그 사람의 전용 인감을 찍어서 그걸 증명으로 삼는다거나. 굳이 일본과 모든 걸 똑같이 할 필요는 없다……. 하지만 이건 즉흥적인 발상이니까 나중에 다시 계획을 세워 봐야지.

어차피 호적을 작성하려면 아직 시간이 걸리기 때문에 그쪽은 먼저 은행을 설립한 후 한참 뒤에 도입하는 것도 괜찮겠지.

이 세계에는 한자가 없으니까 역시 인감은 귀족들처럼 문장으로 만들어야 하나?

지금까지 어떻게 했는지 들어 보고 자세한 부분은 모네다와 의논해야지.

계좌 거래 업무도 마찬가지. 계좌를 개설한 지점에서만 취급할 생각이다. ……기계가 없으니까 어쩔 수 없지.

방법은 고객이 보관하고 있는 것과는 별도로 각각 고객의 장부를 은행 측이 보관하고, 그걸 토대로 결제하는 시스템.

비용이 들기 때문에 수수료를 받아야 하고, 따라서 미리 계약한 사람들만 사용할 수 있겠지만.

참고로 현재 호위를 생업으로 삼고 있는 자들은 우리가 모두 고용할 생각이다.

은행에도 호위가 필요하고, 운송업을 시작하면 더더욱 그럴 테니까…….

물론 그 전에 우리 우수한 호위들이 혹독하게 훈련을 시키지 않으면 실력이 너무 제각각이라 쓸모가 없을 것 같지만…… 그건 초기 투자로 치지, 뭐.

"……그렇군요. 하지만 그게 정말로 안전할까요? 소중한 자금을 맡기는 겁니다. 위험이 있어선 안 되지요."

"물론 우리 가문의 비호 아래 둘 거예요. 경비원의 질은 보증하죠. 만에 하나 부정이 발생할 경우, 그들의 칼날은 물론 범인을 향할 겁니다. 걱정하지 마세요."

"음. 그럼 융자 업무란 어떤 것입니까?"

"융자 업무란 은행에 모인 자금으로 융자를…… 즉, 돈을 빌려주는 거예요. 물론 까다로운 조건을 충족해야 하지만……. 여러분도 그 조건을 충족시키기만 하면 신규 사업을 시작하거나 자금이 필요할 때 돈을 빌릴 수 있답니다."

"그거 재미있군요."

"언제든지 돈을 맡기고 필요한 만큼 인출할 수 있죠. 자금 결제는 보다 쉽고 편리해질 거예요. 또 필요할 때는 자금을 빌릴 수 있죠. 우리 가문의 비호 아래 있기 때문에 '우리 가문'이 망하지 않는 한 가문의 윤택한 자금이 신용을 보증해 준답니다. ……어때요? 물론 영주로서의 이익은 여러분께 환원할 생각이에요. 아무래도 상업 길드의 영역을 침범하는 셈이니까요."

하지만 영주로서 할 수 있는 건 은행의 신용을 보증하는 것까지. 특히 이 사람들의 상회에 직접 투자하는 건 불가능하다.

아무래도 영지민들의 세금을 투입하는 거니까.

본래 우리 상회가 성공하지 못했더라면 지금까지 그랬던 것처럼 세금의 대부분은 공작가 유지에 소비되었을 테니 우리 상회가 이익을 환원한다는 것도 완전히 틀린 말은 아니다.

"그 교환 조건으로 우리에게 무엇을 바라십니까?"

"은행 설립에 관해서는 아무것도 바라지 않아요. 우리 영지의 자금 순환이 좋아진다면 더 이상 바랄 게 없으니까요. 아, 그보다 지금까지 상업 길드 자금부에서 일했던 사람들을 은행에 데려가도 될까요? 배워야 할 게 산더미처럼 많아서 기본 지식이 있는 사람을 채용하는 게 좋을 것 같거든요. 그리고 본점 건물은 이쪽에서 준비해 뒀지만 다른 점포는 아직이니까 상업 길드 지부에 자리를 빌려주시면 기쁘겠네요."

"뭐 그 정도라면……. 초기 비용을 그쪽에서 부담하는 데다 우리 길드에서도 적자 부문이었던 자금 부문을 대신해 주시겠다는데…… 기꺼이 협력해드리지요."

좋았어, 은행 설립 전망은 세워졌다.

"……그럼 상회 여러분, 지금부터 '본론'으로 들어가 볼까요?"

한 번 누그러들었던 분위기가 또다시 팽팽하게 긴장됐다.

초 단위로 스케줄이 잡혀 있는 사람들을 모아 놓고…… 이걸로 끝내기는 너무 아깝잖아?

"아까 말씀드렸던 은행 말인데요, 은행에 저축한 영지민들의 세금은 도로 정비에 투자하기로 결정되었답니다. 그리고 또 하나, '학원'을 설립할 계획이에요."

"학원…… 말입니까? 왕도에 있는 것 같은?"

"굳이 세금까지 써 가면서 학원이라는 이름의 사교장을 만들 생각은 없어요. 우리가 만들고자 하는 것은 읽고 쓰기를 가르치는 초등부와 보다 수준 높은 전문 분야를 가르치는 고등부. 초등부는 의무교육으로 지정해서 영지민들이 반드시 다니도록 만들 생각이기 때문에 우리 영지의 세금으로 설립할 거예요. 여러분이 도와주셨으면

하는 건 고등부입니다."

"어떻게 도와 달라는 말씀입니까?"

"솔직히 말하면 투자해 주셨으면 해요. 자금도 좋고, 비품이나 자재를 제공해 주셔도 좋습니다."

"방금 말씀하신 은행인지 뭔지 하는 곳에서 융자를 받으면 되지 않습니까?"

"은행의 신용은 우리 공작가의 자금과 세금에서 비롯된 것. 과도한 융자는 수지 밸런스를 무너뜨리죠. 은행 경영 사정도 눈 깜짝할 사이에 악화되고 말거예요."

"일리 있는 말씀이군요. 그럼 학원 창립은 나중으로 미루면 되잖습니까?"

"될 수 있으면 학원은 조기에 개설하고 싶어요. 사람도 우리 영지의 소중한 자원입니다. 열심히 갈고닦아야죠. 그냥 팽개쳐 두긴 아깝잖아요?"

"……흐음. 학원의 구체적인 구상은?"

"지금부터 나눠 드릴 자료를 봐 주세요."

함께 있던 세바스가 모두에게 자료를 나눠 줬다.

요 몇 주일 동안 준비한 자료다.

……덕분에 최근 잠잘 틈조차 없었다.

"먼저 제일 중요한 것은 의료과 설립. 그리고 행정과, 회계과를 생각하고 있답니다."

"의료과 말입니……까?

상회의 간부들이 놀란 표정을 지었다.

그것도 당연하다. 이 세계에서 의사는 왕후귀족들에게 고용되어 있으며 그들의 지식은 일반인들에게 유포되지 않는다.

그 지식의 가치가 어느 정도인지……. 상회 사람이라면 누구나 알고 있을 것이다.

보통 높은 급료를 걷어차고 지식을 전파하기 위해 나설 의사는 아무도 없다.

……그렇다, '보통' 이라면.

내가 생각해도 그 사람들을 고용한 것은 정말 놀라운 일이다.

처음에는 우리 가문의 의사 두세 명을 데려올까 했지만 어디서 이야기를 들었는지 어머님이 어떤 사람을 소개해 주셨다.

역시 어머님은 쓸데없이 발이 넓으시구나.

마침 시골에서 느긋하게 지내며 후진을 양성하고 싶었다던 그 사람은 곧 내 제안을 받아들였다.

나로서는 그 의사도 그렇지만 앞으로 어머님도 상회를 위해 그 교섭술을 한껏 발휘해 주셨으면 하는 마음이다.

참고로 농업과 강사는 농업을 연구하는 학자와 농가 사람들.

말하자면…… 이론과 실기를 위해서다.

학자는 아버님과 어머님의 인맥을 총동원해서 모은 사람들이다.

그리고 레메도 강사로 세울 생각했다.

"하지만 의사는 수가 적기 때문에 희소가치가 있는 겁니다. 만약 수가 늘어나면 가치도 떨어질……."

"무슨 소릴 하는 겁니까? 지금도 너무 부족해요."

도시에 사는 서민들은 마을 의사에게 진찰을 받을 수 있다.

하지만 그런 의사들은 제대로 교육을 받지 못했기 때문에 별 효과를 기대할 수 없다.

변경 지역쯤 되면 마을 의사조차 없기 때문에 수상한 주술사를 의지하는 경우도 많다고 한다.

시찰하러 갔던 최남단 마을이 바로 그랬다.

일부 교회 성직자들이 가난한 백성들을 위해 무료로 진찰하는 경우도 있지만, 그들의 실력도 마을 의사와 별반 다르지 않거니와 그런 실력을 가진 성직자들은 큰 마을에 집중되어 있는 경우가 많다.

무엇보다도 최근 그런 봉사 활동을 하는 성직자들도 점차 줄어들고 있다.

그건 그렇고.

"박리다매라고까지는 할 수 없지만…… 일반 백성들도 의사에게 진료를 받을 수 있게 되면 의료 기구와 약품을 취급하는 상회는 큰 돈을 벌게 됩니다. 또 연구 기관에서 신약을 개발하면 더욱 큰 수익을 기대할 수 있죠."

보아하니 의약 계열 상품과 서비스를 취급하는 상회의 간부는 당장 찬성하고 싶어서 몸이 근질근질한 눈치였다.

흠. 조금은 흥미가 생긴 걸까?

"행정과와 회계과는 장래 우리 영지를 보다 풍요롭게 만들기 위해 인재 육성을 목표로 삼을 생각입니다. ……특히 회계과는 여러분과 큰 관계가 있을걸요?"

"행정과는 대충 알겠습니다만…… 회계과라는 게 왜 저희와 관계가 있다는 말씀입니까?"

"자료의 세 번째 페이지를 보세요."

"이건……."

"이건 아즈타 상회의 장부 일부를 발췌한 것입니다."

"이게 장부란 말입니까?!"

모두가 놀란 얼굴로 뚫어져라 서류를 들여다보았다.

이 세계에는 놀랍게도 아직 복식 부기가 없다! 그 편리한 게 없다니 믿을 수 없어.

'복식 부기는 인간의 지혜가 낳은 가장 훌륭한 발명 중 하나' 라고 일컬어질 정도인데.

더욱 믿을 수 없는 것은 형식이 전부 통일되어 있지 않다는 점이다.

어느 상회에서는 단식 부기를 사용하고, 어느 상회에서는 전표 회계와 구별 상품 감정을 사용하고……. 한마디로 모두 제각각이다.

자본주의 형식을 도입하고 싶은 내게는 용납할 수 없는 일이다.

"이 서류는 수익과 지출을 한눈에 알 수 있도록 작성되어 있죠. 그리고 이건 대차 대조표라는 건데 현재 자산부채 순이익을 쉽게 알아볼 수 있어요. 손익 계산서는 수익과 비용을 한눈에 알 수 있죠. 이렇게 하면 상회를 '수치화' 해서 볼 수 있답니다."

상인의 감과 경험으로 상회를 이끌어 나가는 것도 좋지만 앞날을 생각하면 지금 통일해야 한다.

뭐, 회계는 전생에 내 직업이었기 때문에 명확한 체계를 세우고 싶은 마음이 더욱 간절하기도 했지만.

"은행 융자를 받을 때에는 필수적으로 이 서류를 제출해야 합니다. 무엇보다 앞으로 세제 개혁 후에는 인두세(人頭稅)를 없애는 대신 이 장부를 통해 어느 정도의 수익이 있느냐를 정확하게 보고받고, 그에 따라 알맞은 세율을 측정해서 세금을 징수할 생각입니다. 세제에 대해 잘 아시는 분이 있으면 자산 압축을 통해 절세를 할 수 있죠. 그걸 생각하면 여러분께는 큰 도움이 될 거예요."

"……공녀님께 세금 제도를 개정할 권한까지 있다는 말씀입니까?"

"네. 나는 단순한 영주 대행이 아니에요. 이 발령장에 적혀 있다시

피 영지 운영에 한해서는 내가 그만둘 때까지 영주와 동등한 권한을 지니고 있죠."

"학원에 들어가면 공녀님 상회의 장부 형식을 배울 수 있는 겁니까?"

아는 사람이 보면 이 장부의 가치를 눈치챌 거라고 생각했지만…… 역시 생각했던 대로 상회 간부들은 이 장부의 가치를 알아차린 모양이었다.

"네, 물론이죠."

내 대답에 간부들은 각각 커다란 한숨을 쉬었다.

"난감하군요……. 당근이 크면 채찍도 그만큼 크기 마련인데……."

"좋은 점은 또 있어요. 예를 들면 농업과에서는 앞으로 야채와 곡물의 품종 개량을 연구할 거예요. 그렇게 만들어진 농작물은 이번에 출자해 주시는 상회에 그 권리를 위양할 생각이랍니다. 어때요? 솔깃하죠?"

"네, 솔깃하군요."

"그럼 이제부터는 출자해 주시는 상회분들께만 이야기를 드리도록 하죠. 관계없는 분들의 시간까지 빼앗을 수는 없으니까요."

내 제안에 자리에서 일어선 것은 두 사람뿐이었다.

어라, 절반 정도는 가 버릴 줄 알았는데.

"꽤 많이 남으셨군요……. 이런 말 하긴 좀 그렇지만, 괜찮으시겠어요?"

"아이리스 님, 여기 있는 사람들은 상인 앞에 '일류'라는 칭호가 붙는 자들이라고 자부하고 있습니다. 큰 이익에는 그만큼 리스크가 따르는 게 당연하지요. 그 리스크와 이익을 감안하여 결단을 내리는 것이 우리의 방식입니다. 큰 이익을 손에 넣을 좋은 기회가 눈앞에 있는데 놓칠 수는 없죠."

"어머…… 그건 그렇군요."

"공녀님이 평범한 귀족 아가씨였다면 꿈같은 이야기로 치부해 버렸겠지요. 하지만 공녀님은 이미 자신의 힘으로 상회를 만들어 순식간에 우리와 동격으로…… 아니, 보다 높은 곳으로 올라섰습니다. 우리는 그런 공녀님의 수완을 높이 사고 있습니다."

"……나도 여러분을 자랑스럽게 생각해요. 여러분 일류 상인들이 우리 영지를 번영시켜 주고 있으니까요."

나는 그렇게 말하며 웃었다. ……밀려오는 기쁨을 그대로 드러내며.

† † †

"……그건 그렇고, 아이리스 님은 정말 배짱이 두둑하시군요."

돌아오는 마차 안에서 내게 말했다.

지금 마차에 타고 있는 것은 나와 모네다, 그리고 세바스.

마차 밖에는 디더가 마부와 함께 앉아 있었다.

"어머, 실례야. 나도 굉장히 긴장했거든."

"전혀 그렇게 보이지 않았습니다만. 설마 그 멤버들에게 사업 협상을 하실 줄이야. 처음에는 생각도 못했습니다."

"그럼 모네다는 내가 무엇 때문에 그 사람들을 불렀다고 생각했어?"

"그야 은행 설립을 보고하려고 부른 줄……."

"보고했잖아."

"아니, 지금 그런 말씀을 드리는 게 아니라……."

나도 모르게 웃고 말았다.

사실 나도 무척 긴장했고, 얼마나 위태로운 외줄을 타는 듯한 상황인지도 잘 알고 있었다.

꼬박 3주일을 들여 아주 자세히 자료를 작성하긴 했지만…… 어쨌든 완전한 신규 사업이다.

어떤 질문이 날아올지, 뭘 캐물을지 불안해서 견딜 수 없었다.

"그런데 왜 학원 창설에 은행 예금을 사용하지 않는 겁니까? 도로 정비를 뒤로 미뤄서라도……."

"통상(通商)과 유통은 떼려야 뗄 수 없는 관계야. 물자 순환을 원활하게 만들면 자금 순환도 원활해지지……. 그러니까 서둘러 도로 정비에 착수하고, 그 사업 덕분에 영지민들에게 자금이 순환되면 아이들도 학원에 다니기 한결 수월해지지 않을까?"

물론 초등부는 완전히 무료다.

하지만 그렇다고 귀중한 일손을 기꺼이 학원에 보내지는 않을 것이다.

특히 변경의 땅이라면 더더욱 그렇다.

그렇다면 도로 건설이라는 '공공사업'을 통해 영지민들의 주머니를 채워 주고, 경기를 활성화시키는 것도 그 문제를 해결할 수 있는 하나의 방편이다.

"현명한 그들은 도로 정비가 일종의 당근이라는 사실을 눈치챘을 거야. 물류도 원활해지고, 공사 중에 필요한 용구 수주, 인부들의 식사까지……. 이 사업 덕분에 그들의 주머니도 꽤나 두둑해질 거야. 주머니가 두둑해진 만큼 투자해서 공작가에 은혜를 베풀고, 또 신상품 권리까지 양도받을 수 있다…… 이렇게 말하면 넘어오지 않을까 생각했거든. 이제 남은 건 그들이 날 통째로 삼키지 않도록 버티는 것뿐이야."

"거기까지 생각하셨습니까……?"

"어머, 내가 아무 생각도 없는 줄 알았어?"

"아뇨, 그런 뜻이 아닙니다."

"그래? 그럼 모네다, 돌아가면 당장 은행 본부로 가서 은행을 개업해 줘. 수속은 전에 예행 연습했던 대로 하면 돼. 그리고 도로 정비를 위한 자금을 확보하도록 해. ……모네다, 이제부터 당분간 너에게 휴일은 없다고 생각하는 게 좋을걸. 바빠질 거야."

"바라던 바입니다."

"세바스도 바빠질 거야. 레메와 의논해서 공사 순서를 정해서 보다 효율적인 도로를 만들도록 해. 그리고 공사 정비 비용을 계산하고 신청 서류를 준비해 줘."

"알겠습니다. 레메 양과 이미 의논을 마치고 비용까지 계산을 마쳤습니다. 이제 남은 건 신청하는 것뿐입니다."

"역시 훌륭해, 세바스. 그 신청서는 나한테 제출해 줘. 바로 훑어볼 테니까. 괜찮으면 모네다한테 맡겨서 당장에라도 시작하겠어."

† † †

세바스는 맞은편에 앉아서 주먹을 불끈 쥐고 기합을 넣는 아이리스를 물끄러미 바라보았다.

그의 이름은 세바스.

그의 집안은 대대로 아르메리아 공작가를 섬겨 왔으며 세바스도 가주로부터 저택 관리와 영지 운영을 일임 받았다.

아르메리아 공작령은 광대하지만 풍요로운 땅이기 때문에 관리하는 것이 그다지 힘들지는 않았다.

……그러나.

아이리스가 영주 대행을 맡은 후로 평화로운 생활은 완전히 바뀌었다.

……한마디로 말하자면 바쁘다. 그 말밖엔 표현할 길이 없었다.

지금껏 세바스도 저택 관리와 영지 관리를 병행하고 있었다. ……같은 고용인들에게 '대체 언제 쉬는 거냐?' 라는 질문을 받을 때가 많았다.

그런 그도 아이리스의 업무량에는 그저 감탄할 따름이었다.

아이리스가 막 영지로 돌아왔을 때, 솔직히 그는 '아마 내게 모든 걸 일임하겠지…….' 라고 생각했다.

하지만 영지로 귀환한 그녀는 먼저 세바스에게 회계 보고와 영지 제도 리포트를 제출하라고 지시한 후 무시무시한 속도로 그것을 읽어 내려갔고, 정력적으로 시찰에 나섰다.

그 후에는 상회를 설립하여 눈 깜짝할 사이에 부를 축적하고, 현재 영지 제도 개혁을 위해 바쁘게 뛰어다니고 있다.

……대체 언제 쉬는 건지, 잠은 잘 자고 있는 건지 의심스러울 정도다.

그 업무량과 정확한 지시에는 놀라움을 넘어 감동마저 느껴졌다.

이분을 위해서라면 늙은 몸을 채찍질해서라도 일하고 싶다.

……이분을 도우면 과연 어떤 미래에 도달할지 기대조차 들었다.

그렇다, 세바스는 바쁘게 일하며 그렇게 생각하고 있었다.

다만 한 가지 걱정되는 것은 아이리스가 최근 많이 여위었다는 것이다.

그는 실례가 되지 않을 정도로 슬쩍 아이리스를 살펴보았다. 역시 체형이 많이 변했다.

드레스 사이즈가 더 이상 맞지 않는다는 이유로 재봉사를 불렀다는 보고를 받았다.

본인은 살을 빼는 중이라고 했지만…… 실은 살을 빼고 있기 때문이 아니라 지쳐 있기 때문 아닐까……? 그런 걱정이 들었다.

지금 그녀의 어깨에는 아르메리아 공작령의 미래가 걸려 있다.

그만큼 아이리스의 존재감은 나날이 커지고 있다.

아가씨께서 쓰러지지 않도록 단단한 버팀목이 되어 드리자.

아이리스가 기합을 넣는 동안 세바스 또한 조용히 기합을 넣고 있었다.

† † †

……은행을 설립한 지 반년이 지났다.

요 반년 동안 공공사업 제1탄인 도로 정비는 공사에 착수했고, 지금도 착실하게 진행 중이다.

은행은 먼저 상회 사람들이 상회 명의로 계좌를 만들고 예금을 했다.

그러자 그 상회와 관계된 자들이 개인적으로 계좌를 만들고, 그게 또다시 퍼져서…… 도시 쪽에서는 은행의 존재감도 상당히 커졌다.

그와 더불어 모네다도 바빠졌다.

당면 과제는 도시 외에도 어떻게 은행을 전파시키느냐…….

학원 건설은 무사히 자금을 모아 현재 착공 중이다.

완공되면 곧바로 학원을 열 예정이다.
우선은 고등부를 먼저 건설하고 있기 때문에 영지의 모든 아이가 초등부에 다닐 수 있게 되려면 아직 갈 길이 멀다.
내 일은 줄어들기는커녕 오히려 늘어나기만 하고 있다.
나 역시 요즘은 일이 너무 많은 것 같아서 서둘러 영지 행정을 맡을 관료를 모집하는 중이다.
이미 우리 가문에서 영지 운영에 관여했던 자들은 그쪽으로 소속을 옮겨서 일을 시키고 있다.
현재 존재하는 부문은 〈보르사(재무부)〉, 〈아이오(교육부)〉, 〈아비탄테(민생부)〉, 〈아르키테토(건설부)〉, 〈코디체(법률부)〉.
그 위에 영주 대행인 내가 있는 체제다.
참고로 보르사(재무부)는 세무도 겸임하고 있다. 각 부에서 발안한 안건의 비용을 계산하여 실현 가능한지 가늠해 보고 승낙이 떨어지면 비용을 내주는 형식이다.
또 세무 쪽은 앞으로 세수 개혁도 함께 의논할 생각이다.
아이오(교육부)는 문화체육관광부 같은 부서.
학원에서 가르칠 내용을 제정하고, 비용을 결정하는 것이 이곳의 업무다. 그리고 학원의 인사권도 이곳 관할이다.
아비탄테(민생부)는 영지민을 관리하는 부서. 현재는 호적을 만들기 위해 각지를 바쁘게 뛰어다니고 있다.
……언젠가는 사회 복지도 이 부서에 맡길 생각이다.
아르키테토(건설부)는 도로 건설 · 공공 설비 설립 등을 도맡고 있는 부서.
즉 도로를 대대적으로 정비하고 있는 지금 가장 바쁘다고 해도 과언이 아닌 곳이다.

코디체(법률부)는 말 그대로 영지의 법을 정비하는 부서.
지금은 현재 이어져 내려오는 관습법에 체계를 세워서 법으로 정리하는 작업을 하고 있다.

……피곤한데 뜨거운 물로 목욕이라도 할까?
"아가씨, 왜 그러시죠?"
"모처럼 시간이 비었는데 목욕이라도 하고 싶어. 좀 피곤하거든. 준비해 줄래?"
그렇게 말하자 타냐는 당장 목욕 준비를 시작했다.
최근 타냐는 나에게 지독한 과보호를 하고 있다.
……내가 그렇게 피곤해 보이나?
"……왠지 오늘은 무척 기뻐 보이시네요. 무슨 일이라도 있으신가요?"
"아, 역시 티가 나? 후후후, 원하던 걸 겨우 손에 넣었거든."
후후후……. 반년간 바쁜 틈을 타서 연구에 연구를 거듭하여 겨우 완성한 작품.
그걸 오늘 시험해 볼 생각이다.
느긋하게 욕조에 몸을 담그고 피로를 풀며 당장 그것을 사용해 보았다.
후아아, 달콤한 장미 향기가 난다.
기분 좋게 목욕을 마치자 타냐가 내 몸단장을 돕기 위해 대기하고 있었다.
"실례합니다, 아가씨. 머리카락을 정돈해 드릴…… 앗!"
타냐는 내 머리카락을 보고 깜짝 놀라며 굳어 버렸다.
후후후, 굉장하지? 평소 안색이 변하지 않는 그녀가 이렇게 표정을 드러내는 걸 보면 효과는 충분하다.

"머릿결이 정말 곱네요……. 꼭 빛이 나는 것 같아요. 실례지만 아가씨, 대체 어떻게 된 건가요……?"

"후후후……. 이걸 썼어."

내가 내민 것은 작은 병.

안에는 옅은 노란색 액체가 가득 담겨 있었다.

"이게 뭐죠?"

"린스라는 거야. 머리카락을 윤기 있게 정리해 주는 물건이지."

사실 이 세계에는 린스가 존재하지 않는다.

다들 비누로 감고 끝이다.

지금까지 얼마나 참았던가.

처음 세 달 동안은 거기까지 신경 쓸 여유가 없어서 깨닫지 못했지만.

원래 한 번 신경 쓰이기 시작하면 계속 신경 쓰이는 법이다.

……비누로만 감으면 머리카락이 상한다.

그걸 알면서도 비누로만 감고 끝내야 하는 고통.

아이리스의 머리카락이 어머님을 꼭 닮은 예쁜 백금발이라서 더더욱 스트레스였다.

전생에 수제 비누와 샴푸, 린스, 화장수를 만드는 것에 푹 빠져 있었지만 아무래도 이 세계에서 완성시키기까지는 꽤 시간이 걸리고 말았다.

기왕 만들 바에는 제대로 해 보자. …그렇게 혼신을 다해 만들어 낸 걸작.

향기를 내기 위해 우리 가문이 자랑하는 장미를 향료로 사용했다.

"굉장해요, 아가씨……."

타냐가 내 머리카락을 황홀하게 바라보며 중얼거렸다.
역시 미용 제품은 어느 세계에서나 사람들을 사로잡는군.
"……타냐도 줄까?"
"네? 그래도…… 되나요?"
"금방 만들 수 있어."
첫 작품을 만들기까지 시간이 걸리긴 했지만 레시피가 완성된 지금은 금방 만들어 낼 수 있다.
"그럼 조금만……."
타냐는 기쁜 듯이 받아들였다.
……기뻐해 줘서 기쁘다. 타냐에게는 정말로 많은 도움을 받고 있으니까.
하지만 이야기는 거기서 끝나지 않았다.
내 머리카락을 본 시녀들이 혹시 특별한 제품을 사용하고 있는지, 사용하고 있다면 어디서 손에 넣을 수 있는지, 타냐에게 꼬치꼬치 캐물은 것이다.
타냐는 기특하게도 묵비권을 행사했지만 그 모습을 목격한 내가 시원하게 린스의 정체를 밝히자 다들 입을 모아 갖고 싶다고 호소했다.
그리고 그 효과를 본 남자들이 "이건 장사가 될 겁니다."라고 제안.
그리하여 아즈타 상회에서 즉각 제품화를 진행했다.
……덕분에 내 일이 더욱 늘어난 건 말할 것도 없다.

† † †

상품화한 린스를 즉각 어머님께 보내드리자 어머님은 그게 무척 마음에 드셨는지 여기저기 선전해 주셨다.

그 결과, 린스는 귀족들 사이에서는 물론 조금 비싼 가격에도 불구하고 평민들 사이에서도 인기 상품으로 자리매김해 나가고 있다.

……어머님은 정말 홍보 능력이 뛰어나다.

나는 마음속으로 남몰래 어머님을 홍보부장이라고 부르고 있다.

상회의 규모가 확장되면 확장될수록 당연히 내 업무량은 늘어갔다.

종업원 숫자도 점차 늘리고 있고, 최대한 권한도 나눠 주고 있지만 전부 시작한 지 1년도 되지 않은 사업들뿐이라 아무래도 내가 직접 관여하지 않을 수 없었다.

……건강을 조심해야지.

"……아이리스 아가씨."

세바스가 그답지 않게 조금 초조한 기색으로 내게 말을 건넸다.

"어머, 세바스. 무슨 일이야? 세바스와는 오후에 대화를 나누기로 했을 텐데?"

"그게, 마님께서 오후에 영지로 돌아오실 거라는 연락이……."

"……뭐? 어머님이? 지난번 편지에 그런 얘긴 한 마디도 없었는데."

"모쪼록 지시를 내려 주십시오."

"아, 알았어. 일단 고용인들에게 현관 주변과 다이닝룸, 그리고 어머님의 방을 청소하라고 해. 평소에도 깨끗하지만 다시 한번 살펴봐. 그리고 현관에 장식된 꽃을 바꿔 줘. 얼마 전에 보내드린 상품과 향기가 똑같은 장미가 좋겠네. 그리고…… 요리는 디저트로 신제품 퐁당 쇼콜라를 낼 생각이니까 거기에 맞춰서 음식을 정해 줘. 퐁당 쇼콜라가 진한 맛이니까 조금 산뜻한 음식이 좋겠지?"

"알겠습니다."

"그리고 차는 허브티를 대접하는 게 좋겠다. 자세한 건 아즈타 상회 카페 부문 담당들이 알고 있을 테니까 그쪽에 물어봐."

참고로 카페 부문이란 새로운 호칭이다.

지금까지는 귀족 부문 · 평민 부문으로 분류했지만 그 이름은 별로 좋지 않게 들리기도 했고, 또 부유층과 귀족들이 드나들 수 있는 카페도 개점을 시작했기 때문이다.

그 때문에 현재 초콜릿은 카페 부문과 제과 부문으로 나뉘어 있다.

아, 하지만 귀족 부문은 일부분 그대로 남겨 놓았다.

특별 대응을 좋아하는 그들의 취향에 맞춰 회원제를 도입해 봤더니 회원이 되고 싶다는 요청이 쏟아져서 즐거운 비명을 지르는 중이다.

회원이 되면 왕도와 영도에 있는 전용 상점을 이용할 자격을 얻는다.

그곳에서는 우리 상회에서 취급하는 '모든' 상품을 둘러볼 수 있다.

제과뿐 아니라 최근 취급하기 시작한 미용 제품까지.

미용 제품은 취향에 맞는 향료로 향기를 낸 오리지널 미용액이 인기 상품이다.

제과도 주문할 수 있고, 그 자리에서 먹을 수 있도록 카페도 함께 자리 잡고 있다.

……참, 그보다 어머님이 오신다고 했지. 그럼 일정을 비워 둬야겠네. 나는 퍼뜩 정신을 차리고 스케줄을 확인했다.

요즘 타냐는 내 비서 노릇을 하고 있다. 정말 고마워, 타냐.

간신히 스케줄을 조정하고, 어머님이 오시기를 기다렸다.
조정 결과를 한마디로 표현하자면 '다들…… 미안해.'
나 때문에 다른 사람들의 부담이 너무 커진 것 같아서 미안한 마음에 어머님이 도착했다는 보고를 받을 때까지 잡다한 사무를 처리했다.
예를 들면 숫자 확인 같은 거.
"마님께서 도착하셨습니다."
"고마워, 세바스."
나는 서둘러 현관으로 향했다.
오오, 복도도 평소보다 더 반짝반짝하네.
"어서 오십시오, 마님."
중요한 직책을 맡은 고용인들과 함께 어머님을 맞이했다.
"어서 오세요, 어머님."
문이 열리고 나타난 것은 눈부신 백금발을 지닌 절세의 미녀.
아아, 우리 어머님이지만 정말 아름다워…….
사교계의 꽃이라 불리는 어머님은 귀족들 사이에서도 동경의 대상이자 사교계에 막대한 발언력을 지니고 있다.
……정말이지 아즈타 상회의 홍보부장으로 이 이상의 인재는 없을 것이다.
"다들 잘 지냈나요? 갑자기 찾아와서 미안하구나, 아이리스."
성격도 무척 온화하시다.
가족들에게는 이런 말투를 사용하지만 물론 밖에서는 전혀 다르다.
누가 뭐래도 사교계의 꽃…… 완벽한 귀부인으로 칭송받는 분이시니까.

“아뇨, 저도 오랜만에 어머님을 뵈어서 기뻐요.”

“어머나, 그런 귀여운 말을. 네가 이곳으로 돌아오기 전에 천천히 얘기를 나누지 못해서 아쉬웠는데 정말 기쁘구나.”

“그런데 괜찮으세요? 아직 사교계 시즌 중이잖아요?”

“괜찮아. 공식 행사는 전부 끝났고, 친한 친구들에겐 모두 연락했으니까……. 아, 그러고 보니 기사단장 부인에게 다과회 초대를 받긴 했다만 갈 생각이 없거든.”

……어머님, 역시 굉장해요……. 나는 그렇게 생각하면서도 아무 말도 하지 않았다.

내가 학원에서 제2 왕자에게 단죄당할 때, 기사단장의 아들 도르센이 나를 바닥에 찍어 누른 것 때문에 화가 나셨구나…….

아마 지금쯤 기사단장 가문의 사람들은 새파랗게 질려 있겠지……. 문득 그런 생각이 들었다.

누가 뭐래도 어머님이 참석하느냐 마느냐에 따라 그 자리의 격이 달라진다고 할 정도다.

너무 과장 아니냐고 생각할지도 모르지만 그게 사실이다.

공식 행사는 그렇다 쳐도 각 가문의 모임은 ‘어떤 인물이 모이느냐.’에 따라 격이 달라진다.

그리고 사교계의 꽃이라 불리는 어머님이 참석하는 것과 참석하지 않는 것은 아주 큰 차이가 있다.

설령 참석한다 해도 주최자 측은 어머님이 언제 자리에서 일어설지 신경을 곤두세우며 안절부절못한다고 한다.

어머님이 연거푸 일찍 돌아가 버리면 센스가 없다고 낙인찍히게 된다.

파티나 다과회는 부인의 역량이 시험받는 자리……. 왕가에서 주최하는 모임조차 공식적인 모임이 아닐 경우 왕비의 역량을 시험 당하게 된다.

즉, 왕비가 주최하는 모임조차 어머님이 척도가 되는 것이다. ……참석만 하면 실례가 되지 않으니까.

역시 어머님은 존재 자체가 반칙이다.

……그건 그렇고.

'도르센, 꼴좋다.' 라고 생각하는 나는 성격이 나쁜가 보다.

하지만 하나도 미안하지 않다.

"어머, 아이리스, 벌써 일하는 거니?"

아침. 내가 서재에서 일하고 있을 때 어머님이 얼굴을 빼꼼 내밀었다.

"어머님, 죄송해요. 그러고 보니 아침 식사 시간이었죠."

"괜찮아, 신경 쓰지 말렴. 그보다 네 건강이 더 걱정되는구나."

"괜찮아요. 지금까지 쓰러진 적은 없으니까요. 게다가 꽤 즐기고 있답니다."

"그래? 그렇다면 다행이지만……."

"괜찮으시면 먼저 아침 식사를 드시겠어요? 전 이걸 끝내려면 좀 시간이 걸릴 것 같아서요. 오늘 아침 식사는 초코 크루아상이랍니다."

"초코 크루아상? 처음 듣는 음식이구나."

"아즈타 상회의 신제품이에요. 초콜릿을 넣은 빵이죠."

"어머, 맛있겠구나. 하지만 기다릴게. 모처럼 너와 함께 식사하고 싶으니까."

"알겠어요. 최대한 빨리 끝내도록 할게요."

타냐가 조용히 어머님께 차를 끓여서 내밀었다.
역시 타냐는 유능한 비서다.
요즘은 아침마다 각 관계 부서에서 올린 보고서를 훑어보고 있다.
아아……. 아직 갈 길이 멀구나.
도로 정비는 순조롭다. 학원의 건물도 고등부와 영도의 초등부는 빠르게 진행되고 있지만…….
"세바스, 여기 계산이 틀렸으니까 수정하도록 해. 그리고 이 예산 신청도 기각. 비용 계산이 너무 안일해. 좀 더 줄일 수 있을 만큼 줄여 봐. 이 예산으로 진행하려면 아르키테토(건설부)에서 납득할 수 있는 증거를 함께 첨부해서 가져오라고 전해. 아, 아르키테토(건설부)하니까 말인데, 그쪽 일은 어떻게 되어 가고 있지?"
"도로 정비와 함께 곳곳에 사무소를 만드는 준비는 순조롭게 진행되고 있습니다. 자재 운반을 동시에 할 수 있어서 시간과 비용이 절감되는 것 같습니다……."
"자세한 상황을 알고 싶으니까 나한테 보고서를 제출하도록 해. 그리고 호적 작성은 최우선 사항이라고 아비탄테(민생부)에 전해 줘. 최소한 영도 쪽은 도로 정비가 끝나기 전에 마쳤으면 좋겠어. 이건 앞으로 제일 중요한 자료야. 다른 일을 진행하기 전에 먼저 호적 작성을 진행해 줘."
"알겠습니다."
미리 살펴볼 자료는 이걸로 끝인가? 나중에 천천히 검토하거나 의논할 자료는……. 우와, 산더미가 아직 두 개나 더 있다.
그런 생각을 하며 서류를 분류하고 있을 때 노크 소리가 들려왔다.
"들어와요."
"실례합니다."

문을 열고 들어온 것은 상회를 담당하고 있는 세이였다.

"마님, 아이리스 님, 안녕히 주무셨습니까……? 아즈타 상회의 아침 보고서를 가져왔습니다만……."

"훑어볼게. 이리 줘."

책상에 놓인 서류는 산더미 하나. 적다고 해야 할지 많다고 해야 할지 잘 모르겠다.

팔락팔락 서류를 넘기며 내용을 훑어보았다.

중요한 곳에는 포스트잇을 흉내 내서 직접 만든 메모지를 붙여놓고, 다음 서류로 넘어갔다. 한차례 훑어본 후 포스트잇을 붙여 놓은 곳으로 돌아갔다.

……속독을 할 수 있어서 정말 다행이다.

"……각 부서 모두 순조롭네. 이 미용 제품 부문의 신제품 말인데, 나중에 샘플을 가져다줘. 내용물만 말고 용기까지. 그리고 원료 중에 시험해 보고 싶은 게 몇 가지 있는데…… 나중에 개발자한테 가서 전해 줘."

"시험하고 싶은 재료 말입니까? 먼저 말씀해 주시면 미리 준비해 놓겠습니다."

"그래? 그럼…… 이 메모에 적혀 있는 걸 오후까지 가져다줘. 그리고 각 점포의 장부도 확인하고 싶으니까 그것도 부탁해. 나중에 검토할게."

"알겠습니다."

……뭐, 아침 업무는 이쯤이면 되려나.

"어머님, 기다리시게 해서 죄송해요."

"괜찮아. 그건 그렇고 이 허브티라는 거, 정말 맛있구나."

어머님은 생글생글 미소를 지었다.

오래 기다리셨을 텐데, 어머님은 정말 상냥하다.

"마음에 드신다니 다행이네요. 현재 아즈타 상회 카페에서도 호평받는 상품이랍니다."

"그렇구나. 집에서도 꼭 마시고 싶네."

"음……. 아직은 카페에서만 판매할 수 있어요."

이 세계는 홍차가 주류다. 시험적으로 카페에서 허브티를 선보였더니 그야말로 대히트를 기록했다.

찻잎을 구입하고 싶다는 요청이 끊이지 않지만 아직 생산이 판매를 쫓아가지 못하는 상태다.

……이것도 대책을 세워야지.

오후 업무 때 카페 부문 쪽에도 얼굴을 내밀어 봐야겠군.

"그러니? 구입할 수 있게 되면 꼭 가르쳐 주렴. 다음 다과회 때 내어 봐야지."

"그땐 잘 부탁드려요."

역시 홍보부장.

……그 뒤로 어머님과 아침 식사를 한 후 느긋하게 티타임을 가졌다.

이런 평온한 시간을 보내는 것도 정말 오랜만이다.

"……참, 왕도의 저택은 어떤가요?"

"응? 아~무 변함없어. 바보 아들은 여전히 장기 방학 때도 집에 돌아오지 않는단다. 뭐 제2 왕자와 그 여자의 추종자 노릇이나 하고 있겠지."

어머님의 목소리가 갈수록 싸늘해졌다.

아름다운 어머니가 그런 목소리로 말하자 그야말로 박력 만점이었다.

"어, 어머님……."

"아이리스, 미리 말해 두지만 이번 일에 대해서 나는 물론 아이리스 편이랍니다. 그리고 나는…… 베른에게도 화가 가 있어요."

마, 말투가 변했다──!!

완전히 공식적인 자리에서 쓰는 말투다. 그 싸늘한 말투와 미소에 나는 등줄기를 부르르 떨었다.

"……솔직히 친아들만 아니었다면 벌써 밟아 버렸을 거야."

입가에 미소를 짓고 있지만 눈매는 싸늘했다.

어머님, 무서워요.

"……그, 그러고 보니 어머님. 왕도나 성안의 분위기는 어떤가요?"

내가 화제를 바꾸자 긴 한숨과 함께 어머님의 분위기가 또다시 부드러워졌다.

나도 안심하며 긴장을 풀고 한숨을 내뱉었다.

따, 딱히 어머님의 분위기가 무서워서 화제를 바꾼 건 아니거든? 궁금해서 물어본 것뿐이야.

……물론 양 진영에 대해서는 나도 어느 정도 파악하고 있다.

하지만 어머님이 갖고 있는 정보량은 어마어마하다.

참고로 내가 알고 있는 것은 현재 제1 왕자 진영과 제2 왕자 진영이 교착 상태라는 것.

당연하다.

현왕이 건재한 지금 너무 큰일을 벌이는 것은 영리한 계책이 아니다.

정작 당사자들은 어떤가 하면…… 제1 왕자는 일단 유학 중이라고 알려져 있지만 그게 사실인지 어떤지는 아직도 수상하다.

어디 있는지도 발표하지 않은 걸 보면 말이다.

공식적인 무대에서 자취를 감춘 후로 나는 일절 그의 소식을 듣지 못했다.

제2 왕자는 변함없이 학원에서 학생으로 생활하고 있는 모양이지만, 학원 생활까지는 조사하지 않았기 때문에 이쪽 소식도 잘은 모른다.

† † †

한편 보고서를 제출하고 방에서 나온 세이는 아이리스의 지시를 전하기 위해 각 부서로 향했다.

그는 문득 품 안에 끌어안고 있는 서류를 내려다보며 한순간 쓴웃음을 지었다.

생각해 보면 환경이 정말 많이 변했구나…….

슬럼 출신인 자신이 공작가에서 일하게 된 것도 참으로 기묘한 운명이다.

아이리스의 손에 이끌려 이곳에 오고, 세바스의 밑에서 일하고, 공작가 견습 집사로 저택에서 일했던 것도 이제는 벌써 먼 옛날의 일 같다.

모든 발단은 아이리스가 영주 대행이 된 후부터다.

그녀는 상회를 설립하고 동시에 그 상회를 세이에게 맡겼다.

그 후로 집사 업무는 뒷전……. 그녀의 눈과 입이 되어 각 담당자와 회의하고, 고객들에게 대응하는 등…… 산더미 같은 일을 처리해야 했다.

보고를 마친 세이는 조금 전에 지나왔던 복도를 다시 걷기 시작했다.

"어머, 세이. 수고가 많네요."

"네, 타냐도 수고가 많네요."

문득 스쳐 지나간 것은 같은 처지의 타냐.

그녀도 시녀로서 아이리스의 손과 발이 되어 일하고 있다.

"어때요? 요즘은."

"여전합니다. 타냐 씨는요?"

"나도 여전해요. 참, 이후에 일정이 어떻게 되죠?"

"잠시 쉬었다가 아가씨를 모시러 갈 생각입니다."

"그럼 차라도 마실래요? 어때요?"

보기 드문 타냐의 권유에 그는 고개를 끄덕이며 고용인 휴게실로 향했다.

"마셔요."

적당한 의자에 걸터앉자 타냐가 차를 건넸다.

옅은 노란색이 감도는 초록색 차는 최근 상회에서 힘을 쏟고 있는 허브티라는 차였다.

"이건 레몬글라스 허브티예요. 피곤할 때 마시면 무척 좋답니다."

"고맙습니다. ……잘 마시겠습니다."

한 모금 마신 후 천천히 숨을 내뱉었다.

"맛있어요……. 저어, 제가 그렇게 피곤해 보이나요?"

"아뇨. 하지만 피곤하죠?"

"하하, 하……. 뭐 그렇죠. 하지만 전 그나마 나은 편이에요. 아가씨를 생각하면……."

"나도 그게 걱정이에요. 최근 아가씨가 쉬는 모습을 거의 못 본 것 같아요."

타냐는 그렇게 말하며 난처한 듯이 한숨을 쉬었다.

그녀에게 아이리스는 생명의 은인.

타냐는 아이리스가 거둬들인 고용인들 중에서도 특히 그 마음이 몇 배는 강해서, 세이가 보기에는 만약 아이리스가 목숨을 내놓으라고 해도 그녀라면 기꺼이 따를 것 같았다.

아이리스에게 한없는 충성을 맹세한 타냐에게 그녀의 건강만큼 중요한 것은 없다. 그런 만큼 쉴 새 없이 일하는 주인이 걱정돼서 견딜 수 없는 모양이다.

"그러게요. 그분을 보고 있으면 저도 더 열심히 해야겠다는 생각이 들어요."

아이리스가 돌아온 후 세이의 업무는 엄청나게 늘었다.

하지만 싫지는 않았다.

오히려 이 상회가 어디까지 커질지……. 그 장대한 도전에 자신도 관계되어 있다는 것이 즐겁기까지 했다.

무엇보다도 아이리스가 자신의 두 배 이상 일하는 모습을 보면 자연스레 '힘내야지…….' 라는 생각이 들곤 했다.

"아가씨를 기준으로 삼으면 안 되죠. 그분은 일중독이시니까요."

"하하하, 듣고 보니 그러네요……. 아, 슬슬 가 봐야겠군요."

"세이, 지금 아가씨는 마님과 이야기를 나누고 계시답니다. 아마 아직 일을 처리하지 못하셨을 거예요……."

그렇군……. 세이는 내심 고개를 끄덕였다. 아이리스가 어머님과 조금이라도 많은 시간을 보내게 해 주려는 그녀 나름의 배려였구나…….

"그렇습니까? 그럼 좀 더 있다가 가는 게 좋겠군요. ……그런데 마님께서 이번에 오신 건 혹시 아가씨를 걱정해서……."

"아마 그렇겠죠. 저택의 상황은 때때로 세바스 씨가 보고를 드리고 있으니까요."

세바스는 본가와 영지의 관리를 모두 맡고 있다.

아이리스가 영지 운영을 일임받은 후에도 세바스는 공작에게 상세한 상황을 보고하고 있다.

"아가씨께서 하시는 일이 무척 훌륭한 일이라는 건 알고 있어요. 하지만 내게는 영지보다 아가씨가 소중해요. 아가씨도 이 기회에 적당히 휴식을 취하시면 좋을 텐데……."

"그렇군요. ……아, 타냐 씨. 차 한 잔만 더 주시겠어요?"

"기꺼이."

조금 더 느긋하게 쉬었다 가 볼까. 세이는 다시 자리에 앉았다.

아이리스의 귀중한 휴식을 방해하지 않기 위해서.

"……오. 오랜만이야. 이런 곳에 둘이 같이 있을 줄은 몰랐네."

"디더 씨, 오랜만이네요."

휴게실로 빼꼼 얼굴을 내민 것은 다름 아닌 디더였다.

디더는 아이리스의 호위지만 최근에는 그녀의 지시로 영지를 돌아다니고 있기 때문에 이렇게 얼굴을 마주하는 것은 오랜만이었다.

"디더, 당신도 마실래요?"

"그거 요즘 유명한 차 맞지? 마실래, 마실래."

디더는 타냐가 끓여 준 차를 신기한 듯이 쳐다보다가 한 모금 마신 후 기쁜 듯이 웃었다.

"아――, 이거 맛있다. 난 평범한 홍차보다 훨씬 마음에 들어. 이런 걸 줄줄이 개발하다니, 공주님은 역시 굉장해."

"하하하. 그건 그래요. 그런데 디더 씨는 요즘 무슨 일을 하시나요?"

"나? 라일이 훈련시킨 신입들을 데리고 가도를 여기저기 순찰하는 중이야."

아이리스는 최근 치안 경비대를 강화하고 인원을 증원했다. 그리고 그 강화 훈련은 라일과 디더가 맡고 있다.

공작가의 호위관은 뛰어난 실력으로 유명한 만큼 아마 이 이상의 적임자는 없을 것이다.

특히 라일과 디더는 기사단 중에서도 동경의 대상인 왕실 근위병의 스카우트 제의를 걷어차고 이곳에 눌러앉은 유명인이기도 했다.

"치안은 어떤가요?"

"아주 양호해. 경기도 좋고. 오히려 그 녀석의 훈련이 더 힘들다고 신입들도 불만을 늘어놓을 정도야."

"아하하. 다행이네요. 그런데 오늘은 무슨 일로 오셨나요?"

"그 녀석한테 호출받았어. 무슨 일인지는 모르겠지만. ……어쨌든 오랜만에 이쪽으로 돌아왔는데 조금 날뛰어도 괜찮겠지. 아, 타냐. 너 내 훈련 상대 좀 해 주라."

"사양하겠습니다."

사실 타냐는 무술도 뛰어나다.

아이리스 어머니의 친정에서 어릴 때부터 착실하게 훈련을 받았기 때문이다.

그것도 오직 아이리스를 지키기 위해서.

"내가 익힌 무예는 일격 필살. 상대를 죽이기 위해 연마한 기술입니다. 당신과는 근본적으로 다르기 때문에 상대가 되지 않을 거예요."

"하하하. 무서운 시녀네. 설마 내가 질 거라고 생각해?"

"아뇨, 그렇진 않아요. 그저 성질이 너무 다르다는 뜻이랍니다."

"뭐, 그렇군. 할 수 없지. 또 그 녀석이랑 훈련해야 되나."
디더는 마지막 한 모금을 마신 후 자리에서 일어섰다.
"잘 마셨어. 또 봐."
"수고하세요."
"수고하세요. ……음, 그럼 저도 이만 실례할게요. 아가씨께는 나중에 가 보더라도 잠시 일을 해야 할 것 같거든요."
생각해야 할 일이 너무 많아서 머릿속이 조금 복잡하게 뒤엉켜 있었다.
하지만 잠시 휴식을 취하고 나니 머릿속이 깨끗해진 듯한 기분이 들었다.
……역시 휴식이란 중요하구나.
아가씨께도 적당히 쉬시라고 권해 드려야지……. 세이는 그렇게 생각하며 휴게실을 뒤로했다.

† † †

아침 식사를 마친 후 잠시 어머님과 허브티를 즐겼다.
왕도의 분위기를 묻자 어머님은 조금 못마땅한 표정을 지었다.
"왕도의 분위기는 변함없단다. 하지만 성안은 조금 미묘해."
"미묘하다뇨?"
"그 여자가 최근 묘하게 우쭐해서 여러 가지 일을 벌이고 있는 것 같더구나……. 보아하니 그 남작 영애가 바람을 넣고 있는 모양이야. 폐하께서 샬리아가 떠난 후 멍청이가 된 것도 문제란다. ……그래서 그때, 나와 아이리야 님이 그 여자와 결혼하는 걸 반대했건 건데."

그 여자란 왕의 측실인 엘리아 님을 말한다.
어머님은 옛날부터 엘리아 님이 마음에 들지 않는 눈치였다.
반대로 정실인 샬리아 님과는 사이좋게 지내셨던 것 같지만.
그리고 아이리야 님은 현 국왕의 생모……. 즉, 태후마마를 말한다.
이 나라의 여성 중에서 가장 지위가 높은 분이다. 현재는 별궁에서 은거하고 계신다.
하지만 그 영향력은 지금도 절대적이다.
덧붙여 말하자면 아이리야 님은 옛날부터 어머님을 무척 예뻐하셨다.
친딸이나 다름없다고 말씀하실 만큼.
아이리야 님이 은거를 택한 이후에도 어머님은 가끔 별궁으로 놀러 가곤 하신다.
"……남작 영애가 바람을 넣어서라고 하셨죠……. 전 엘리아 님이 당연히 유리 영애와 에드 님의 약혼을 반대하실 줄 알았는데……."
장래를 생각하면…… 엘리아 님의 입장에서는 남작 영애보다 좀 더 좋은 가문의 아가씨와 에드 님을 혼인시키고 싶었을 텐데.
"그 남작 영애…… 이름이 뭐라고 했더라?"
"유리 노이어 영애예요."
"아, 그래. 그 유리라는 아가씨…… 상대의 자존심을 건드리는 게 무척 능숙하더구나. 그 허영심 덩어리 같은 엘리아 님이 넘어간 것도 이해가 돼."
"어머님, 유리 영애를 만난 적이 있나요?"
"그럼. 지금 여기저기 얼굴을 내밀고 다니는 것 같더구나. 그래서 우연히 만났지. 네가 떠나자마자 제2 왕자가 여기저기 데리고 다녔거든."

"그렇, 군요……. 만나 보고 어떠셨나요?"

"글쎄. 나는 아이리스 네 편이니까……. 하지만 그게 아니더라도 별로 가까이하고 싶지 않은 타입이야. 영 껄끄럽더구나. 그 현실을 보지 않는 성격이."

"꿈꾸는 소녀 같다는 말씀인가요?"

"으음……. 잘 설명을 못 하겠네. 하지만 아이리스 넌 가까이 할 필요 없으니까 괜찮아."

어머님은 더 이상 말해 주지 않으실 것 같지만…… 신경 쓰인다.

사실 난 그녀에 대해 잘 모른다. 별로 접점이 없었기 때문이다.

물론 에드 님을 통해서는 아주 잘 알고 있지만.

"그, 그럼…… 어머님, 제1 왕자는 어떤 분이신가요?"

"어머, 아이리스 넌 만나 뵌 적 없니?"

"네……."

전혀 기억에 없다.

그래도 왕족인걸. 만약 만났다면…… 분명히 기억에 남아 있을 것이다.

"하긴 알프레드 님은 꽤 오래전에 공식 석상에서 모습을 감추셨으니까……. 그 후 곧 유학을 떠나셨고."

"왜 그렇게 일찍 모습을 감추신 건가요?"

당연히 유학이 먼저일 줄 알았는데 설마 그 전에 공식 석상에서 모습을 감췄을 줄이야.

"샬리아가 세상을 떠난 후 많은 일이 있었으니까……. 물론 알프레드 님 본인의 잘못은 아니란다. 무엇보다도 알프레드 님은 그이를 닮은 아주 멋진 분이니까."
"아버님을?"
"그래. 아, 얼굴이 닮은 건 아니야. 하지만 분위기가 무척 닮았어. 이 나라에 계실 테니 언젠가 너도 만나게 될지 모르겠구나."
"그렇군요. 이 나라에…… 네에?"
유학을 떠났다면서? 그보다 어머님은 어떻게 그걸 알고 계시지?
"어머, 몰랐니……? 그럼 이건 비밀이란다."
아니, 잠깐만요……. 아무리 생각해도 '그럼 비밀이란다.' 한마디로 가볍게 끝날 문제가 아니거든요, 어머님.
"그분은 대체 왜 모습을 감추고 계신 건가요……?"
"오랜만이구나! 메리, 아이리스!"
내 말이 끝나기도 전에 호쾌하게 문이 열리고 할아버님이 등장하셨다.
……어라?
"할아버님! 어떻게 여기에……."
"메리가 돌아왔다는 얘길 듣고 나도 마침 잘됐다 싶어서 찾아왔단다."
가젤 더즈 앤더슨.
어머님의 부친이자 이 나라의 장군직을 맡고 계신 내 할아버님이다.
앤더슨가는 후작 가문이지만 할아버님은 딱딱한 귀족 세계가 싫다면서 사관이 되셨다고 한다.
다행히 소질이 있었는지 눈부시게 두각을 드러내던 할아버님은 30년 전 트와일 전투라고 불리는 이웃 나라 트와일 국과의 전쟁에 부대를 이끌고 참전, 이윽고 대승리를 거둬서 장군으로 임명되었

다.

기사단과 군에 몸을 담은 자들에게는 지금도 동경의 대상이다.

여기서 잠시 기사단과 군의 차이를 설명하자면, 기사단은 한마디로 왕족과 성을 호위하는 것이 주요 임무다.

소속된 자는 말단이라도 귀족이나 아니면 귀족의 추천을 받은 자.

그리고 그중에서도 특히 왕족을 호위하는 부대를 근위병이라고 부른다.

근위병은 만에 하나 무슨 일이 일어났을 때 왕의 방패와 창이 되어야 하기 때문에 기사단 중에서도 가장 강한 자가 임명된다.

라일과 디더도 근위병이 되지 않겠느냐는 제안을 받은 적이 있다. 그리고 그건…… 할아버님께 훈련받은 두 사람의 실력을 높이 평가했기 때문이었다.

……결국 두 사람은 그 제안을 차 버렸지만.

군은 주로 전쟁이 일어났을 때 전장에서 직접 싸우는 조직이다.

사관이라면 누구나 군에 몸을 담을 수 있으며 지위도, 신분도 따지지 않는다.

경비대가 없는 대신 평상시에는 군이 왕도와 왕국 전체의 치안 유지를 맡고 있다.

여기까지 설명을 들으면 알겠지만 본래 후작가의 외아들인 할아버님이 사관이 될 경우 당연히 기사단에 들어가는 것이 보통이다.

그러나 할아버님은 놀랍게도 군에 지원하셨다.

……하긴 덥수룩한 회색 머리카락과 아무렇게나 기른 수염, 단단한 근육질 몸매는 그야말로 무인다워서 도무지 후작가 가주로는 보이지 않는다.

참고로 메리는 우리 어머님의 애칭이다.

"아이리스, 그동안 힘들었겠구나……. 늦게 찾아와서 미안하다."

머리카락과 수염 때문에 표정은 잘 보이지 않지만 목소리를 통해 절실한 후회와 사과의 마음이 전해져 왔다.

"아니에요! 할아버님도 바쁘실 텐데요, 뭐. 전 아무렇지도 않아요."

"하하하. 이미 가주 자리는 아들에게 넘겼겠다, 나라에 전쟁일 일어날 만큼 큰일도 없겠다, 내가 바쁠 일이 뭐가 있겠느냐?"

……하지만 할아버님.

할아버님의 훈련을 받고 싶어서 사람들이 매일 몰려든다는 얘기를 들었는데…….

"그건 그렇고 아이리스 너는 점점 메리를 닮아가는구나……."

그렇게 말하며 할아버님이 눈을 가늘게 뜨고 나를 바라보았다.

"그, 그런가요……?"

어머님과 닮았다니 말도 안 된다.

……아마도 손녀를 예뻐하는 마음에 하신 말씀일 것이다.

나와 어머님의 닮은 구석이라고는 오직 백금발뿐이다.

눈동자는 내가 조금 차가워 보이는 짙은 푸른색인데 비해 어머님의 눈동자는 봄의 푸른 하늘을 연상시키는 부드러운 아콰마린.

"억지로 시집갈 필요 없다. 너는 네가 하고 싶은 일을 하면서 계속 집에 있으면 된다. 갈 곳이 없으면 나한테 와도 돼."

……그래. 그것도 괜찮을지 몰라.

동생이 돌아와서 공작가를 계승하면 나는 갈 곳이 없어질 테니까.

그러면 할아버님께 가는 것도 괜찮겠네…….

아즈타 상회에 지시를 내리는 건 어디서든 할 수 있으니까.

“어머, 아버님. 그냥 넘길 수 없는 말씀이네요. 아이리스가 왜 갈 곳이 없어지겠어요? 차라리 그 바보 아들을 데려가세요.”

“어허. 베른을 데려갈 수는 없지 않느냐. 루이 공이 난처해할 게다.”

“글쎄요……. 그이도 상관없다고 할걸요?”

“으음……. 뭐, 그렇군…….”

두 분의 대화에 머리가 지끈거리는 기분이었다.

그 녀석, 여전히 머릿속이 꽃밭인가 보네.

“그 아이, 그쪽에서 그렇게 사고를 치고 다니나요?”

“훌륭하게 일하고 있단다. 에드워드 님을 위해서. 아니, 그 남작 영애를 위해서라고 해야 하나…….”

……아아, 무슨 짓을 저지르고 있는지 무서워서 더 이상 물어볼 수 없다.

차라리 공작가로 돌아왔으면.

“그보다 아이리스. 나도 당분간 여기서 지내도 되겠느냐?”

“물론이죠, 할아버님. 아, 그럼…… 부탁이 있는데요…….”

“뭐냐?”

“두 가지 부탁이 있어요……. 지금 우리 영지에 경비대를 새로 설립했거든요. 그 신병들의 훈련을 맡아 주셨으면 해요. 물론 할아버님이 여기 머무시는 동안만이라도 괜찮아요.”

“물론 좋다마다. 마침 라일이나 디더와 놀아 볼까 하던 참이란다.”

“네? 그럼 그 두 사람은 할아버님이 오시는 걸 알고 있었나요?”

“가까운 시일 안에 오겠다고 말해 뒀다만……. 뭐, 그 녀석들도 내 성격을 알 테니 예상 정도는 하고 있었을 게다.”

……할아버님, 너무 대충대충이시잖아요.

그럼 둘 다 내게 말할 수 없었겠네. 언제 오실지 확실하지 않으니까.

"그리고 또 하나는?"

"저어…… 그게……."

"어서 말해 보거라."

"……저를 거리로 데려가 주시겠어요?"

내 부탁이 너무 뜻밖이었던 것일까, 할아버님이 눈을 동그랗게 떴다.

"그야 상관없다만…… 그건 왜?"

"저어…… 거리를 걸어 보고 싶어요. 시찰까지는 아니고…… 지금 거리가 어떤 모습인지, 영지민들이 어떻게 생각하고 어떻게 살아가고 있는지, 거리의 사람들 틈에 섞여서 제 눈으로 보고 느끼고 싶어요. 그러니까 너무 많은 사람을 데리고 다니고 싶진 않거든요……. 그치만 할아버님과 함께 다닌다면 아무도 뭐라고 하지 않을 테니까요."

전에 시찰을 다닐 때도 영지의 일부이긴 하지만 많은 것을 봤다.

하지만 시찰이라는 형태가 아니라 이 영지의 한 사람으로서 거리를 걸어 보고 싶다.

마차를 타지 않고, 호위에 둘러싸이지 않고, 내 발로 직접.

전생에 그랬던 것처럼.

그렇게 생각하면 할아버님이야말로 적임 중의 적임이다.

첫째, 할아버님처럼 강한 분이 함께 가 주신다면 안전하고 안심할 수 있다. 라일과 디더도 반대하지 않을 것이다.

둘째, 할아버님과 다니면 위장에도 도움이 된다.

이렇게 말하긴 좀 그렇지만 할아버님의 겉모습은 정말 귀족으로 보이지 않으니까.

셋째, 지금은 내 개인적인 고집 때문에 집안사람을 움직이고 싶지 않다.

라일과 디더도 각자 맡은 일이 있는데 그걸 제쳐 두고 다른 일을 시키긴 싫고, 다른 호위들은 주렁주렁 달고 다니지 않으면 실력 면에서 불안하다.

그렇게 생각하면 정말로 할아버님이 적임이다.

"그래, 좋다. 내일 당장에라도 나가 볼까?"

"잘 부탁드려요."

와――. 뭘 할까……? 이것도 일의 일환이긴 하지만 모처럼 맛있는 것도 사 먹고, 윈도쇼핑도 즐겨야지.

마침 그때 노크 소리가 들려왔다.

"실례합니다. 아이리스 님, 오후 회의 시간입니다만……."

그렇게 말하며 머뭇머뭇 들어온 것은 다름 아닌 세이였다.

"어머, 벌써 시간이 이렇게……?"

"아이리스, 우린 신경 쓰지 말고 가 보렴. 이 집이야 우리도 훤히 아는데, 뭘."

"그래. 나도 슬슬 라일과 디더를 데리고 놀아 볼까."

"그럼 두 분, 전 이만 실례할게요. 무슨 일이 있으면 불러 주세요."

서재에서 나와 길을 걸으며 세이에게 오전에 지시했던 일이 어떻게 진척되고 있는지 보고를 들었다.

……아, 그러고 보니 허브티 찻잎도 판매 계획을 세워야 되는데.

"참, 세이, 그러고 보니 보고서에 유리 남작 영애 얘기가 적혀 있던데……."

"아, 그녀 말입니까. 회원이 되고 싶다고 신청해서 기각했습니다."

"어머, 에드 님이 뭐라고 안 하셔?"

"'정식으로 혼인하셔서 왕족이 되었다면 몰라도 지금 단계에서는 회원이 될 수 없다.' 고 전했습니다. '현재 우리 상회는 많은 귀족이 회원이 되기를 기다리고 있는 상태이며, 영애보다 신분이 높은 분들도 순서를 기다리고 계신다.' 라고 안내했더니 그녀도 납득하더군요. 제2 왕자가 계속 불만을 표시했지만 결국 그녀가 제2 왕자를 설득했습니다."

"그렇구나……. 별일 없었다니 다행이네."

"……그보다 그 사람들, 대체 뭡니까? 아즈타 상회가 아가씨 소유라는 걸 알면서 그런 거만한 태도로 나오다니, 머리가 어떻게 된 것 아닙니까?"

"……몰랐을 거야. 아니, 그보다는 처음부터 나 같은 건 관심도 없었다는 게…… 정답이겠지."

그래, 그런 기분이 든다.

나는 과거의 사람……. 이미 기억 한구석에 남아 있을지 어떨지조차 알 수 없는 수준이다.

그들에게는 서로가 제일 소중하고 다른 건 아무것도 눈에 들어오지 않는……. 어라, 그러고 보니까 태풍의 눈이라는 표현이 딱 맞아떨어지네.

"그분들이 아무것도 몰랐다고 쳐도 그 태도는 정말 최악이에요. 제2 왕자는 마구잡이로 권력을 휘두르며 윽박지르고, 그 영애는 영애대로 특별 대우는 좋지 않다는 소리나 하고 있고……. 그렇게 말하면 이미 신청한 다른 귀족들은 뭐가 됩니까?"

"……."

나도 모르게 무거운 한숨이 흘러나왔다.

"세이, 만약 날 신경 써서 그런 거라면 그냥 신청을 받아들여도 돼. 그보다 에드 님이 이래라저래라 참견하는 게 더 귀찮거든."

"지금은 정말로 순서를 기다리는 분이 많아서요. 그녀 차례가 되면 잘 검토해 보겠습니다."

"그래, 알았어."

그 후로 세이와 여기저기 돌아다니며 의논하다 보니 어느새 해 질 무렵이 되고 말았다.

……다음은 세바스와 대화를 나눌 차례다.

그런 생각을 하며 산책하듯 느긋하게 홀로 길을 걸었다.

광대한 부지를 소유한 공작가에는 본채와는 별도로 몇 개의 별채가 있다.

아즈타 상회 본부는 그 별채 중 하나를 빌려서 거점으로 삼고 있다.

시험작은 그 건물 밖으로 나오면 안 된다고 정해 놓았기 때문에 나도 시험작을 보러 갈 때는 직접 그쪽으로 가야 한다.

저택 부지 안이라서 위험하지도 않고, 좋은 운동도 된다.

서재에 들어서자 곧 타냐가 차를 끓여 줬다.

"참, 타냐. 내일 오후 일정 조정할 수 있어?"

"다른 일정이라도 생기셨나요?"

"응. 할아버님이 거리로 데려가 주신대. 놀러 가려고."

"가젤 님께서요? 잘됐군요. 당장 비워 놓겠습니다."

"부탁해."

좋았어. 내일이 기대된다——.

† † †

이날은 업무를 보고 재빨리 아침 식사를 마친 후 외출 준비를 시작했다.

오늘은 거리를 돌아다니는 데 어울리는 복장을 하기 위해서 평소보다 조금 소박한 드레스를 골랐다.

……어차피 요즘은 기능성을 중시한 옷만 입고 다니다 보니 평소와 별 차이도 없는 것 같지만.

할아버님을 기다리기 위해 현관으로 걸어가자 어째서인지 사복을 입은 타냐가 나를 기다리고 있었다.

"타냐……. 혹시나 해서 묻겠는데, 그 옷차림은 뭐야?"

"저도 함께 가겠습니다."

"하지만 타냐, 난 오늘 너무 여럿이서 돌아다니고 싶지 않아."

"둘이나 셋이나 별 차이 없잖아요."

그건 그렇지만…….

"아가씨, 자신을 좀 더 소중하게 아끼세요. 가젤 님은 무척 강하시죠. 하지만 만약의 경우…… 아가씨를 지키며 싸우기는 힘들 거예요. 그러니까 최소한 저 한 사람만이라도 데려가 주세요."

그 진지한 눈빛에 마음이 흔들렸다.

"하지만……."

"그렇게 하거라, 아이리스."

"할아버님……."

"타냐도 걱정이 돼서 그러는 게다. 그 마음을 헤아려 주는 것도 주인의 역할 아니겠느냐."

……하긴, 만약 나한테 무슨 일이 생기기라도 하면 여러 가지로 큰일이겠지.

"알겠어요. 그럼 할아버님, 타냐. 가요. 그리고 둘 다 거리에서는 저를 앨리스라고 불러 주세요."

그들에게서 다짐을 받은 후 뒷문으로 나가서 천천히 거리를 걸었다.

음——, 기분 좋을 만큼 좋은 날씨다.

1년 내내 봄 날씨인 우리 영지는 너무 춥지도 않고 덥지도 않고 걸어 다니기에 딱 좋다.

거리의 중심에 가까워질수록 길을 오가는 사람들도 많아졌다.

갈색 벽돌 건물이 늘어서 있는 모습은 귀여우면서도 일본과는 또 다른 멋이 있었다.

활기가 넘치는 메인 스트리트를 걸으며 가게를 두리번두리번 살펴보았다.

"와아. 예쁘라. 아주머니, 이 꽃은 무슨 꽃인가요?"

꽃집 앞에 조르르 놓여 있는 화분이 궁금해서 발걸음을 멈췄다.

보라색 꽃잎이 귀여운 꽃이었다.

"아주가라는 꽃이라우. 이 계절에 피는 꽃이지. 비교적 키우기도 쉬워요."

"흐음……. 얼마인가요?"

"꽃은 1000벨. 씨앗은 한 봉지에 500벨이라우."

"그럼 씨앗을 주세요."

"자, 고마워요."

돈을 내고 봉지를 받아 들었다.

역시 직접 물건을 사는 건 즐겁구나.

"그 씨앗은 어떻게 하실 건가요?"

"서재 창가에서 키우려고. 그 방, 왠지 분위기가 답답하잖아?"

"하하하……. 역시 여자아이는 섬세하구나."

한동안 걷다 보니 배가 고팠다. 우리는 조금 길을 벗어난 곳에 자리 잡은 식당으로 들어갔다.

발길 닿는 대로 들어간 식당은 제법 인기 있는 가게인지 조금만 늦었어도 자리가 꽉 차서 헛걸음할 뻔했다.

"어서 옵쇼. 자, 빈자리에 앉으세요."

나무로 만든 의자에 앉아서 메뉴를 훑어보았다.

"나는 고기 정식."

"음――. 나는 스튜랑 빵 세트."

"저도 같은 걸로 부탁드려요."

점원이 우리 자리를 떠난 후 또다시 가게 안을 둘러보았다. 쉴 새 없이 드나드는 사람들. 북적거리는 분위기가 활기차고 즐거웠다.

"자, 오래 기다리셨지요――. 스튜 나왔습니다. 아가씨들, 못 보던 얼굴이네."

조금 전의 점원과는 다른 사람이 음식을 날라 왔다.

"왕도에서 왔어요. 얼마 전에 이사 왔는데 바빠서 계속 거리에 나와 보지 못했거든요."

"그래? 왕도에서 왔단 말이지."

"이곳 분위기는 어떤가요?"

"응? 글쎄. 왕도에 지지 않을 만큼 좋은 영지라네. 특히 요즘 우리가 살기 좋게 조금씩 변하고 있지."

"잘됐네요."

아저씨의 말에 나는 무척 기뻤다.

내가 하는 일들이 소용없는 게 아니었구나, 하는 생각에.
솔직히 말하면…… 때때로 무서워진다.
나는 과연 올바른 길을 걷고 있는 걸까?
물론 정답도 오답도 없지만…… 아니, 그렇기 때문에 더더욱 갖고 싶어졌다.
'올바르다.'는 확신을.
내 결정에 따라 많은 사람이 움직인다. 그리고 그 결과로 많은 사람의 생활과 운명조차 바뀐다……. 지나친 생각일지도 모르지만 영지 운영에 관해 결단을 내릴 때에는 한순간 그런 불안이 스쳐 지나가곤 한다.
뭐 그건 그렇고, 요리는 무척 맛있었다.
이런 것도 괜찮네……. 귀족의 식사는 너무 딱딱해.
할아버님의 기분도 이해가 된다.
맛있게 식사하고 가게를 나와 또다시 거리를 걸었다.
슬슬 돌아갈까 생각하고 있을 때, 길가에 있는 어린아이 둘이 눈에 들어왔다. 나이는 대여섯 살쯤일까?
한 명은 쪼그려 앉아 있고, 다른 한명은 주위를 두리번두리번 둘러보고 있었다.
"왜 그래? 어디 아프니?"
옷은 깨끗하지만 낡아 보였다.
그리고 몸은 전체적으로 마른 편이었다.
"……길을 잃었어."
두리번두리번 주위를 둘러보던 여자아이가 눈물이 그렁그렁한 눈으로 말했다.
"어머, 큰일이네. 아빠 엄마를 잃어버렸니?"

"아니. 우린 선생님들이랑 같이 살아."

집이 어딘지 알고 있다면 미아가 되지는 않았을 테지……. 흠, 곤란하네.

"아가…… 앨리스 님. 이 아이들, 혹시 고아원 아이들이 아닐까요?"

타냐, 지금 아가씨라고 부르려고 했지.

아차, 그보다 이 아이들부터 어떻게 해야지.

"고아원?"

"부모를 잃은 아이들을 맡아서 키워 주는 마을 시설이랍니다."

"어머, 정말 훌륭한 곳이네. 일단 이 아이들을 그리로 데려다주자."

쪼그려 앉아 있던 여자아이는 할아버님이 안아 들고, 나는 나머지 아이의 손을 잡고 타냐를 따라 걸었다.

반듯한 거리는 차츰 지저분하고 어수선한 분위기로 바뀌었다.

맞는 방향으로 가고 있는 걸까? 아이들의 눈이 반짝반짝 빛났다.

교회인 듯한 건물이 보일 무렵, 아이들이 그쪽으로 뛰어갔다.

그 건물 앞에는 한 여성이 아이들을 찾고 있는지 어두운 얼굴로 주위를 두리번두리번 둘러보고 있었다.

아이들을 발견한 그녀는 한순간 놀란 듯이 눈을 동그랗게 떴다가, 이윽고 당장에라도 울음을 터뜨릴 것처럼 얼굴을 일그러뜨렸다.

"너희……! 걱정했잖아……. 대체 어디 갔었니……!"

"죄송해요, 미나 선생님. 탐험하다가 길을 잃었어요."

"그래, 어쨌든 무사해서 다행이다……."

미나 선생님이라고 불린 여성이 아이들을 꼬옥 끌어안았다.

"……어머, 이분들은……?"

우릴 발견한 여성이 의아한 듯이 우리를 바라보았다.
뭐라고 대답하면 좋을까……? 잠시 고민하고 있을 때, 아이들이 먼저 입을 열었다.
“우릴 여기까지 데려다줬어——.”
“어머……! 도와주셔서 고맙습니다.”
“아니에요, 뭘요.”
“대접 드릴 건 없지만 들어와서 차라도 한 잔…….”
한 번은 사양했지만 아이들이 놀아 달라고 조르는 바람에 잠시 실례하기로 했다.
건물 안은 밖과 마찬가지로 조금 낡고 여기저기 수선이 필요해 보였지만 구석구석 깨끗하게 청소되어 있었다.
“오늘은 정말 고맙습니다.”
“아니에요……. 왠지 오히려 미안하네요. 아, 인사가 늦었군요. 전 앨리스라고 해요.”
“저는 미나라고 해요. ……앨리스 씨, 그 아이들은 어디에 있었나요?”
“메인 스트리트 옆이요. 음, 그러니까 아즈타 상회 근처.”
“아, 역시…….”
“역시……?”
“저어, 이런 말씀 드리긴 부끄럽지만 아이들이 어디서 아즈타 상회의 초콜릿이라는 과자 얘기를 들었는지 한번 먹어 보고 싶다고 고집을 부리지 뭐예요.”
“어머…… 그래서 그렇게 멀리까지…….”
“기운이 남아도나 봐요. 잠깐만 눈을 떼면 금방 사라져 버린 답니다.”

"그런데 미나 씨는 왜 이곳에서 아이들을 돌보는 건가요?"

"……실은 저도 여기서 자랐어요. 절 키워 주신 분은 다릴교의 수녀님이신데 이 교회의 관리를 맡고 계셨죠. 그리고 저 같은 고아들을 데려다 키워 주셨어요. 수녀님이 돌아가신 후에는 제가 여길 물려받았죠."

"……그렇군요. 실례지만 돈은 어떻게 해결하고 계신가요? 저어…… 저렇게 많은 아이를 돌보려면……."

"전에는 교회로 들어오는 기부금을 사용했어요. 하지만 수녀님이 돌아가신 후로는 기부도 줄어들고……."

"어머나……."

으음……. 하긴 지금 이곳엔 다릴교와 직접적인 관계가 있는 사람은 없으니까 할 수 없지.

그렇다고 미나 씨가 일하러 나갈 수도 없고…….

이 문제, 내가 해결해야 할 문제 같은데.

집으로 돌아가면 곧장 세바스와 얘기해 봐야지.

"어두운 얘길 해서 죄송해요. 천천히 쉬다 가세요. 전 저녁 준비를 하고 올게요."

안 돼, 안 돼, 안 돼! 더 이상 신세 질 수 없어! 사양하려고 했지만 미나는 재빨리 자리를 떠나 버렸다.

……그건 그렇고, 오늘 처음 만난 나를 아이들과 함께 두다니 너무 경계심이 없잖아.

그렇게 생각하며 주위를 둘러보자 아이를 좋아하는 할아버님은 이미 마당에서 아이들과 놀아 주고 계셨다.

……할아버님, 지금 훈련하시는 건가요?

그리고 타냐는 여자아이들에게 머리 묶는 법을 가르쳐 주고 있었다.
음——. 타냐도 의외로 아이들을 잘 다루네.
……음. 난처하게도 내 주위에도 아이들이 올망졸망 모여들었다.
여자아이도 있고, 남자아이도 있네……. 뭘 하면 좋을까?
아이들은 귀엽고 좋지만 상대해 본 적이 별로 없어서 어떻게 하면 좋을지 모르겠다.
그래서 나는 아이들에게 동화 이야기를 들려줬다.
일본에서는 누구나 아는 동화 이야기.
눈을 반짝반짝 빛내며 듣는 아이들을 보니 점점 신이 나서 몇 개나 얘기해 줬다. 급기야 연극을 해 본 적도 없으면서 억지로 연기 흉내까지 냈다.
……오호? 어느새 아이들이 더 늘었네.
처음에는 세 명 정도였는데 지금은 여덟 명으로 늘어 있었다.
다른 아이들은 두 명씩 할아버님과 타냐와 함께 있었다.
그런데 할아버님, 그 목검은 대체 어디서 난 건가요……?
일단 그 의문을 머리에서 털어 내고 계속해서 아이들에게 동화를 들려줬다.
……어쨌든 목검을 들고 있는 아이들도 즐거워 보이네.
장래에 도움이 될지도 모른다고 마음속으로 변명을 중얼거리며 나는 못 본 척 슬그머니 눈을 감았다.
그러고 보니 이 세계에 그림책은 없나? 없다면 아즈타 상회에서 빨리 손을 대야지.
아이들 교육에도 좋고, 수익을 기부하는 것도 괜찮겠군.
그런 생각을 하고 있을 때, 느닷없이 밖에서 고함 소리가 들려왔다.

"안에 있는 거 다 알아! 빨리 나와!"

……뭐, 뭐야?

굵은 남자의 목소리로 몇 번이나 고함 소리가 들려왔다.

아이들은 당연히 겁에 질려서 움츠러들었다.

이윽고 쨍그랑 소리와 함께 돌이 날아왔다.

"……얘들아! 괜찮니?"

그 소리를 들은 미나 씨가 허둥지둥 방으로 달려왔다.

"대체 무슨 일이죠?"

타냐가 물었다.

평소와 다름없이 무표정한 얼굴이었지만 나는 그녀가 조금 화가 났다는 사실을 눈치챘다.

"사실은 부끄럽지만 여길 나가라는 요구를 받아서……."

"어째서죠?"

"수녀님이 돌아가신 후 후임도 파견되지 않고, 다릴교는 이 교회에서 손을 뗐어요. 그런 와중에 저 사람들의 주인이 이 토지를 사들였나 봐요. 하지만 우리는 여길 나가면 갈 곳이 없어서……."

그래서 다툼 끝에 이렇게 됐단 말인가.

으음……. 저자들의 방법은 칭찬할 만한 게 못 되지만 요구 자체는 정당한 것 같기도 하고…….

이곳은 번화가와 떨어져 있지만 일단 메인 스트리트와 가까워서 입지 조건도 그럭저럭 괜찮은 편이다.

점점 커지는 고함 소리에 나는 밖으로 나갔다.

등 뒤에서 "안 됩니다."라는 타냐의 목소리가 들려왔지만 어쩔 수 없다.

대신 타냐를 내보냈다가는 얘기도 들어 보지 않고 두들겨 팰 것 같고, 할아버님은 나가기만 해도 위압감이 풍길 것이다.

"응? 뭐냐, 넌……."

험상궂은 남자 두 명이 내 등장에 의아한 표정을 지었다.

"이곳에 예배를 드리러 온 사람이에요. ……아무래도 오랫동안 미사를 드리지 않은 것 같지만. 어쨌든 여긴 다릴교 교회랍니다. 돌을 던지다니 너무하네요."

"뭐? 여긴 우리 고용주가 산 곳이거든?"

"어머나……. 그럼 이제 다릴교 교회가 아닌가요?"

"그래. 그런데 웬 꼬맹이들이 들러붙어서 안 떨어지는 바람에 우리가 쫓아내는 중이다."

"그렇군요……. 하지만 역시 교회에 돌을 던지는 야만적인 행위는 신자로서 용납할 수 없네요. 자기 소유라고 정당성을 주장하려면 관청에 가서 권리서를 제시하세요. 그럼 타당한 조치를 취하겠죠. 힘없는 자들을 폭력으로 억압하다니 말도 안 돼요."

"닥쳐!"

"더 이상 소란을 피우면 경비대를 부르겠어요."

"……애초에 이 꼬맹이들이 나가지 않는 게 잘못 아닌가?"

어디에 있었던 것일까. 두 남자의 뒤에서 또 다른 남자 한 명이 나타났다.

남자들이 따르는 모습을 보니 분명 마지막에 나타난 이 남자가 고용주인 모양이다.

이 근방에서는 조금 보기 드문 고급스러운 옷을 입고 있지만…… 이런 남자들을 고용한 걸 보면 수준을 알 만하다.

"그건 인정해요. 하지만 그렇다고 폭력을 휘두르는 건 좋지 않아요. 권리를 주장하려면 관청으로 가세요."

"흥. 이자들은 내가 이 땅을 사들인 후에도 집세 한 푼 내지 않고 여길 불법 점거하고 있다. 그런데도 그간의 집세는 눈감아 줄 테니 나가기만 해 달라는 건데, 그런 귀찮은 짓까지 해야 하나?"

그 말에는 확실히 고개가 끄덕여졌다.

으음……. 하지만 다짜고짜 나가라고 하면 저 많은 아이는 어쩌란 말이야? 게다가 집세라니, 그건 또 뭐야?

"……아니면 네가 집세를 대신할 테냐?"

"……뭐?"

잠깐, 무슨 소리야?

'네가 대신 집세를 낼 테냐?' 가 아니라 '네가 집세를 대신할 테냐?' 그러니까 나를 팔라고?

"거절하겠어요. ……그보다 뭐죠, 그 말은?"

"너라면 비싼 값을 받을 수 있을 것 같은데. 아니, 바로 팔기는 좀 아깝군……."

"거절하겠다고 했잖아요."

"흥. 꼬맹이들을 돕고 싶다면서? 서로 좋지 않나? 꼬맹이들은 집세를 내지 않아도 되고, 너는 예쁜 옷을 입고, 맛있는 걸 먹을 수 있고, 나는 돈을 벌고. 좋아. 너희, 이 여자를 데려간다."

남자 한 명이 손을 뻗은 순간, 타냐가 나를 감싸듯 가운데에 끼어들었다.

그 모습이 내 눈에는 마치 슬로모션처럼 보였다.

"……더 이상 아가씨께 접근하지 말아라."

어느새 꺼낸 걸까. 타냐의 손에는 소형 나이프가 쥐어져 있었다.

그 나이프는 남자의 목덜미를 겨누고 있다.

남자의 목에서 붉은 피가 주르륵 흘렀다. 살갗을 살짝 스치는 거리에서 칼끝을 멈춘 모양이다.
"뭐, 뭐냐, 너는……."
갑작스러운 사태에 남자들은 조금 놀란 눈치였다.
하지만 이윽고 자신감을 되찾았는지 고용주는 코웃음을 치며 말했다.
"호오. 폭력은 좋지 않다고 해 놓고 정작 당신들은 폭력에 호소하는 겁니까?"
"당신들이 막무가내로 구니까 그렇죠. 폭력에는 폭력으로 대응한다, 그뿐이에요."
사실은 아무 생각도 없었지만…… 재빨리 변명이 튀어나왔다.
타냐, 참을 수 없었나 보구나. 하지만 덕분에 살았어, 고마워.
자아, 어떻게 하면 좋을까?
신분을 밝히고 해결하는 건 간단하다.
욕심을 말하자면 경비대에 체포됐으면 좋겠지만.
그러면 경비대가 치안 유지를 위해 열심히 일하고 있다는 좋은 어필이 될 것이다.
앞으로 이런 자들이 나타나지 않도록, 이들이 좋은 본보기가 되어줬으면 하는 마음도 있다.
그러려면 어디까지나 우리 가문의 호위가 아닌, 시민들을 지키는 경비대가 그들을 제압해야만 의미가 있다.
"괜찮느냐?"
할아버님이 절묘한 타이밍에 등장했다.
강해 보이는 남자의 등장에 남자들이 점점 체념하는 기색으로 변했다.
"……첫, 가자."

결국 고용주는 두 남자를 이끌고 사라졌다.
"……아가씨! 왜 그런 위험한 행동을 하신 건가요!"
"어머, 타냐. 아가씨라고 부르지 말라니까."
"그런 말씀을 하실 때가 아니잖아요! 얼마나 간담이 서늘했는지 아시나요? 가젤 님이 말리지만 않으셨어도 당장 뛰쳐나갔을 텐데……."
타냐가 보기 드물게 언성을 높이며 원망스러운 듯이 할아버님을 노려보았다.
"그렇지만 타냐는 내가 밖으로 나오기 전부터 화가 나 있었잖아?"
"당연하죠. 아가씨를 위험에 빠뜨렸으니까요."
"그렇게 화가 난 상태로 냉정하게 대화하는 건…… 불가능했을 걸. 할아버님은 나서기만 해도 위압감이 느껴져서 쓸데없이 상황이 꼬일 것 같고……. 이럴 땐 내가 나서는 게 제일 나을 것 같았어."
"……하지만……."
"내 목표는 처음 회의 때 말했잖아. 이 아이들도 내가 지켜야 할 백성들이야. 그러니까 난 망설이지 않고 움직일 거야."
강한 어조로 그렇게 말하자 타냐는 겨우 입을 다물었다. 여전히 납득할 수 없는 눈치이긴 했지만.
"이곳 문제는 돌아가서 회의하는 게 좋겠어. 개인적인 문제가 아니라 영주로서 착수해야 할 일이니까. ……자, 그만 돌아가자."
그 후로 몹시 미안해하는 미나와 기운을 되찾은 아이들에게 작별 인사를 하고 또다시 걷기 시작했다.
"……앨리스."
메인 스트리트까지 얼마 남지 않은 곳에서 할아버님이 느닷없이 이름을 불렀다.

"왜 그러시죠, 할아버님?"
"뛰거라. ……타냐, 알고 있겠지."
"물론입니다."
그러자 타냐가 모든 걸 알고 있는 듯이 내 손을 움켜잡고 달리기 시작했다.
"잠깐, 타냐!"
"앨리스 님, 잠자코 뛰세요."
타냐에게 이끌려 메인 스트리트를 벗어난 후 그대로 거리의 경비대 초소로 향했다.
"도와주세요!"
무슨 일인지 파악하지 못한 나는 머리 위에 물음표를 동동 띄운 채 타냐를 지켜봤다.
"무슨 일이십니까?"
"저쪽에서 남자들에게 습격당했어요……. 우연히 지나가던 사람이 구해 주셨지만 너무 숫자가 많아서……. 그 할아버님은 괜찮으실지……."
평소 표정 변화가 거의 없는 타냐였기에, 이럴 때 얼굴을 조금만 찡그려도 정말 무서웠나 보다고 생각하게 만드는 효과가 있었다.
……그보다 남자들에게 습격당했다고? 할아버님, 설마…….
"큰일이군요! 당장 가 봅시다."
경비대 대원 세 명이 출동에 나섰다.
……셋을 다 합쳐도 할아버님이 훨씬 강할 것 같은데……. 어쨌든 가 보자.
타냐와 나도 그 뒤를 따랐다.
타냐는 길을 안내하기 위해 꼭 필요했고, 나는 그녀와 마주 잡은 손에서 절대 놓지 않겠다는 무언의 압력이 느껴져서 따라갈 수밖에 없었다.

……초소라면 혼자 있어도 괜찮을 것 같은데.

좀 전의 그곳으로 돌아가자, 십수 명의 남자들이 쓰러져 있었다.

한순간 죽은 줄 알았지만 단순히 기절한 모양이다.

할아버님은 쓰러진 남자들의 한가운데에 따분한 듯이 느긋하게 서 있었다.

이 많은 사람을 순식간에……. 할아버님, 역시 굉장해요.

"다, 당신은…… 안녕하십니까!"

멋진 경례였다.

그러고 보니 어제와 오늘 아침에 영도에 있는 경비대 전원을 훈련시켰으니 할아버님의 얼굴을 알고 있겠네.

"음. 오늘 하루 동안 아는 아가씨들에게 호위를 부탁받아서 말이야. 이유는 모르겠지만 갑자기 공격하길래 그만 저질러 버렸다네."

흐음……. 우리와 모르는 사이인 척하시려는 모양이네.

할아버님은 얼굴이 알려져 있지만 내가 영주 대행이자 공작 영애라는 사실을 알고 있는 사람은 아즈타 상회 개발부와 일부 영지 관리들뿐이다.

"협력 감사합니다. 이 녀석들은 저희가 맡겠습니다."

"그럼 난 이만 가 보겠네. 아가씨들을 데려다줘야 되거든."

"알겠습니다."

……그 후로 별다른 일 없이 공작가로 돌아왔다.

참고로 우리를 습격한 것은 역시 그 고용주의 일파였다.

그 자리에서 물러났던 건 단순히 한패를 부르기 위해서였던 모양이다.

그들은 인신매매에 손을 대고 있다는 사실이 밝혀져서 즉각 체포되었다고 한다.

우리 영지는 인신매매가 금지되어 있다.

이건 내가 금지시킨 게 아니라 옛날부터 우리 영지에 전해 내려오는 법이다. 그러니 딱히 문초는 없을 것이다.

집으로 돌아온 후, 라일과 디더에게 엄청나게 혼났다.

할아버님은 뒤에서 웃고 계셨다.

……그래도 난 앞으로도 정기적으로 거리에 나가 볼 생각이다.

즐겁기도 하고, 무엇보다도 수확이 잔뜩 있었으니까.

그 일환으로 그림책 판매를 시작해 보았다.

어린이용 동화와 함께. 고아원에도 상품을 선물했다.

……물론 내 업무가 늘어난 건 말할 것도 없지만 지금까지보다 더욱 목적이 확실해지고 충실감이 느껴졌다.

내가 하는 일에는 정답도, 오답도 없다.

……하지만 내게는 힘이 있다.

그 작은 아이들을 지키고 도울 수 있다.

아니, 더 많은 사람을 도울 수 있다. 그렇다면 나는 그저 믿고 나아갈 뿐이다.

그렇게 생각하니 망설임도 날아가서 더욱 일할 힘이 났다. 자, 오늘도 열심히 일해 볼까.

……그 후, 그 수익으로 새롭게 영지에서 운영하는 고아원을 설립한 것은 내가 그 아이들과 처음 만난 날부터 그리 멀지 않은 이야기.

그 뒤로도 그림책 판매로 얻은 수익은 고아원에 기부하기로 했다.

4장
아가씨, 동생과 대치하다

그로부터 또다시 반년이 지났다.

……즉 내가 기억을 되찾은 지 얼마 후면 2년을 맞이한다.

아즈타 상회의 수익은 변함없이 훌륭하다.

차츰 경쟁사가 나타나고 있는데도 매상에 흔들림이 없는 것은 겨우 1년 남짓한 시간 동안 우리 상회의 이름이 브랜드가 된 덕분이다.

영지 운영 개혁은 그럭저럭 진행 중이다.

은행도 보급되고, 가도 정비도 얼마 남지 않았다.

고등부는 이미 개교를 마쳤고, 학생도 꽤 많이 모였다.

……의료과에는 마을 의사들도 적극적으로 다니고 있다.

회계과는 예정대로 상인의 아이들이 복식 부기와 경제론 등을 배우고 있다.

농업과는 사람이 조금씩 모이는 중이다.

그리고 초등부도 개교를 마쳤다.

고아원 아이들도 학교에 다니고 있는지, 얼마 전 놀러갔을 때에는 오히려 아이들이 내게 그림책을 읽어 줬다.

참, 그때 체포한 자들은 강제 노동이라는 명목으로 마음껏 부려 먹고 있다.

체포해서 그냥 감옥에 처넣을 만큼 세금에 여유가 없기도 하고.

정신없이 바쁘게 시간이 지나고, 그동안 뿌렸던 많은 변화의 씨앗들이 싹을 틔우고 있다.

……그렇다, 시간은 흐르고 있다.

그런데 어째서인지 어머님과 할아버님은 아직도 우리 집에 계셨다.

뭐, 나야 좋지만.

어머님은 뛰어난 센스로 아즈타 상회의 개발에 여러 가지 조언과 제안을 해 주시고, 할아버님의 훈련 덕분에 경비대 실력도 향상되었다.

좋긴 하지만…… 두 분 다 괜찮으실까?

두 분 다 나름대로 인간관계도 있고, 각자 생활도 있을 텐데?

그렇지만 빨리 돌아가시라고 말씀드릴 수도 없고……. 뭐, 본인들이 괜찮다면 괜찮은 거겠지. 그런 생각에 그냥 내버려 두기로 했다.

그러던 어느 날.

"어머님! 대체 어떻게 된 겁니까?"

어머님과 정원에서 휴식 겸 우아한 티타임을 즐기고 있을 때 느닷없이 누군가가 난입했다.

……동생 베른이었다. 마지막으로 만났을 때와 하나도 변하지 않았군.

"……시끄럽구나. 쫓아내거라."

어머님은 베른에게 눈길조차 주지 않고 냉랭하게 말했다.

아아, 말투가 변하셨다……. 내심 식은땀이 흘렀다.

고용인들은 어머님의 박력에 압도당하면서도 차마 가문의 적장자를 쫓아내지 못하고 당황해서 어쩔 줄을 몰랐다.

……그 가운데 단 한 사람, 타냐만은 그 명령을 실행하기 위해 움직였지만.

하지만 그 전에 베른이 성큼성큼 이쪽으로 다가와서 엄청나게 험악한 얼굴로 입을 열었다.

"슬쩍 넘어가지 마시고 이유를 들려주세요."

"이유라면 편지에 썼을 텐데요. 나는 몸이 좋지 않아서 한적한 영지에서 정양 중이라고. 그래서 참석할 수 없다고."

"흥……. 그렇게 멀쩡히 차를 마시고 계시면서 누가 몸이 좋지 않다는 겁니까? 게다가 왕족의 초대를 거절하다니…… 우리 공작가를 궁지에 빠뜨릴 생각이십니까?"

아마 베른은 지금…… 어머님보다 자신이 우위에 서 있다고 생각하겠지……. 그런 생각이 들 만큼 의기양양한 얼굴이었다.

하지만 안됐네.

그 정도로는 어머님을 이길 수 없어.

그 증거로 어머님은 찻잔을 내려놓고 베른에게 싸늘한 시선을 향했다.

"……말이 심하군요. 우리 공작가? 작위도 계승하지 못한 그대가 감히 그런 말을 입에 올리는 겁니까?"

……강렬한 펀치였다. 뭐 맞는 말이긴 하지만.

베른도 그런 말을 들을 줄은 생각지도 못했는지, 한순간 분노로 눈을 치떴다.

"……언젠가 계승할 자로서 공작가를 생각해서 드린 말씀입니다."

"닥치세요. 공작가를 생각해서? ……흥, 그렇다면 장기 방학 중에 영지에 돌아와서 아버님의 실무를 돕지 않은 것은 나름대로 이유가 있겠지요? 설마 제2 왕자와 남작 영애와 함께 있느라 자신의 책무를 팽개친 건 아니겠지요?"

"그건……."

"무엇보다도 이번 파티에 참석하지 않는 것은 태후마마께 허락받은 일입니다. 언제부터 왕가의 결정에 토를 달 만큼 대단한 신분이 됐나요."

"……윽."

으음——. 완전히 어머님의 승리로군.

애초에 왕족이 주최하건 말건 파티에 참석하지 않는 건 자유다.

……뭐, 보통은 그러지 않지만.

게다가 태후마마가 어머님의 의사를 지지하고 있다……. 설령 왕족이라도 이러쿵저러쿵 참견할 수 없다.

"게다가 파혼당한 여성의 어머니더러 새로운 여인과의 약혼 파티에 참석하라니, 정말 품위가 의심스럽군요. 그것도 2년도 지나지 않아서 약혼하다니 말이죠. 태후마마께서 그 때문에 얼마나 가슴 아파하셨는지 모릅니다. 내키지 않으면 재상인 남편도 참석하지 않아도 좋다고 하시더군요. 하지만…… 남편은 직책상 참석하겠지요. 우리 공작가는 그걸로 충분합니다."

아……. 드디어 남작 영애와 에드 님이 약혼하나 보네.

이제 곧 그로부터 2년……. 그토록 서로 사랑했던 두 사람이 2년이나 기다린 것도 꽤 오래 참은 편 아닐까?

"대체 뭐죠? 얼굴을 보자마자 언성을 높이다니. ……품위가 의심스럽군요. 역시 함께하는 이들이 품위가 없으면 물들어 버릴 수밖에 없죠."

베른의 얼굴이 단숨에 붉게 물들었다.

아, 화났다……. 역시 유리 남작 영애를 들먹였기 때문일까.

"어머님, 아무리 어머님이라도 해도 되는 말과 안 되는 말이 있다고 생각합니다만……?"

"후후……. 이 어미도 규탄할 생각인가요? 누이에게 그랬던 것처럼."

베른이 나름대로 한껏 위협하며 반격했지만 어머님께는 조금도 통하지 않았다.

어머님을 규탄하고 싶어도 제2 왕자와 추종자들은 어머님의 상대도 되지 않을걸.

무엇보다 태후마마께서 가만히 있지 않으실 거다.

"최근 그대에겐 실망하고 있답니다. 물론 그이도 같은 의견이지요. 이대로 그대가 태도를 고치지 않으면 인연을 끊을 수도 있어요. 영지는 그대의 누이가 훌륭하게 다스리고 있으니 걱정할 것 없답니다."

어머님은 여기서 처음으로 베른을 향해 생긋 웃었다.

아아, 하지만 지금은 그 웃는 얼굴이 무섭다.

"잘됐네요. 좋아하는 남작 영애와 계속 함께 있을 수 있어서. 아, 하지만…… 그대에게서 지위를 빼면 무슨 매력이 남을지. 어쩌면 버림받을지도 모르겠네요."

"……그럴 리 없습니다……. 대체 왜 누님이 영주 대행이 된 겁니까? 누님은 언젠가 왕족이 될 분께 무례를 저질렀습니다. 즉각 신분을 박탈하고 유형을 보내야 합니다."

"……앞으로는 어떨지 몰라도 지금은 남작 영애. 고작 남작 영애가 공작가에 맞서다니 말도 안 되는 일이지요. 그때 제2 왕자라는 왕족과 그대라는 우리 가문의 오점이 없었더라면 우리 공작가는 즉각 그 남작 영애의 가문을 짓밟아 버렸을 것입니다."

으음……. 제2 왕자 때문에 참은 줄 알았더니 그뿐만은 아니었나 보네. 그러고 보니 베른도 있었지.

하긴 쓴소리를 하고 싶어도 상대편에 우리 가문의 일원이 얽혀 있다.

가문의 일원이 같은 가문의 일원을 규탄하고 그걸 가문에서 항의하다니, 그런 부끄러운 짓은 절대 할 수 없다.

"그이가 아이리스에게 양도한 영주 대행 권한은 영주와 동등합니다. 즉 영지 운영과 관계없는 그대가 아무리 불평해도 소용없어요. 애초에 주제도 모르고 공작가에 도움도 되지 않는 인간 따윈 필요 없답니다."

"인정할 수 없어요……! 누님을 만나게 해 주세요."

만나게 해 달라고……. 지금 눈앞에 있잖아?

아까부터 날 무시하는 줄 알았는데, 아무래도 그게 아니었던 모양이다.

헉…… 내 얼굴까지 잊어버린 거야?

"만나서 어쩔 셈이죠? 영주 대행 지위를 넘겨 달라고? ……그대에게 그런 말을 할 자격은 없을 텐데요. 그 이전에 그대에겐 아이리스를 누님이라고 부를 자격조차 없어요."

어머님이 한숨을 후우 내쉬며 또다시 차를 마셨다.

조금 식었겠군. 타냐에게 다시 끓여 오라고 해야지.
문득 타냐를 바라보자 눈동자에 의문이 떠올라 있었다.
그런 꼴을 당하게 만든 동생이 눈앞에 있는데, 심지어 그 동생이 전 약혼자의 약혼 파티에 참석하라는 소리나 지껄이고 있는데 왜 화를 내지 않는지…… 의아한 모양이다.
나도 베른이 눈앞에 있으면 따지고, 욕하고, 때리고…… 그럴 줄 알았다.
하지만 실제로 베른을 눈앞에 둔 지금…… 아무 생각도 들지 않았다.
한 마디로 말하면 무관심.
그는 마치 길바닥에 굴러다니는 돌멩이처럼 내게 아무래도 상관없는 존재였다.
나와 베른은 그때 타인이 되었다. 이미 마음속에서 그의 존재를 지워 버렸을 정도다.
머릿속이 꽃밭이 된 그에게 영지 운영을 물려주고 싶지 않으니까 영영 돌아오지 말았으면 좋겠다고 생각한 적은 있지만. 아아, 머리 아파.
"……실례합니다, 아가씨. 곧 세이의 보고를 받을 시간입니다만."
……벌써 시간이 그렇게 됐나? 베른이 나타나는 바람에 느긋하게 쉬지도 못했다.
"어머님, 전 그만 가 볼게요. 어머님은 편히 쉬도록 하세요."
"그래, 알았어. 참, 아이리스. 이 바보 아들도 함께 데려가 주겠니?"
"……네?"

바보 아들이란 베른을 말하는 거겠지? 어째서……?

"네가 일하는 모습을 보여 줘서 이 바보 아들을 닥치게 하렴. 그래도 불평하면 두들겨 패서 내쫓아도 좋아. 타냐, 그때는 잘 부탁해."

"……알겠습니다."

아마 타냐라면 정말로 두들겨 팰 것이다.

뭐, 시끄럽게 굴면 쫓아내면 되니까…… 상관없겠지.

"그렇게 됐으니까…… 따라와, 베른."

"……어? 누님……이십니까……?"

베른이 놀란 얼굴로 나를 물끄러미 바라보았다.

역시 내 얼굴을 잊어버렸던 걸까?

"그래. 아니면 내가 누구일 것 같니? 시간 없으니까 빨리 따라와."

곧 서재에 도착했다.

안에는 이미 세이가 대기하고 있었다.

세이는 나를 뒤따라온 베른을 보고 눈살을 찌푸렸지만, 곧 관심을 거두고 내게 보고서를 내밀었다.

나는 보고서를 훑어보았다.

"……제과 부문이 조금 내려갔네."

"조금씩 같은 상품을 취급하는 가게가 나오고 있어서요. 우리보다 가격을 낮춰서 판매하고 있는 모양입니다."

"……안일하게 가격을 낮출 필요는 없어. 소비자는 정말로 좋은 물건이라면 구입하기 마련이니까."

"원가를 낮추자는 의견도 있습니다만……."

"기각. 매입가를 생각해도 이 정도가 적당해. 이 이상 가격을 낮춰서 생산자와 관계를 악화시키는 것보다는 이대로 양호한 관계를 유지하며 양질의 재료를 구입할 루트를 확보하는 게 나아."

상회를 경영하는 이상 이익을 추구하지 않으면 안 된다.

하지만 영주로서 생산자들의 이익을 압박하고 싶지는 않다.

높은 가격으로 매입하고 있다면 몰라도 내 생각엔 적정 가격인 것 같으니까.

"그보다 가격 말고 다른 원인은 없는지 조사해 봐. 다른 회사 상품 라인업을 조사해 보고, 우리 상품을 다시 한번 살펴봐. 그리고 다음 주부터 판매를 시작할 케이크는 어떻게 되어 가고 있지?"

"예정대로 다음 주부터 시작할 수 있도록 준비를 마쳤습니다. 생일 케이크라는 것을 서민들에게 얼마나 침투시킬 수 있느냐가 문제입니다만……. 원래 케이크 자체는 카페 덕분에 많이 알려졌기 때문에 홍보는 순조롭습니다. 현재 문의도 쇄도하고 있습니다."

선전 문구는 '특별한 날을 특별한 케이크와 함께'.

생일이나 결혼기념일 같은 날을 위한 것이다.

예약을 하고, 몇 가지 샘플을 참고해서 형태와 크림을 선택하고, 그리고 데커레이션도 주문할 수 있다.

"그럼 됐어. 문의 내용을 나한테 가져다줘."

"여기 있습니다."

건네준 서류를 한차례 훑어보았다.

"……내용은 대체로 예약 방법과 언제부터 판매하느냐로군. ……케이크 판매를 시작하면 제과 부문 매상도 조금은 올라갈 거야. 창고 관리는 어때?"

"아가씨의 지시대로 전에 디자인한 상품과 재고로 남아 있는 상품을 조금씩 가격을 내려서 판매하고 있습니다."

"그래. ……가장 이상적인 건 재고가 남지 않는 거야. 앞으로도 계속 판매 수치를 확인하고 생산 수를 아슬아슬하게 낮추도록 해. 특히 시즌 한정품은 적게 만들어서 희소가치가 생길 정도가 딱 좋아."

"알겠습니다."

"미용 부문은 여전히 잘나가고 있네. 지난번 헤어 팩은 생산이 판매를 쫓아가지 못할 정도……로군."

"네. 어느 점포나 품절 상태입니다……."

"미용품은 전체적으로 좀 더 많이 만들어 줘. 그리고 시리즈 판매는 어때?"

"그쪽도 착실하게 진행 중입니다. 현재 벌꿀 시리즈와 장미 시리즈를 판매하고 있지요. 다음은 백합과 라벤더입니다."

예를 들어 벌꿀 시리즈는 벌꿀이, 장미 시리즈는 장미가 미용액, 샴푸, 린스 모든 곳에 사용된다.

패키지와 용기도 신경을 쓰고 있다.

"그렇군. 피부 타입과 체질에 따라서 잘 맞는 시리즈가 다르다는 걸 선전하고, 피부에 맞지 않는 경우 곧 사용을 중지하라고 철저하게 주의를 환기시키도록 해."

"알겠습니다."

"나중에 모든 점포의 보고서를 나한테 가져다줘. 회계 보고와 정기 보고 둘 다. 밤에 살펴볼 거니까."

세이는 알겠다고 인사한 후 방에서 나갔다.

……그러고 보니 베른이 조용하네……. 그렇게 생각하며 뒤를 돌아보자 타냐가 미리 천으로 그의 입에 재갈을 물려 놓고 있었다.

하지만 아마 그 재갈은 필요 없었을 것이다.

계속 눈을 크게 뜬 채 넋이 나가 있는 걸 보면 말이다.

풀어 줘, 라는 마음을 담아 타냐를 보자 그녀가 곧 내 뜻을 눈치채고 못마땅한 표정으로 재갈을 풀어 줬다.

"……누님이 상회 경영을?"

"그래. 내가 발안하고 설립했으니까. 당연하잖아?"

그 대화 직후, 누군가 서재 문을 노크했다.

"……들어와요."

문을 열고 들어온 것은 모네다였다.

모네다도 베른을 보고 한순간 눈살을 찌푸렸으나 곧 없는 존재처럼 무시하고 입을 열었다.

"몇 가지 의논 드리고 싶은 게 있습니다. 타냐에게 확인해 보니 이 시간이면 괜찮을 거라고 해서……."

"괜찮아. 의논이라니, 뭔데?"

"현재 이 영지의 물가를 조사한 결과입니다. 보시다시피 조금씩 물가가 오르기 시작하고 있습니다."

"아직은 미미하네. 조금씩 화폐 가치가 내려가고, 물가가 올라가고 있군."

"네. 그래서 언제부터 금리를 올리면 좋을지……."

"아직은 필요 없을 것 같아. 상승하고 있긴 해도 아직 미미하고, 지금은 시장 물가를 안정시키는 게 우선이야. 시장 소비가 확대되고, 상회도 은행에서 돈을 빌려서 경영을 확장하고 있지. 금리를 올리면 기껏 상승세를 타기 시작한 상회 경영 확장에 찬물을 끼얹게 될지도 몰라."

"하긴……."

"다시 한번 회의를 열고 의견을 나눠 봐. 방금 내가 한 말을 설명하고, 그래도 금리를 높이고 싶다면 나도 납득할 수 있게 설명을 부탁해."

"알겠습니다. 감사합니다."

"……저어, 누님……."

"뭐지?"

"은행이란 최근 우리 영지에 설립된 금융 기관을 말씀하시는 거죠? 그 총책임자가 왜 누님께……."

"당신의 그 의미 없는 질문 때문에 우리는 지금 십수 초를 낭비했습니다."

모네다가 신랄하게 대답했다.

……하긴, 이 자리에서 그런 질문은 좀…….

"물어보면 뭐든지 대답해 줄 거라고 생각하십니까? 그 정도는 스스로 조사하면 금방 알 수 있을 텐데요. ……당신의 입장에서 몰랐다는 건 용서받을 수 없는 일입니다. 정말로 공작가를 계승할 생각은 있습니까?"

모네다의 말에 무례하다고 언성을 높일 줄 알았지만 자신이 듣기에도 맞는 말 같았는지 베른은 아무런 반박도 하지 않았다.

"뭐, 이번에는 특별히 질문에 대답해 드리죠. 은행 설립 발안자는 당신의 누님…… 아이리스 님입니다. 제가 질문하는 건 당연한 일이죠. ……그럼 아이리스 님, 저는 당장 지금 내용을 회의에 보고하겠습니다. 괜찮으시겠습니까?"

"물론이지. 보고를 기대할게."

모네다가 사라진 후 이번에는 세바스가 들어왔다.

"아가씨, 영지 운영에 대해 이번 회의에서 정리한 내용을 보고 드리러 왔습니다."

"응, 기다리고 있었어. 재무 쪽 조정은 어떻게 됐지?"

"이번 회의에서는 관세를 완화할 경우 어떤 영향이 미칠지, 그 문제에 대해 의견을 나눴습니다. 염려했던 우리 영지의 산물인……
곡물 · 축산 · 카카오와 몇 가지 과일류에 대해 말씀드리자면, 카카오와 과일류는 다른 영지에서는 아직 우리 영지만큼 생산할 수 없는 상태이고, 곡물은 고등부 연구 성과로 인해 품종 개량이 진행되어 현재 풍부한 비축 분을 확보하고 있습니다. 만약 관세를 완화해도 큰 영향은 없을 겁니다."

"……그래. 그럼 메리트는?"

"우리 영지에는 철강 생산 라인이 갖춰져 있지 않습니다. 그것들을 싸게 수입할 수 있는 건 큰 메리트라고 생각합니다. 또 현재 아가씨의 지시대로 해상 무역을 활성화시키고 있습니다. 그중에는 우리나라에서는 생산되지 않는 과일류도 많지요. 그것들을 국내에서 판매하면 우리 영지의 상회도 더욱 많은 이익을 얻을 수 있습니다."

"……알았어. 하지만 역시 신중하게 진행하지 않으면 안 돼. 현재 물가 동향에 맞춰서 생각해 봐야지. 그럼 먼저 소득세 초안에 대한 회의 내용 보고서를 나한테 제출해 줘. 언제 도입할지는 나중에 지시를 내릴 테니까."

"알겠습니다."

"그리고 아비탄테(민생부) 쪽에 호적 작성이 끝나면 다음에는 토지를 조사하라고 지시해 줘. 누가 어떤 토지를 소유하고 있는지, 권리 관계를 명확하게 하고 싶거든. 그쪽도 호적처럼 영지의 정당한 자료로 정리해서 편찬한 후에 남겨 둘 생각이니까 빈틈없이 처리하도록 해."

"알겠습니다. 이미 아비탄테(민생부)의 일원들이 각지의 영지민들에게 정식 영지 정책을 위해 협력해 달라고 요청하고 있습니다. 실제 조사도 곧 개시할 수 있을 겁니다."

"좋아. 그리고 각 지역의 초등부 가동률은?"

"많이 늘었습니다. 무엇보다 무상으로 다닐 수 있으니까요. 아직 개교하지 않은 지역도 있으니 앞으로는 그게 과제겠지요."

"그쪽은 아르키테토(건설부)에게 맡기도록 해. 교과서는?"

"몇 가지 레벨로 나눴습니다. 현재 7세부터 12세 아이들은 동일한 수업을 받고 있지만 언젠가 연령별로 나누거나 습득 정도에 따라 나누자는 의견이 오가고 있습니다."

"입학 연령은 7세로 통일하고, 1년이 지나면 다음 학년으로 올라가도록 해. 단 입학할 때나 연말에 시험을 쳐서 그 성적으로 월반을 인정하는 건 어떨까?"

"즉시 제안해 보겠습니다."

"그럼 아까 제출한 소득세 초안만 서류를 정리해 줘. ……참, 어머님이 베른에게 일하는 모습을 보여 주라고 하셨는데……. 보르사(재무부)에 갈 때 함께 데려가서 각지에서 올라오는 세수 계산을 시키도록 해."

아까부터 계속 이글이글 날카로운 눈으로 쳐다보는 바람에 피곤해 죽겠네.

빨리 여기서 내보내야지.

학원에서는 언제나 수석이었으니까 계산 정도는 할 수 있겠지.

"……그럼 베른, 빨리 가 봐. ……학년 수석의 수재다운 모습을 마음껏 발휘해 보렴."

"……물론이죠."

베른은 부스스 일어서서 생기 없는 눈으로 세바스를 따라 나갔다.

……휴우. 겨우 마음이 편해졌네.

"……괜찮으시겠어요?"

타냐가 차를 끓이며 내게 물었다.
"뭐가?"
"그에게 영지 업무를 맡겨도."
"상관없어. 영지 운영은 정보를 통제할 생각 없으니까. 그리고 간단한 계산 정도는 제2 왕자의 추종자 노릇을 하느라 머릿속이 꽃밭이 된 동생도 할 수 있겠지. 세바스도 있으니까 이상한 짓은 하지 않을 거야. 물론 아즈타 상회 쪽은 별로 보여 주고 싶지 않지만. 아마 세이도 그래서 이미 대외적으로 알려진 내용만 보고한 걸 거야."
내 동생이지만 나는 그를 조금도 믿지 않는다.
그렇기 때문에 아즈타 상회에 대해서는 절대 알려 주고 싶지 않다.
……영지 운영은 일부 군사와 기밀 외에는 '보이는 정치'를 모토 삼아 특별히 정보를 통제하지 않고 있다.
"……그리고 이제 곧 라일이 올 거야. 아무리 경비대라지만 무력은 기밀 정보. 동생이 여기서 나눴던 대화를 제2 왕자와 추종자들에게 떠벌리기라도 하면 곤란하거든. 마침 내보내기 딱 좋은 구실이 었어."
"그렇군요. 역시 훌륭하세요, 아가씨."

† † †

오늘 일정은 모두 소화했다. 이제 남은 것은 서류를 정리하고 확인하는 것뿐이다.
오늘은 밀린 일도 있고, 동생과 저녁 식사를 함께하고 싶지도 않아서 타냐에게 가벼운 식사를 갖다 달라고 부탁했다.
어머님도, 타냐도 아무 말 하지 않는 걸 보면 내 마음을 이해해 준 모양이다.
밖은 완전히 어둠에 잠겨 있었다. 램프 불빛이 방 안을 어슴푸레하게 비췄다.
……슬슬 정말로 안경을 써 볼까?
요즘 슬프게도 글자가 조금 흐릿하게 보일 때가 있다.
평소 깨알 같은 글자만 들여다보고 있으니 눈이 나빠지는 것도 당연할지 모른다.
문득 방 안에 노크 소리가 울려 퍼졌다. 들어오라고 대답하자 곧 문을 열고 베른이 나타났다.
"무슨 일이지?"
"……아직도 일을 하는 겁니까?"
"그래. 보다시피."
"언제나 이런 일정입니까?"
"어머님과 할아버님이 오신 후로는 조금 자제하는 편이야. 처음에는 그야말로 하루 종일 일했거든."
……동생과 이렇게 이야기를 나누는 건 정말 오랜만이다.
2년 가까이 떨어져 있었고, 학원에 다닐 땐 어느샌가 동생이 제2왕자의 추종자로 변해 버려서 대화 한마디 없었으니까.
"……그렇군요……."
"나도 하나만 물어봐도 될까?"
"뭡니까?"
"……어째서 너는 그때 제2 왕자 측에 가담한 거지?"
"어째서……? 그건 누님이 유리를……."
"비난했으니까? 이상한 소문을 내고 다녔으니까……? 그 결과로 무슨 일이 일어날지는 예상한 거니? 각오하고 행동한 거야?"

"……."

"앞으로 아버님의 뒤를 이어 재상이 되고 싶다면 잘 생각해 봐. 자신의 행동이 어떤 결과를 가져올지. 어떤 영향을 미칠지. ……나는 왕도에서 네가 어떻게 처신하고 있는지 자세히 알지는 못해. 알고 싶지도 않아. 하지만 평판이 좋지 않다는 건 알고 있어. 나는 네가 영주 자리를 물려받는 것도 싫고, 재상은 어림도 없다고 생각해."

"……왕족의 바람을 이뤄 주는 것이 신하 된 도리 아닙니까?"

"재상의 역할은 왕의 뜻에 따라 나라를 움직이는 거야. 하지만 왕이 잘못된 판단을 할 때는 몸소 간언하는 것도 재상의 의무. ……그리고 왕족의 바람을 이뤄 주기 위해서라고? 다른 감정은 없었니?"

재상의 역할 운운은 할아버님이 하신 말씀이다.

'루이 공은 훌륭하게 해내고 있다. ……하지만 베른은…….' 이라고 말씀하기도 하셨다.

"……감정을 갖는 것과 감정에 휘둘리는 건 달라. 나는 추한 질투에 사로잡혀서 감정에 휘둘린 결과, 그런 꼴을 당하고 말았어. 내 편을 잃고, 학원에서 추방당했지. 너는 그때 날 비난하는 쪽에 서 있었으면서 이제 나와 똑같은 실수를 하려는 거니?"

대대로 이어져 내려온 재상이라는 가문의 지위가 여기서 끊기는 건 솔직히 아깝다.

아직 중앙의 힘은 필요하니까.

그렇게 생각하면 어떻게든 동생을 바른길로 이끌고 싶지만…….

"내 얘기는 이게 다야. 또 묻고 싶은 거라도 있니?"

"아뇨……."

"그래? 그럼 나가. 나도 아직 할 일이 남았으니까. 더 이상 널 상대할 수 없어."

베른이 나간 후 나는 깊은 한숨을 쉬었다.

왠지 피곤하다…….

베른을 볼 때마다 그 뒤로 에드 님과 추종자들의 그림자가 어른거려서 필요 이상으로 신경이 곤두선다.

그런 생각을 하고 있을 때 또다시 노크 소리가 들려왔다. 이번엔 누굴까?

"……실례합니다."

"어머, 세바스. 무슨 일이야?"

"방에 불이 켜 있는 게 보여서……. 아가씨, 그만 주무시지요."

"조금만 더 있다가. 고등부 성과 보고를 훑어보고 싶어. 세바스가 낮에 말했던 농업과의 성과를. ……굉장해, 다들 열심히 연구해서 성과를 내고 있어. ……보는 게 즐거워."

"역시 지금까지 혼자 했던 일들을 서로 모여서 의견을 나누고, 실험해 볼 수 있도록 자리를 마련해 준 것이 가장 큰 도움이 된 것 같습니다. 저도 앞으로 얼마나 발전할지 기대됩니다."

"그래. 내가 몰랐던 것들, 생각도 못했던 것들을…… 이렇게 보니 정말로 놀랍기만 해."

"……아가씨도 모르는 게 있으시군요."

"어머, 세바스. 당연하지. 회계과 내용이라면 몰라도 농업이랑 의료는 나도 전혀 몰라. 그래서 전문가들에게 맡기려고 고등부라는 연구의 장을 만든 거야."

나 혼자서는 한계가 있다. 그쪽은 그쪽 프로에게 맡기는 게 최고다.

"……그쪽은……."

"보르사(재무부) 보고서야. 벌써 훑어는 봤어. 좀 더 구체적으로 계획을 세워야 할 것 같네."

일의 성격상 장기적인 시각으로 영지에 미칠 영향을 생각하지 않으면 안 된다.

계속 서류를 보다 보니 머릿속이 조금 뒤엉키기 시작했다.

……머릿속을 정리하기 위해서라도 누군가와 상담하거나 의논을 나눌 인재가 필요하다. 그게 요즘 나의 솔직한 심정이다.

"그렇군요."

"……그런데 세바스, 베른은 어땠어?"

"맡은 일은 훌륭하게 처리하셨습니다."

"그래……."

"이건 혼잣말입니다만…… 보르사(재무부)로 가는 도중 아가씨에 대해 물어보시더군요. 누님은 언제나 저렇게 일을 하냐고. 왜 누님이 그렇게까지 일을 하는 거냐고."

"……어쩐지 실례되는 질문이네."

"그만큼 놀라신 거겠지요. 학원에서 베른 님은 수재로 이름 높은 분이셨습니다. 그런데 아까 서재에서는 대화를 따라가는 것만으로도 벅차셨던 모양이더군요. 게다가 서류에 둘러싸여 일하는 아가씨의 모습을 보고 충격을 받으신 것 같습니다."

"베른의 기분을 잘 아는 것 같네."

"어릴 때부터 지켜보기도 했고, 무엇보다도 베른 님은 얼굴에 다 드러나시니까요."

그건 그래.

세바스는 우리가 태어나기 전부터 이 집에서 일했고, 우리의 성장을 줄곧 지켜봤다.

어떤 의미로 부모나 마찬가지다.

"……그리고 아가씨도 눈치채셨을 겁니다. 물끄러미 지켜보는 베른 님의 시선을 느끼셨지요?"

"응, 뭐."

덕분에 평소보다 더욱 지쳤다.

"아가씨를 계속 관찰하고 계셨답니다. 방에서 나올 때는 충격이 너무 컸는지 비틀거리기까지 하시더군요."

"어머, 조금은 정신을 차렸으려나?"

충격받았으면 앞으로 아버님께 일을 배우도록 하렴. 제발.

"그럴 거라고 생각합니다."

……어머님, 이걸 노리신 걸까?

그 아이는 자존심이 강하고 단순하니까.

왕도로 돌아가서 제2 왕자 패거리와 어울리다가 머릿속이 다시 꽃밭이 되진 않을까 걱정되지만…… 동생은 아직 학원에 다녀야 하기 때문에 어쩔 수 없이 왕도로 돌아가야 한다.

"……재미있는 얘기를 해 줘서 고마워. 조금 희망을 가져도 될 것 같네. 자, 그럼 세바스 말대로 슬슬 자 볼까."

† † †

그로부터 며칠 후.

나는 베른을 데리고 고등부를 시찰하러 갔다.

보고서를 읽어 본 후 한번 와 보고 싶어졌기 때문이다.

실제로 어떤 분위기인지 궁금하기도 했다.

베른을 데리고 온 이유는 딱히 확실하지 않다.

다만 그도 여기서 뭔가를 느꼈으면 좋겠다는 옅은 기대를 품은 것뿐이다.
할아버님과 타냐와 라일도 함께 왔다.
학원은 영도 끝 쪽에 자리 잡고 있다.
크기는 수도에 있는 공작가의 저택 정도…….
구조는 간소하면서도 석조 건물답게 튼튼하다.
아직 수업이 시작되지 않은 걸까. 건물 안은 시끌시끌했다.
"……내가 왜 이런 곳에……."
……그리고 옆에 있는 베른도 시끄러웠다.
세바스의 말에 너무 희망을 가졌나? 그렇게 생각하며 계속 무시했다.
"대체 왜 서민용 학원 따윌 세운 거야……?"
그 말을 들은 순간 울컥 화가 치밀었다.
"그렇게까지 말한다면 좋아. 베른, 너 수업에 참석하고 와. 학원장에겐 내가 얘기해 놓을 테니까. 공작가의 이름을 밝히는 건 절대 금지야. 할아버님, 죄송하지만 베른을 따라가 주시겠어요?"
이 학교에는 아직 할아버님의 얼굴이 알려지지 않았다. 물론 베른도 마찬가지.
할아버님은 알겠다는 듯이 고개를 끄덕인 후 베른을 질질 끌고 적당한 교실로 들어갔다.
……휴우, 겨우 조용해졌군.
"……아가씨, 왜 굳이 저자를 데려오신 건가요?"
타냐도 조금 짜증이 났는지 말과 목소리에 가시가 돋쳐 있었다.
"……나도 왜 그랬는지 궁금해지기 시작했어……."
계속 이러고 있기도 뭐해서 기분을 새롭게 다잡고 학원장실로 향했다.

"오랜만이군요. ……이 학원에서 만나는 건 처음인가요?"

내 맞은편에 앉은 사람은 이 학원의 최고 책임자 루카 사모사 학원장.

온화하고 맘씨 좋은 할아버지 같은 인상이다.

귀족 가문의 차남이었던 그는 학문을 사랑하고 연구에 몰두한 나머지 스스로 집을 뛰쳐나왔다.

사모사는 그가 직접 지은 성이라고 한다.

……이 사람만큼 안성맞춤인 인재는 없을 거야.

참고로 전공은 의술. 전임은 왕궁 전속 의사였다.

"오랜만입니다. ……학원장으로 임명받은 후 처음이군요."

"어머…… 그렇군요. 학원 일은 어떠신가요?"

"훌륭합니다. 제가 걸어온 궤적을 계승해 줄 젊은이들을 만날 수 있으니까요. 게다가 뜻 높은 젊은이들만 모여 있어서 기쁩니다."

"루카 님이 만족하셨다니 다행이네요. ……학원을 운영하면서 어려운 점은 없으신가요?"

"학원장이라고 해 봤자 이름뿐인 것을요. 공녀님께서 파견해 주신 분들이 사실상 학원을 운영하고 있지 않습니까? 저는 가르치는 것에만 전념할 수 있어서 만족스럽습니다."

"그렇군요……. 그럼 학원 상황은 어떤지 들려주시겠어요?"

"학원 상황, 말입니까?"

"네, 형식적인 것뿐만 아니라 루카 님이 느낀 것들을 있는 그대로."

"흐음……. 그게 무슨 의미입니까?"

"후후후……. 도중에 학업을 단념해야 했던 바보 같은 여자의 처량한 소원이랍니다. 이렇게라도 학생 기분을 다시 한번 느껴 보고 싶어서요."

"……그런 거라면 잔뜩 얘기해 드리지요."

그 후로 루카 님께 아주 많은 이야기를 들었다.

실험 이야기, 토론 이야기.

……이 학원은 실기에 중점을 두고 있어서 강의와 실기가 반반이다.

토론 형식의 수업도 많다.

루카 님은 정말로 즐거운 듯이 이야기해 주셨다.

그만큼 이 학원의 미래를 기대하고 있는 것 같아서 기뻤다.

"역시 무엇보다도 학생들의 열의가 최고입니다. 누가 강제로 시킨 게 아니라 스스로 배우고 싶어서 다니고 있으니까요. ……그렇기 때문에 더더욱 진지함의 정도가 다릅니다. 처음에는 빈부 차이로 알력이 있기도 했지만, 그걸 날려 버릴 만큼 스파르타 교육이 이어지다 보니 이제는 학원이라기보다는 연구 기관처럼 되어 버렸답니다. ……요즘은 다릴교의 사제까지 다니고 있지요."

마지막 한마디가 나를 놀라게 했다. 설마 다릴교 사제까지 이 학원을 다닐 줄이야.

다릴교에 소속되어 있는 사람은 속세와 인연을 끊는다는 의미에서 기본적으로 교회 밖으로 모습을 드러내지 않는다.

……뭐, 그것도 교황이 귀족 노릇을 하면서 많이 바뀌었지만.

일반적인 사제는 분명히 변하지 않았을 것이다. ……아마도.

"어머나……. 그건 정말 보기 드문 일이네요."

"네. 의료과에 다니고 있습니다. 혜택받지 못하는 아이들을 도우려면 지식이 필요하다면서 아주 열심히 배우고 있답니다."

"흐음……."

그 후로 또다시 수십 분쯤 루카 씨와 이야기를 나눈 후 방에서 나왔다.
……마침 1교시 수업이 끝난 모양이다.
복도로 나오자 아까 말했던 사제가 걸어가는 모습이 보였다.
성직자 옷을 입고 있어서 한눈에 알아볼 수 있었다.
"……사제님도 이곳 학생이신가요?"
내가 말을 건네자 사제가 어리둥절한 표정을 지으며 뒤를 돌아보았다.
"실례합니다. ……저는 지금 이 학원에 다닐까 말까 망설이고 있답니다……. 그래서 견학하는 중이에요."
"아…… 그렇군요. 여기는 멋진 곳입니다. 당신이 원한다면 원하는 만큼 배울 기회와 그걸 뒷받침해 주는 인재들, 그리고 설비가 갖춰져 있으니까요."
"그렇군요……. 실례지만 사제님은 왜 이 학원에 다니고 계신가요?"
"저는 옛날부터 의사를 대신해서 마을 사람들을 무상으로 치료하고 있습니다만…… 도와줄 수 없을 때가 압도적으로 많습니다. 자신의 무력함을 느끼고 있을 때, 이 학원의 얘기를 들었습니다."
"……훌륭하시네요, 사제님은."
"아닙니다. 신을 섬기는 몸으로서 당연한 일이지요."
멋진 미소였다.
아까 내가 했던 말은 진심이었다.
……교회는 백성들의 방패였다.
가난한 자에게 구제의 손길을 내밀어 주고, 굶주린 자에게 음식을 나눠 주고, 병든 자를 치료해 줬다.

……하지만 지금은 그런 활동을 하는 성직자는 얼마 되지 않는다.
왕도는…… 특히 심하다.
뭐, 교황의 가문이 귀족과 동격으로 대접받는 것만 봐도 가히 짐작할 수 있겠지만.
계속 걸어가다가 베른과 할아버님을 발견했다.
할아버님은 헤어질 때와 똑같았지만 베른은 조금 지친 눈치였다.
"……보아하니 꽤나 힘들었던 모양이구나."
"뭡니까……? 여기 수업은."
"어머, 그렇게 놀라웠니?"
내 물음에 베른은 아무 대답도 하지 못했다.
"이곳 수업은 전부 생활과 직결되는 것들이야. 의료, 농업……. 그렇기 때문에 다들 필사적으로 공부하고 있지. 자신의 생활을 더 낫게 만들기 위해서. 자신의 소중한 사람을 풍족하게 해 주기 위해서. 너, 아까 왜냐고 물었지? 그 모습을 보고 직접 깨닫지 않았니? 이곳 학생들은 목표가 명확한 만큼 배움에 탐욕스럽다는 걸."
"……누님은 왜 이런 곳을 만든 겁니까?"
"너는 계속 왜냐고 묻기만 하는구나. 하지만…… 그래. 여기서 공부하고 지식을 쌓은 자가 늘어나면 이윽고 그 혜택은 백성들에게 돌아가기 마련이야. 시간이 걸리긴 하겠지만 10년 후, 20년 후를 생각하면…… 백성들의 생활 수준은 분명히 향상될 거야. 영주 대행으로서 미래를 내다보고 필요하다고 생각한 것뿐이야."
……베른은 그 뒤로 계속 생각에 잠겨 있었다.
돌아가는 도중에도, 집에 도착한 후에도.
그가 뭔가를 느꼈다면 좋을 텐데……. 부디 그러기를 바라며 나도 일상으로 돌아갔다.

동생은 그 후로 며칠 더 머문 뒤에 돌아갔다. 어머님을 설득하는 건 포기한 모양이다.

……뭐, 어머님이나 태후마마가 참석하지 않아도 파티는 예정대로 개최되어 무사히 끝났다고 한다.

두 분이 참석하지 않았으니 성황리에 끝났다고 말하기는 어려울지도 모르지만.

이걸로 남작 영애는 명실공히 에드 님의 약혼녀가 되었다.

제1 왕자는 여전히 왕도에서 표면적인 무대에 나서지 않고 있다.

그리고 제2 왕자는 올해 학원을 졸업했다.

모습을 보이지 않는 제1 왕자와는 달리 요란하게 움직이는 제2 왕자의 이야기는 여기저기서 종종 들려오곤 한다.

게다가 제2 왕자 측의 진영은 모두 귀족 중의 귀족이라고 일컬어지는 자들……. 한마디로 혈통도 좋고, 다과회나 파티에 자주 참석하는 사람들이니 더더욱 그럴지도 모른다.

그리고 그들 가문은 대부분 경제 사정이 좋지 못한 편.

사치도 심하고 영지의 산업 발전에도 관심이 없다.

이건 우리 아즈타 상회를 통해 얻은 정보다.

말하자면 혈통만 좋은 가문으로 이루어진 뭔가 미묘한 진영.

그에 비해 제1 왕자 측 진영은 스스로 공적을 세워 가문을 일으킨 신흥 귀족과 지방에서 영지 경영에 전념하고 있는 귀족이 많다.

따라서 왕궁에서는 화려한 제2 왕자 측 진영이 활개를 치고 있는 모양이다.

아버님, 혹시 위에 구멍이 뚫리시진 않을까? 걱정되네.

참, 어머님도 약혼 파티가 끝났으니 조금 더 머문 후에 왕도로 돌아가실 거라고 한다.

나는 별다른 변화 없이 하루하루를 바쁘게 보내고 있다.

사실은 어머님과 느긋하게 시간을 보내고 싶은데. 이제 곧 어머님이 떠나실 거라고 생각하니 조금 씁쓸했다.

† † †

"……어라? 이 서류……."

"왜 그러십니까? 아가씨."

"아, 놀랄 만큼 잘 정리되어 있어서. 참고 삼아 비교한 데이터까지 첨부되어 있어서 눈에 확 들어오네. ……이거 누가 작성한 걸까?"

앞으로 학원에 도입할 비품에 관한 서류를 훑어보던 중이었다.

각각 비품이 몇 개씩 필요하고, 총액은 얼마나 될지 계산하면 되는 비교적 단순한 작업이긴 하지만…….

그 서류는 내 예상을 까마득하게 뛰어넘었다.

지시한 내용이 기재되어 있는 것은 물론, 같은 물품이지만 다른 상회의 물건을 도입할 경우에 금액을 비교한 것부터 매입 루트, 코스트, 그야말로 모든 것이 기재되어 있었다.

내가 앞으로 지시하려고 했던 작업을 이미 처리해 놓은 것이다.

"상업 길드에서 임시로 고용한 자입니다. 직장에서 꽤나 평판이 좋은 모양이더군요."

"흐음……. 그 사람, 회계도 가능할까?"

"부기 쪽은 모르겠지만…… 상업 길드에서 일하는 분이니 가르치면 금방 흡수하지 않을까요?"

"……그럼 그 사람에게 이 일을 맡겨 줘."

내가 건넨 것은 영지 세수에 관한 기록부.

현재 10년 전의 경영 수지 기록까지 서식을 통일하는 작업을 진행 중이지만 좀처럼 진척이 되지 않고 있다.

……앞으로 시행할 시책을 정리하는 것만으로도 너무나 벅찬 상태이기 때문이다.

하지만 과거의 기록을 정리하고 남겨 놓음으로써 앞으로 영지 전체의 세수를 어느 정도 예측할 수 있기 때문에 나로서는 빨리 끝내고 싶은 작업이기도 하다.

목적은 각 마을과 도시에서 올라온 보고서를 정리하고, 영지의 수입을 종합하고, 그 금액에서 영지 운영과 가문에서 사용한 지출을 공제하고 관리하는 것이다.

그러나 전에는 보고서를 받아 보고 문제가 없으면 '자, 끝.' 이라고 처리해 버리는 바람에 현재에 이르러 막대한 양의 서류가 존재하고 있다.

즉, 각 마을과 도시마다의 기록은 그때그때 확인한 후 보존하고 있었지만 정리는 되어 있지 않은 상태인 것이다.

"알겠습니다."

"……그 사람 이름을 알아봐 줘. 시간 날 때 조사해도 괜찮으니까."

"알겠습니다."

세바스는 내가 건넨 서류를 들고 방에서 나갔다.

……재미있는 사람도 다 있네.

서재 책상에 놓인 자료를 보며 나는 멍하니 생각했다.

……그 후로 3주일이 지났다.

비품 서류를 보고 너무 강한 인상을 받아서 상업 길드에서 입시로 고용했다는 그 사람이 계속 머릿속에 남아 있었다.

그만한 실력을 보여 줬으니 추가로 보낸 서류도 곧 제출하겠지……. 그렇게 기대했던 만큼 조금 느린 처리 속도에 살짝 기대가 무너지는 기분이었다.

건네준 양을 생각하면 2주일 만에 끝낼 거라고 예상했는데.

"……실례합니다."

서재에서 서류와 격투하고 있을 때, 세바스가 들어왔다.

"전에 지시하신 세수 기록부가 완성돼서 가지고 왔습니다."

"그래. 나중에 살펴볼게."

"……아뇨, 당장 보시는 게 좋을 것 같습니다만."

그렇게 말하는 세바스는…… 진지하면서도 조금 놀란 듯한 목소리였다.

나는 의아해하며 서류를 받아 들었다.

묵직한 서류.

나는 첫 번째 페이지의 첫 글자를 본 순간부터 눈을 뗄 수 없었다.

"……뭐야, 이건……?"

놀라움에 말이 나오지 않았다.

페이지를 넘기는 시간마저 아까울 만큼 나는 정신없이 서류를 읽어 나갔다.

"……내가 건네준 기록부는?"

"여기 있습니다."

나는 당장 그 기록부와 서류를 대조해 보았다.

"……세상에……. 세바스, 이거 나한테 갖다 주기 전에 사실인지 확인은 했겠지?"

"네. 확인하고 나서 갖다 드린 것입니다."

"……이걸 작성한 사람의 이름은?"

"딘이라는 남자입니다."

"그래? 당장 이쪽으로 부를 수 없을까?"

"네. 지금 곧 데려오겠습니다. 잠시 기다려 주십시오."

세바스는 그렇게 말하며 방에서 나갔다.

그가 나간 후…… 나는 커다란 한숨을 쉬었다. 세상에.

그리고 또다시 서류의 서두 부분을 바라보았다.

『불명료한 예산 신청에 대하여.』

서두 표제부터 나를 깜짝 놀라게 만든 말.

내용은 영지에서 각 시 · 촌에 예산으로 지급하는 보조금에 대하여.

그중 한 시에서 제출된 신청서에 대해 언급되어 있었다.

확실히 그 신청서 하나만 보면 딱히 수상한 점은 없다.

그 때문에 과거에는 신청이 받아들여졌다.

하지만 확실히 이렇게 정리해서 다른 촌이나 다른 시와 비교해 보니, 그 빈도가 지나치게 잦고 수상한 점도 많았다.

예를 들면 작물 조성금.

탄원서를 보면 그 시기에 흉작이었고, 그래서 생활을 위해 보조금을 지급해 달라는 내용이었다.

영지민을 지킨다는 관점에서 어느 정도의 범위 안이라면 역대 영주들도 돈을 아끼지 않았다.

하지만 그 주변의 마을에서는 그런 신청은 올라오지 않았다.

마찬가지로 과거의 농작물을 물납(物納)한 기록을 조사한 결과, 그 마을만 다른 작물을 생산하는 것도 아니라는 사실까지 기재되어 있었다.

그밖에 보조금 신청뿐 아니라 예산 증액을 요청한 것도 전부 기록되어 있었으며, '왜 이렇게 많은 금액이 필요하지?' 라는 생각이 드는 수상한 지출이 아주 상세한 내역까지 기재되어 있었다.

……과거에는 거의 현지 시찰을 하지 않고, 서식만 정리한 후 상식적인 범위 안에서 예산을 신청하기만 하면 쉽게 통했던 것이 원인이었다.

새로운 일에만 관심을 주느라 발밑을 살펴보지 못했구나……. 나는 크게 반성했다.

너무 옛날이라 미처 조사하지 못한 것들은 참고 형태로 첨부되어 있었다.

서류를 다시 읽어 보는 동안 노크 소리가 들려왔다.

……그리고 세바스와 함께 들어온 것은 나와 같은 나이거나 혹은 몇 살 연상으로 보이는 남자였다.

아름다운 금발과 에메랄드그린색의 눈동자.

대단한 미남이었다. 게다가 몸매도 탄탄해서 무척 근사했다.

"……만나서 반가워요. 나는 아이리스, 아이리스 라나 아르메리아. 이 영지의 영주 대행을 맡고 있죠."

"처음 뵙겠습니다. 저는 딘이라고 합니다. 상업 길드의 소개로 이쪽에서 일하고 있습니다."

남자가 싱긋 미소를 지었다.

사람 좋은 미소……. 하지만 그 웃는 얼굴에서는 조금 위화감이 느껴졌다.

……굳이 말하자면 양면성을 지닌 느낌이랄까.

"지금까지 어느 상회에서 일했나요?"

"아뇨……. 공부 중인 몸이라 비정기적으로 일하고 있습니다. 공부는 고향에 있을 때, 어릴 적부터 읽고 쓰기와 산술을 할 줄 아는 사람이 가까이 있어서 그 사람에게 배웠습니다."

"그렇군요. ……그럼 단도직입적으로 묻겠는데 당신은 어떻게 이걸 눈치챘나요?"

"처음에는 지시대로 과거의 보고서를 읽고, 대조해 보고 수지 기록을 정리했습니다. 하지만 정리하는 동안 그 마을의 숫자가 유난히 머리에 남았습니다. ……과연 이 정도 규모의 마을에 이 정도 예산이 필요할까……? 그런 의문을 느낀 게 시작이었지요."

"여기서 일하기 전부터 지리에 대한 지식 같은 게 있었던 걸까요?"

"직접 가 본 적은 없습니다. 지도라면 대충 외우고 있습니다만."

"……그렇군요. 그럼 당신은 이 문제를 앞으로 어떻게 해야 한다고 생각하나요?"

"가장 이상적인 건 제3자 기관이 예산 사용을 감시하는 체재를 만드는 거겠죠. 물론 실제로 그런 조직을 처음부터 만드는 건 어려울 테니 작업량이 늘어나는 걸 감안하더라도 영지 관리 업무의 일환으로 삼는 게 좋지 않을까 합니다."

……온몸이 오싹오싹하다.

'어떻게 해야 할까?' 라는 물음에 돌아온 대답이 '처벌' 얘기가 아니라 '앞으로 똑같은 일이 일어나는 것을 조금이라도 방지하려면 어떤 대책을 세워야 하는가' 라니.

그야말로 내가 바라던 대답이다.

"촌장이나 시장은 고등부 회계과를 필수적으로 취득하게 해 볼까? 토지 권리를 명확하게 만들기 위해서 아비탄테(민생부)에 토지

측량을 맡겼는데…… 그걸 빨리 서둘러야겠네. 농촌부는 그걸 토대로 수입을 계산해서…….”

그에게 자극받아서 혼잣말을 중얼거리며 앞으로 어떻게 할지 생각에 잠겼다.

“……고등부 회계과 내용을 자세히 알지는 못합니다만, 혹시 곧바로 습득할 수 있는 겁니까?”

딘이 그 혼잣말에 질문을 던졌다.

“흠, 그렇군요. 시간이 걸리는 것까지 고려해야겠네……. 그리고 지출은 어디에 사용했는지 상세하게 기록을 남기도록 해야겠네요. 그러려면 가게에서 증명서를 제출받는 게 제일 좋지만…….”

“어렵겠지요. 큰 상회라면 몰라도 작은 곳이라면.”

“그러게요……. 일단 자세히 기록해 놓아야 되니까 상황을 보고…….”

지금까지 추가 예산 신청은 기본적인 1년 예산을 건네주고 나서 ‘자, 끝. 마음대로 쓰세요.’ 라는 상태였다.

모두에게서 걷은 세금이다……. 불상사가 없도록 확실하게 관리 체제를 만들지 않으면 안 된다.

그리고 이번에 발각된 일은 어떻게 처분할까……?

누가 착복한 걸까, 누가 얼마나 관여되어 있을까?

내가 취임하기 직전까지 벌어졌던 일이니까 확실하게 처벌하지 않으면 본보기가 되지 않을 것이다.

이대로 딘에게 맡겨 버릴까?

하지만 그는 이 영지의 관리가 아닌 데다 신분도 확실하지 않다.

그런데 이렇게 커다란 안건을 처리할 권한을 줘도 되는 걸까?

어떻게 하지……? 그런 생각을 하고 있을 때 또다시 노크 소리가 들려왔다.

“실례합니다. 아이리스, 전에 줬던 미용액 말인데…….”

방 안으로 들어온 것은 어머님이었다.

“……어머?”

어머님은 방 안으로 들어온 순간 딘에게 반응을 보였다.

“오랜만입니다, 메를리스 님. 앤더슨 후작가에서 뵌 후로 처음이군요.”

“그, 그…… 그렇군요. 너무 오랜만이라 깜짝 놀랐네요.”

놀란 건 나도 마찬가지였다.

“어머님, 딘을 만난 적이 있으신가요?”

“그래. 아버님 댁에서.”

할아버님과 아는 사이……인가?

그런 의문을 떠올리며 딘을 바라보자 그가 쓴웃음을 짓고 있었다.

“가족들끼리 서로 친밀한 사이입니다. 몇 번인가 앤더슨 후작님께 무도를 배웠지요. 메를리스 님과는 그때 뵌 적이 있습니다.”

“어머, 그랬군요…….”

그렇다면 신분은 확실하겠네?

“그런데 여기서 뭐 하는 건가요?”

“상업 길드의 소개로 이쪽에서 임시로 일하고 있습니다. 이번에 제출한 서류 때문에 아가씨께서 몇 가지 확인과 질문이 있다고 하셔서요.”

“어머, 그랬군요.”

“딘, 일단 물러가 줄래요? 어머님의 질문에 먼저 대답해 드려야 되니까요. 그동안 당신은 이 서류를 확인해 줘요.”

“알겠습니다.”

딘이 물러간 것을 지켜본 후, 나는 어머님께 질문했다.
"……어머님, 딘을 어떻게 생각하세요?"
"어떻게 생각하냐고? 멋진 사람이지."
그건 그래……. 나도 한순간 마음속으로 동의했다.
"그게 아니라, 제가 묻고 싶은 건……."
"농담이야. 믿어도 될걸? 원한다면 할아버님이 신원을 보증해 주실 거야."
"……그럴 것까지는 없어요. 어머님이 그렇게까지 말씀하신다면 신원은 확실하겠죠. 고맙습니다."
어머님은 나와는 달리 사람을 보는 눈이 있다.
무엇보다도 할아버님과 어머님이 알고 있는 인물.
……그렇다면 신원은 걱정하지 않아도 된다.
그 후로 어머님이 몇 가지 질문을 하고 새로운 상품에 대한 감상을 말해 준 후 방에서 나갔다.
무리하지 말라는 말과 함께.
어머님이 나간 후, 나는 재빨리 혼잣말로 중얼거렸던 아이디어를 적기 시작했다.
사각사각, 서류를 작성하는 소리가 울려 퍼졌다.
"실례합니다. 확인이 끝나서 가져왔습니다."
"어머, 마침 잘됐네. ……딘, 이 일을 이 영지의 '관리'로서 맡아 줄 수 없나요?"
딘은 한순간 놀란 듯이 눈을 크게 뜬 후…… 이윽고 아까처럼 쓴웃음을 지었다.
"맡겨 주십시오. ……라고 말씀드리고 싶지만 죄송합니다. 저는 이 영지에 장기간 머물 수 없습니다."

"어머? 그건 왜죠?"

"가문을 도와야 해서요. 그래서 정기적으로 집에 돌아가지 않으면 안 됩니다."

"그렇군요……. 가문을 돕는다는 건 무슨 뜻이죠?"

포기할 수 없어서 그만 끈질기게 캐묻고 말았다.

얼마 전, 마침 서둘러 좀 더 많은 인재를 기용하고 싶다고 생각했던 참이다.

그런 내 앞에 나타난 것은 이미 어느 정도 중요한 일을 맡길 수 있는 실력을 지닌 이 남자.

게다가 할아버님, 어머님과도 아는 사이.

솔직히…… 놓치고 싶지 않다.

"가업입니다. 제가 공부를 위해 상업 길드에 들어온 것도 그 때문입니다."

"그렇군요……. 저어, 방금 '정기적으로' 라고 했죠?"

"아, 네에……."

"그럼 딘, 정기적으로 집에 돌아가도 되니까 가문의 일이 끝나면 돌아와서 이쪽 일을 맡아 주지 않을래요?"

좀처럼 포기하지 못하는 나의 끈질긴 제안에 딘이 놀란 듯이 눈을 동그랗게 떴다.

내가 생각해도 조금 황당하긴 하지만.

그래도 포기할 수 없는 걸.

그리고 생각해 보면 영지 운영은 그다지 정보를 통제하지 않는다.

"돌아올 때마다 단기 고용이라는 형태로 계약하는 거예요. 이쪽에 머물 수 있는 기간을 미리 말해 주면 맞춰 줄게요. 월급은 영지 관리직의 하루 급료를 일한 날짜만큼 계산해서 주면 어떨까요?"

"그래도 괜찮으시겠습니까?"

"오히려 내가 묻고 싶네요. 그 정도면 괜찮나요? 뭔가 다른 조건이 있으면 말해 봐요. 그럼 받아 주는 건가요?"

"……알겠습니다. 앞으로 잘 부탁드립니다."

그리하여 나는 비록 비정규직이지만 스카우트로 인재 한 명을 손에 넣었다.

다음 날. 나는 오랜만에 영도를 시찰하기로 했다.

보기 드물게 내 스케줄에 잠깐 여유가 생기기도 했고, 마침 라일과 디더가 본가로 돌아왔기 때문이다.

함께 시찰하러 갈 멤버는 라일, 디더, 타냐, 그리고 딘.

멤버가 조금 많은 것 같기도 하지만…… 할아버님이 부임지로 돌아가셨으니 어쩔 수 없다.

각지를 돌아다니는 라일과 디더는 이날이 딘과 처음으로 대면하는 날이었다. ……아니, 그럴 거라고 생각했다.

……하지만.

"어라? 딘이잖아."

두 사람은 내가 생각했던 것과는 다른 반응을 보였다.

"오랜만입니다. 라일 씨, 디더 씨."

"여전히 딱딱하네――. 디더라고 부르랬잖아."

"……라일, 디더. 딘이랑 아는 사이야?"

"응. 사부님의 밑에서 몇 번 같이 훈련을 받았어. 만난 적은 별로 없지만 꽤 실력이 있어서 기억하고 있지."

두 사람이 사부님이라고 부르는 사람은 바로 우리 할아버님이다.

……생각해 보면 그럴 가능성도 있겠군. 묘하게 고개가 끄덕여졌

다.

라일과 디더는 할아버님 댁에 머물며 특훈을 받았으니까.

"……그럼 타냐도 만난 적 있어?"

"아뇨. 저는 시녀 일을 배워야 해서 라일이나 디더처럼 계속 사부님 댁에 머물진 않았으니까요. 딘 씨도 정기적으로 드나들었던 아닌 것 같고."

"아…… 그렇구나. 어쨌든 이번에는 이 멤버로 거리를 시찰하는 거야. 딘도, 라일도, 디더도 거리를 돌아다니는 동안에는 날 절대 아이리스라고 부르면 안 돼. 앨리스라고 불러 줘."

……그리하여 나와 네 사람은 저택을 나섰다.

우리는 메인 스트리트를 걸으며 영도 남쪽으로 이동했다.

메인 스트리트는 여전히 활기가 넘치고 오가는 사람들도 많았다.

물자 유통이 활발해지면서 운송과 유통로가 보다 발전한 덕분일까? 동쪽 지역의 해산물도 드문드문 눈에 띄었다.

"앨리스! 오늘은 아주 멋진 남자들을 데리고 왔구나."

노점의 주인아주머니가 말을 건넸다.

"네? 그런가요……. 음, 그럴지도 모르겠네요."

아주머니의 말에 뒤를 돌아본 순간…… 음, 확실히 묘하게 납득하고 말았다.

이 세계에서 너무 미남들에게 둘러싸여 있다 보니까 최근에 감각이 마비되었던 모양이다.

"오늘은 아누타가 들어왔단다! 사 가련?"

아누타는 물고기 이름. 쪄서 먹어도 맛있고, 구워 먹어도 맛있고, 날것으로 먹어도 맛있는 붉은 살 생선이다.

"어머, 잡자마자 신선하게 처리해서 얼음이랑 같이 옮겼군요. 손이 많이 갔을 텐데 이 가격에 파시는 건가요? 굉장해요."

"고마워. 앨리스는 언제나 우리 수고를 알아주는구나. 기뻐라."

"하지만, 으음……. 오늘은 밖에서 먹고 갈 거라서요. 다음에는 가게에 들러서 꼭 살게요."

"그래, 그럼 또 오렴, 앨리스. 기다리마."

"네. 그땐 또 아드님 얘기를 들려주세요."

"그러엄."

아주머니와 즐거운 대화를 마치고 뒤를 돌아보자 타냐와 라일은 여전히 무표정한 얼굴로, 디더는 폭소를 터뜨리며, 딘은 놀란 듯이 눈을 동그랗게 뜨는…… 제각각 통일성 없는 표정으로 서 있었다.

"……사이가 아주 좋군요."

딘이 놀라움을 감추지 못하며 중얼거렸다.

"응, 다들 친절하게 대해 주시거든."

그런 얘기를 나누며 또다시 메인 스트리트를 걸었다.

때때로 시찰할 때 아주머니처럼 친해진 마을 사람들과 인사를 나누면서.

그때마다 딘은 놀란 표정을 지었다.

"……어라? 라피엘 씨."

"아, 앨리스 씨. 오랜만입니다."

라피엘은 다릴교의 사제이자 영주에서 설립한 학원의 고등부 학생이다.

그는 현재 의료과에서 배운 지식을 활용하여 적극적으로 활동하고 있다.

의사에게 치료받지 못하는 가난한 백성들에게 무상으로 베푸는 그의 봉사는 무척 인기가 많다.

그의 교회에는 앨리스라는 이름으로 기부하고 있다.
……지금은 내 용돈, 그러니까 상회에서 개인적으로 받는 보수로 기부금을 낼 수밖에 없지만 언젠가는 영지 정책으로 그의 활동을 지원하고 싶다.
하지만 영주 대행으로서 지원하려면 여러 가지 복잡하고 어려운 절차를 밟아야 한다.
무엇보다도 영지에서 한 교회만 지원하면 꼭 그 종교만 밀어 주는 것 같잖아?
그렇다고 다른 교회…… 다릴교 본부에 기부해 봤자 라피엘 씨처럼 봉사 활동을 하는 이들을 위해 그 기부금을 사용할 것 같지도 않고.
"어디 가는 길이신가요?"
"슬럼에 가는 길입니다. 환자가 몇 명 있어서요."
"그래요……. 열심이네요. 당신이 가는 길에 신의 가호가 함께하기를."
"고맙습니다."
그리고 나도 슬럼으로 향했다.
전에 시찰하며 영지 전체를 둘러봤을 때보다 길가에 우두커니 서 있는 사람이 꽤 줄어든 것 같았다.
아마 현재 우리 영지에서 상업이 활발해지며 비교적 구인이 많아진 것도 그 이유 중 하나일 것이다.
"……저 사제는 여기서 의료 활동을 하는 겁니까?"
"네, 그래요."
"무상으로 말이지요?"
"그래요. 그런데…… 왜요?"

"그냥 보기 드문 일이라서요……. 요즘 다릴교의 사제가 백성들에게 봉사하다니."

딘도 그렇게 생각하고 있었나.

대체 백성들의 마지막 보루라고 칭송받던 교회의 모습은 어디로 간 걸까?

"나도 그렇게 생각했지만…… 모두가 귀족에게 아부하고 귀족처럼 호화로운 생활을 하는 건 아닌가 봐요."

"……이 영지의 슬럼은 굉장하군요."

"굉장해? 왜 그렇게 생각하죠?"

"도시의 진정한 모습을 보고 싶으면 그 도시의 가장 가난한 곳을 보라. 저는 그렇게 배웠습니다. 이 슬럼도 영도에 오자마자 제일 먼저 보러 갔었죠……. 이곳 영지는 다른 영지에 비해 훨씬 낫더군요."

"'낫다'라……."

나는 그 말에 쓴웃음을 지었다.

정확한 표현이다.

아직 내 개혁은 모든 영지민에게 닿지 못했다는 것을 이곳에 올 때마다 실감하게 된다.

"언젠가 라피엘 씨 같은 분들의 활동을 영지에서 지원하고 싶어요."

"구체적으로는 어떤 활동을 말입니까?"

"보험이라는 제도를 만들 거예요. 영지민들에게 세금이라는 형태로 돈을 모아서 그 돈으로 병을 치료할 때 원조해 주는 거죠. 영지민들은 치료비의 몇 퍼센트만 내고 나머지는 영지에서 부담하는 거예요."

“그렇군요……. 그래서 호적 작성과 세제 개혁을 하는 겁니까?”

딘의 말에 무심코 쓴웃음이 흘러나왔다.

지금 내가 진행하는 일을 파악하고 있는 것은 물론, 이 짧은 대화를 통해 내 의도까지 이해하다니.

“그러면 의사 쪽에 병을 치료한 증명서도 제출하라고 해야 되고, 여러 가지로 사무가 늘어나겠군요. 그리고 양심적인 의사만 있다면 좋겠지만 환자와 영지에 이중으로 청구하는 자도 나올지 모릅니다.”

“그게 문제죠…….”

“앞으로 영지 관리 업무가 늘어날 게 눈에 훤히 보이니까 위탁할 수 있는 건 위탁하는 게 좋지 않을까요? ……예를 들면 길드를 만드는 건 어떨까요?”

“……그래……! 상업 길드처럼 의사들도 길드를 만드는 거야. 그 길드에 가입한 의사는 의료를 베풀 때 영지에서 치료비를 원조받는 거죠……. 원조금 계산은 길드 본부에 부탁하면 되겠네요. 만약 불상사가 생길 경우에는 길드에서 처벌하면 되고…….”

“길드 본부에 영지의 관리 몇 명을 파견하는 것도 괜찮겠죠. 그 업무를 관리들에게 맡기려면 수십 명이 필요하지만 길드에 모든 걸 맡기면 파견이라는 형태로 감시 몇 명만 보내면 되니까요.”

“좋은 아이디어예요. ……이제부터 본격적으로 계획을 세워 봐야겠네요. 지금 한 얘기를 서식으로 작성해 줘요. 관리들과도 얘기를 나눠 봐야겠어요.”

“알겠습니다.”

라일과 디더는 시시각각 표정을 바꾸며 우리의 대화를 듣고 있었다.

"딘은 아가씨의 어려운 얘기를 잘도 이해하네."

"어려운 얘기라니……."

딘은 쓴웃음을 지었다.

"뭐, 됐어. 요즘 공주님은 엄청 바빠서 혹시나 건강을 해치진 않을까 타냐가 무지 마음을 졸였거든. 도와주고 싶어도 우린 그쪽 방면은 하나도 몰라서 말이야. 그런데 공주님께 힘이 되어 주는 너 같은 녀석이 나타나서 정말 다행이야. 게다가 아는 사이라니. 세상 참 좁기도 하지."

디더는 씨익 웃었다.

걱정해 줬구나……. 기쁘긴 하지만 평소 본가에 머무는 시간이 얼마 안 되는 디더조차 내가 일벌레라는 얘기를 전해 들었을 줄이야. 반성하는 마음이 밀려왔다.

하지만 고마운 마음을 전하기 전에,

"……디더, 공주님이라고 부르지 말랬지. 앨리스라고 불러 달라고 했잖아."

근처에 아무도 없는 것에 안심하며 나는 그렇게 주의를 줬다.

5장
아가씨, 마음이 흔들리다

"그러니까 딘, 내 것이 되어 주지 않을래?"

벌써 몇 번째인지 알 수 없는 내 말에 딘은 눈썹 하나 까딱 않고 미소 지었다.

"말씀은 감사하지만……."

이걸로 역시 몇 번째인지 알 수 없는 격침.

아아, 분하다.

이 대화만 보면 마치 고백…… 아니, 여주인이 젊은 남자를 유혹하는 조금 위험한 대화로 들릴지도 모른다.

마치 미남을 열심히 유혹하는 것 같군……. 뭐, 어떤 의미로는 유혹하는 게 맞나?

"으으으……. 알았어. 하지만 포기하지 않을 거야. 어쨌든 이번에도 일주일 동안 잘 부탁해."

"물론이지요."

일주일이란, 물론 내 보좌로 영지 운영에 참가하는 기간을 말한다.

처음 그를 스카우트한 후로 네 달이 지났다.

그는 멋지게 맡은 일을 해냈고, 예산 횡령 문제도 점차 수습되어 가고 있다.

그 마을에서 횡령에 가담했던 것은 마을 시장이 아니라 경리를 맡은 자와 그의 가족이었다.

……경리라고 해 봤자 맡은 일은 영지의 관리를 상대하는 것뿐이었던 모양이지만.

게다가 문제의 범인은 시장의 동생이었다.

조사 결과, 그는 여기저기에서 유흥을 즐기느라 빚을 졌던 모양이다.

즉 방탕한 동생과 그 동생을 제대로 감시하지 못한 한심한 형.

결국 연대 책임으로 시장은 파면당하고, 동생도 관직에서 해임되었다.

그리고 벌금형.

'감옥으로 연행하지 않은 것만으로도 다행이라고 생각하세요.' 라는 가차 없는 말도 함께 전했다.

아직 완벽하게 끝난 건 아니지만…… 딘은 멋지게 사건을 수습하고, 동시에 과거의 세금 기록부도 훌륭하게 완성했다.

스카우트하길 잘했다……라고 진심으로 생각하는 요즘이다.

"이쪽은 각 학원의 수지 보고서와 내년도 예산 신청서입니다."

"……어머, 서식이 잘 정리되어 있네."

"조금 수정했습니다."

"고마워. 초등부는 전 지역 개교를 마쳤고…… 다음은 직업 훈련을 할 수 있는 중등부를 개교하고 싶은데."

"지금 예산으로는 어렵겠군요."

"뭐, 그렇지. 역시 먼저 세수를 안정시켜야 할 텐데……."

“하지만 소비세는 시기상조입니다. 세금의 기본은 공평, 간소, 평등. 현재 교육은 초등부가 개교하여 차츰 문맹률이 낮아지고 있는 단계입니다. 영지민들의 이해를 얻기는 어렵죠. 큰 상점은 몰라도 작은 가게는 아직 어려울 겁니다.”

“그게 문제야…….”

“참신한 아이디어라고는 생각합니다. 조금 더 문맹률이 낮아지고, 산술이 보급된 후에는 꼭 도입해 보고 싶군요.”

“으음……. 역시 그쪽부터 진행해야 되나?”

나는 소득세 초안을 팔락팔락 넘겼다.

“인두세를 폐지하고 소득세로 이행한다……. 저는 이것도 조금 의문입니다. 아까도 말씀드렸지만 세금의 기본 원칙은 공평, 간소, 평등. 인두세는 모든 영지민에게 영지의 일원이라는 의식을 심어주기에 좋은 방법 아닐까요?”

“너무 공평해서 문제야. 세금을 낼 능력이 없는 아이들한테까지 세금을 걷다니. 일손이 필요한 백성들에게는 족쇄나 마찬가지야.”

그렇다. 인두세는 이론적으로는 이상적이다.

간단하고, 공평하고.

하지만 지나치게 공평해서 평등하지 못하다.

게다가 실제로 지불할 능력이 없는 자까지 세금을 내야 하기 때문에 징수도 불가능할뿐더러 공연히 무거운 짐만 되어 버린다

“……확실히 그렇게 볼 수도 있군요.”

“지금 만든 초안은 개인의 소득에 대해 세금을 부과하는 거지만……. 뭐, 농가는 소득 계산이 어려우니까 잠정적으로 소유하고 있는 토지의 ‘예상 수확량’을 관청에서 계산해서 세금을 징수하는 방법은 어떨까?”

"그래서 아비탄테(민생부)에서 토지 권리 관계를 명확하게 하는 작업을 적극적으로 진행했던 겁니까?"

"응. ……물론 그것만은 아니지만."

"그렇군요. 그렇다면 해마다 기후에 의한 수확 변동도 감안하는 게 좋을 것 같습니다."

"으음——. 그렇군."

"그런데 그 계산을 맡을 관청 인원은 확보할 수 있습니까?"

"현재 보르사(재무부)에 재적된 자들을 교대로 고등부 회계과에 출석시키고 있어. 보르사(재무부) 인원은 물론 그곳 졸업생들도 기용할 생각이야. 언젠가 영지민들의 학력이 향상돼서 그들 스스로 세금 신고를 하는 게 내 꿈이긴 하지만."

"……긴 시간이 걸리겠군요."

"뭐, 당장은 기대할 수 없지. 그래도 언젠가는——. 그리고 개인뿐만 아니라 상회와 관련된 세금도 정비하지 않으면 안 돼. 현재 상회와 간부들의 수익을 마구 뒤섞어서 세금을 계산하는…… 그런 경우도 있는 것 같으니까. 상회에서 간부에게 급여를 주는 경우와 상회와 개인 수입을 동일하게 취급하는 경우, 이 두 가지 경우를 분리하고 상회에는 상회 전용 세율을 적용시킬 생각이야."

"……상회의 반발은 어떻게 하실 겁니까?"

"같은 시기에 관세를 완화하는 건 어떨까? 현재 같은 영지 안에서도 뭔가를 수출하거나 수입할 경우 각 도시를 출입할 때마다 관세를 지불해야 되거든. 하지만 앞으로는 다른 영지나 국외에서 물품을 수입하고 수출할 때만 관세를 받고, 세율도 인하하는 거야. ……그러면 물자 유통도 활발해지겠지."

"확실히 그 정책을 세트로 실행하면 어느 정도의 반발을 완화시킬 수 있겠군요. 현재 각 상회마다 회계과에서 복식 부기를 배우고 있으니까 세율은 각자 계산해서 산출하겠죠. ……이쪽 부담도 그렇게 크지 않겠군요."

"맞았어. 방금 나눈 얘기를 정리해서 순서랑 시기를 다시 한번 재무 쪽 사람들과 얘기해 볼까."

딘 덕분에 영지 운영에 할애하는 시간이 단축돼서 요즘은 종종 거리에 나가곤 한다.

역시 거리에 나가면 기분 전환도 되고 좋다.

메인 스트리트를 구경하며 거리 곳곳을 둘러보았다.

문득 큰 상점으로 들어가는 커플이 눈에 보였다.

두 사람은 사이좋게 팔짱을 끼고 가게 안으로 들어갔다.

……저 가게는 영지에서도 유명한 보석상이었지.

그래, 고등부를 설립할 때 출자를 받았던 곳이라 똑똑히 기억하고 있다.

"……아가씨, 왜 그러시죠?"

내가 멍하니 바라보는 걸 눈치챈 타냐가 걱정스럽게 나를 살펴보았다.

"괜찮아. ……저어, 마지막으로 고아원에 들러도 될까?"

"앨리스 님이 원하는 대로 하시죠."

딘이 웃으며 고개를 끄덕였다.

요즘 거리로 나올 때에는 항상 딘과 동행한다.

문득 좋은 생각이나 아이디어가 떠오를 때마다 그 자리에서 말하면 즉각 의견이 되돌아오는 것도 마음에 들고…… 이해가 빠른 것도 편하고 좋다.

게다가 라일과 디더가 검술 실력까지 보증해 줬잖아?

타냐는 처음에는 크게 반대하다가 결국 우리와 동행하게 되었다.

덧붙여 말하자면 딘이 아이들을 상대하는 모습은 별로 상상되지 않았지만, 의외로 그는 아이들을 제법 잘 다루는 편이다.

덕분에 나보다 아이들에게 인기가 많다.

……조금 분하긴 했지만 아이들과 노는 모습을 보니 눈이 호강하는 기분이라 그냥 참기로 했다.

"오빠, 언니, 또 올 거지?"

눈을 동그랗게 뜨며 묻는 아이의 모습에 머리가 어질어질했다. 아아, 귀여워……!

"물론이지. 안 그래, 딘?"

"네. 그러니까 착하게 기다리세요."

해가 저물 무렵. 이제 휴식은 충분히 만끽했으니 그만 집으로 돌아가야지.

으음――. 오늘은 정말 즐거웠어.

내일 또 힘내서 일해야지.

어머님이 오신 후로 잠깐씩 휴식을 취하게 됐지만 여전히 휴일은 없었다.

하지만 최근 딘이 일하게 되면서 하루를 휴일로 정하고 거리로 나오고 있다.

딘 덕분에 예정보다 일이 일찍 끝나서 하루쯤은 스케줄을 비워도 괜찮게 된 것이다.

역시 휴일은 소중한 거야.

"……아가씨, 잠시 실례해도 되겠습니까?"

서재로 들어온 딘은 서류와 격투하는 나를 바라보며 살짝 미간을 찡그렸다.

"급한 일은 없는 걸로 알고 있습니다만…… 무슨 신경 쓰이는 일이라도 있습니까?"

"아니. 오늘 시찰할 때 떠오른 아이디어를 적고 있었던 것뿐이야."

"……지금 적고 있는 건 예산 편성 서류 같습니다만?"

"……."

딘의 날카로운 지적에 나는 무심코 쓴웃음을 지었다.

역시 딘의 눈은 속일 수 없군…….

"처음에는 정말 그것만 할 생각이었어. 그런데 아직 처리하지 못한 서류가 눈에 들어와서 그만……. 할 수 있는 일은 미리 해치워 놓으려고……."

"휴식은 꼭 필요합니다. 디더 씨도 전에 말하지 않았습니까? 타냐 씨뿐만 아니라 이 저택의 모든 사람이 일만 하는 아가씨를 걱정하고 있다고. ……아가씨는 왜 이렇게 열심히 일하시는 겁니까?"

생각지도 못한 질문에 잠시 사고가 정지됐다.

"딘도 일하고 있잖아."

"저는 다르지요. 제가 일하는 건 살아가기 위해서입니다. 하지만 아가씨는 다릅니다. 공작 영애로서, 재상의 따님으로서, 일하지 않아도 살아갈 수 있지 않습니까?"

그건 그렇다.

귀족 여성 중에서 일하는 여성은 지극히 드물다.

가정을 지키고 돌보는 것은 부인의 영역이지만…… 대부분 예전의 우리 집안처럼 집사와 고용인들이 저택과 영지를 관리하는 것이 보통이다.

"하지만 아버님은 내게 영주 대행이라는 지위를 맡기셨어. 그 지위에 부끄럽지 않게 일하는 건 귀족으로서 당연한 거잖아?"

"매우 실례지만…… 저는 귀족이란 그저 영지민들에게 세금을 착취하고, 그걸로 살아가는 자들이라고 생각했습니다. 게다가 아가씨도 아버님처럼 세바스 씨에게 영지 운영을 맡길 수도 있었을 텐데요."

"그 방법을 생각 못했던 건 아니야. 하지만 역시 모처럼 내게 주어진 일이니까…… 미숙하더라도 최선을 다해서 해 보자고 생각했어. 그게 계기야. 하지만 지금은……."

나는 조용히 내 손을 내려다보았다. ……작디작은 손.

모든 영지민의 생명과 미래를 움켜쥐고 지켜 주기에는 너무나도 어울리지 않아서 왠지 웃음이 났다.

"그 고아원의 아이들을 만나고 나서 나도…… 아니, 나니까 할 수 있는 일이 있다고 생각하게 됐어. 그동안 내가 해 온 일들을 믿을 수 있게 된 거야. 앞으로도 내가 열심히 노력해서 조금이라도 영지민들이 더 많이 웃을 수 있게 된다면……. 영지민들이 행복해질 수 있다면 그건 아주 멋진 일 아닐까?"

"……그렇군요."

미청년의 미소에 한순간 넋을 잃었다.

……위험해, 위험해. 딘의 웃는 얼굴은 파괴력이 엄청나니까 정말로 조심해야 한다.

조금 부끄러워서 고개를 숙였다.

아아…… 이런 건 나답지 않아.

"……그, 그보다 딘. 뭔가 할 얘기가 있었던 거 아니야?"

내 질문에 딘은 "아." 하고 깜빡 잊었다는 듯이 중얼거렸다.

"별로 중요한 질문은 아닙니다만…… 물어봐도 될까요?"

"응, 물론이지."

"오늘 시찰할 때 잠시 멍하니 서 계셨지요?"

그 질문에 이번에는 내가 "아," 하고 중얼거릴 차례였다.

"그때 모습이 평소와 조금 다르셔서……. 무슨 일이 있었습니까?"

"아니, 별로. 전에 고등부를 설립할 때 출자해 준 상점인데 장사가 잘되나 보구나, 잘됐다…… 라고 생각한 것뿐이야."

딘은 내 대답에 난처한 듯이 웃었다.

"왜, 왜……?"

"아뇨. 그때 멍하니 서 계실 때처럼 지금도 표정이 살짝 사라진 것 같아서요."

"……그런 얼굴을 하고 있었어?"

"네. 무례를 무릅쓰고 말씀드리자면…… 그때 보고 있었던 건 상점이 아니었지요?"

딘의 말에 어깨에서 힘이 빠져나갔다.

정곡을 찌르는 그 말에 화가 나기보다는 왠지 맥이 빠지는 기분이었다.

그의 일하는 모습을 보며 예리하고 총명하다고 생각하긴 했지만 그걸 이럴 때 발휘할 필요는 없는데.

하지만 그가 이렇게 말하지 않았더라면 나는 분명 말을 삼켰을 것이다.

그리고 정신을 차렸을 때에는 갈 곳 없는 분노가 나를 괴롭히고 있었을지도 모른다.

지금도 가슴속에 에드 님을 향한 분노가 쌓여 있는 것처럼.

"……잠깐 시간 좀 내줄래?"

"뭘 하면 됩니까?"
"저 붙박이장. 열어 줘."
나는 입구 근처의 붙박이장을 가리켰다.
딘은 내가 시키는 대로 그 붙박이장을 열었다.
안에 들어 있는 것은 와인이었다.
이 영지의 서쪽에서 딴 포도로 빚은 와인.
그리고 당장 마실 수 있도록 와인글라스도 함께 붙박이장에 넣어 놓았다.
"가끔은 나도 마시고 싶어서 말이야. ……오늘은 마침 '휴가' 니까 괜찮겠지. 딘도 마실래?"
"……아가씨만 괜찮으시다면."
나는 서재 책상에서 일어서서 응접 테이블과 세트인 낮은 의자에 앉았다.
딘이 마개를 뽑고 글라스에 와인을 따랐다.
"딘, 당신도 앉아."
"……그럼 실례합니다."
나는 글라스를 손에 들었다. 딘도 글라스를 들고 와인을 마셨다.
아아, 맛있다.
"……남자는 여자가 뭔가 사 달라고 하면 싫어? 아니면 기뻐?"
"글쎄요……. 사람에 따라 다르지 않을까요?"
딘은 뜬금없는 내 질문에 당황한 눈치였다.
"사람에 따라……. 그래, 아까 그 커플은 누가 먼저 보석상에 들어가자고 말을 꺼냈을까?"
나는 그렇게 말하며 또다시 와인을 마셨다.
"그렇게 행복하게 웃으면서, 팔짱을 끼고, 어딘가로 외출하고……. 나는 약혼자가 있었지만 그런 적은 한 번도 없었어. 귀족의 자녀인 이상 그건 어쩔 수 없을지도 몰라. ……정략을 위해 사랑 없는 결혼을 하는 경우도 있으니까."

하지만 옛날의 나는 분명 그를 좋아했었다…….

전생의 내가 아닌 지금의 내가 욱신거리는 마음의 아픔을 호소했다.

"하지만 정략결혼이라도…… 아니, 정략결혼이니까 더더욱 약혼자에게 선물을 보내는 건 흔한 일이잖아? 비록 형식뿐이라도……."

"네, 그렇지요."

"하지만 난 선물을 받아 본 적도 없어……."

학원에 들어가기 전부터 이미 에드 님에게 나는 아무래도 상관없는 존재였던 걸까?

그렇다면 왕비가 되겠다고 큰소리쳤던 내가 너무 처량하다.

……동시에 나는 나를 동정했다.

"내가 이렇게 일하는 이유인…… '내 힘으로 영지민들을 조금이라도 더 많이 웃게 해 주고 싶어서' 라는 그 말은 거짓이 아니야. 하지만 그것만큼이나 나는 내 존재 의미를 찾고 싶었는지도 몰라."

파혼을 당하고, 가문의 명예에 흠집을 내고.

가문에서 쫓겨나 유폐당하지는 않았지만 내가 벼랑 끝에 선 입장이라는 것을 늘 머릿속에 담아 두고 있었는지도 모른다.

그래서 내게는 강박 관념과도 같은 마음이 있었다.

전 약혼자인 에드 님은 내게 관심조차 없었고, 나는 왕가에 시집가는 역할조차 제대로 해내지 못했다.

내가 존재하는 의미는 없는 것이나 마찬가지였다.

그런 내가 마지막으로 매달려서 찾아낸 것이…… 바로 일이다. 그뿐이다.

……어쩌면 이렇게 제멋대로일까.

"아가씨, 자신을 비하하지 마십시오."

"……?"

"허언은 아니잖습니까? 당신이 영지 운영을 하는 이유."

딘의 말에 당황하면서도 물끄러미 다음으로 이어질 말을 기다렸다.

"동기가 뭐든, 원동력이 뭐든, 아가씨는 자신의 역할을 다해냈습니다. 그리고 그로 인해 얻을 수 있는 것을 찾아냈습니다. 그러니까 아가씨는 분명히 잃어버리지 않을 것입니다. 정말로 소중한 게 무엇인지."

"그럴까……?

"네. 남녀 관계는 저 역시 아무 말씀도 드릴 수 없지만…… 그것만은 자신 있게 말할 수 있습니다."

"……후후. 그래……."

그 후로 우리 사이에 대화는 없었다.

하지만 그것은 결코 무거운 침묵이 아니었다. ……오히려 편안하고 느긋한 시간의 흐름이 우리를 감쌌다.

……그로부터 이틀 후.

이번 딘의 계약이 끝나는 날, 나는 이 영지에 온 후 처음으로 쓰러졌다.

지금까지 얼마나 건강에 신경을 썼는데…… 어째서.

하지만 고열 때문에 그런 쓸데없는 생각을 할 여유는 없었다. 나는 침대에 누워서 계속 잠만 잤다.

다음에 눈을 떴을 때 방은 이미 어둑어둑해져 있었다.

……하루 종일 잠들어 있었나.

"하아……."

일을 할 때 건강 관리는 기본 중의 기본.

쓰러져서 하루 종일 자다니…… 나도 아직 멀었구나.

"……타냐."

목소리가 살짝 쉬었지만 목에 이상은 없는 모양이다.

……목이 마르다.

땀 때문에 옷이 몸에 달라붙어서 축축하고 불쾌했다.

이름을 부르자 같은 방에서 대기하고 있던 타냐가 곧 머리맡으로 다가왔다.

조금 화가 난 것 같기도 하고, 울음을 터뜨릴 것 같기도 한 얼굴이었다.

"……물 좀 줘. 그리고 물수건도. 몸을 닦고 싶어."

"알겠습니다."

미리 준비해 놓은 걸까.

곧 타냐가 내게 물이 담긴 잔을 건넸다.

……음, 바싹 마른 목에 물이 스며드는 것 같다.

그리고 타냐가 젖은 수건으로 척척 몸을 닦아 줬다.

내일 일이 얼마나 밀려 있을지……. 생각만 해도 무섭다.

오늘 오전에 딘은 집으로 돌아갈 테고.

아아, 이틀 전에 괜히 쉬지 말고 일이나 할걸……. 하지만 후회해봤자 이미 늦었다.

어쨌든 오늘은 푹 쉬기로 결심하고 또다시 잠을 청했다.

……다음 날 아침. 조금 무거운 몸을 이끌고 서재로 향했다.

아아, 서류가 얼마나 쌓여 있을까……? 그렇게 생각하며 문을 열었지만 책상 위에는 평소와 똑같은 양…… 아니, 평소보다 적은 양이 놓여 있었다.

그때 문득 노크 소리와 함께 딘이 들어왔다.

"딘! 어떻게 된 거야? 어제 오전까지만 일하는 거 아니었어?"

"아가씨야말로 몸은 이제 괜찮으십니까?"

"응. 어제 하루 푹 쉬었더니 나았어. 그보다 이 양은……."

"제 권한으로 처리할 수 있는 일은 처리해 뒀습니다. 이쪽은 아가씨의 최종 승인이 필요한 것과 보고서뿐입니다."

"그래……. 고마워. 하지만 딘, 당신은 괜찮아? 계약 날짜가 지났는데."

"아가씨가 아프신데 내버려 두고 갈 수는 없지 않습니까? 이쪽 일정은 조정했으니 앞으로 이틀은 더 머물 수 있습니다."

"폐를 끼쳐서 미안해."

"괜찮습니다. 제가 멋대로 한 일이니까요. 그럼 이쪽을 검토해 주십시오."

그리고 딘은 서류를 놓고 방에서 나갔다.

그가 나간 후 책상에 놓인 보고서를 한차례 훑어보았다.

……특별히 문제는 없다. 문제가 없어서 더욱 곤란하다.

"……하아……."

무심코 무거운 한숨이 흘러나왔다.

……이대로는 안 돼.

일도 그 외에도.

……지금도 그렇다. 그가 있다는 사실에 안심해 버리고 말았다. 의지하고 있다.

……곁에 있어 줬으면 좋겠다고 바라고 있다.

하지만 안 돼. ……이젠 싫어.
에드 님 때의 일로 뼈저리게 느꼈잖아.
인간은 언젠가 배신한다는걸.
그러니까 나는 내 발로 서지 않으면 안 된다.
언제나 그랬다. 도움은 받는다. 의지도 한다.
이 사람이라면 믿고 맡길 수 있다고 신뢰도 한다.
하지만 그 반면, 여기까지라면 맡길 수 있다…… 여기까지라면 믿을 수 있다, 그렇게 선을 긋고 있다.
그야말로 언제 배신당해도 괜찮을 만큼.
……그런데 그는 그 선을 무너뜨리려고 한다.
마음 깊은 곳에 그어 놓은 선을 멋대로 넘어올 것만 같다. 모든 걸 맡겨 버리고 싶어진다.
그래서…… 무섭다.
나는 그 생각을 부정하듯 세차게 고개를 저었다.
……이제 이 문제는 더 이상 생각하지 말자.
생각하지 말고 덮어 버리자…… 그러면 언젠가 사라질 것이다.

† † †

그는 노크를 하고 방으로 들어갔다. 그곳은 임시라는 단어가 붙긴 하지만―― 그의 주인의 서재였다.
"실례합니다. 보고서를 가져왔……."
도중에 말을 멈췄다.
그의 주인 아이리스는 서재 책상에 엎드려서 잠들어 있었다.
그 광경에 저도 모르게 웃음이 흘러나왔다.

어제 쓰러졌으면서 오늘 정무를 보러 나와 있다니.
역시 무리하고 있었던 모양이다.
설마 오늘부터 다시 일을 시작할 줄은 몰라서 이쪽에 머무는 기간을 이틀이나 연장했는데…….
하지만 지금 이 모습을 보니 그 판단은 틀리지 않았던 모양이다.
그녀는 지나치게 많은 일을 하고 있다.
그녀의 가냘픈 어깨에 영지민들의 생활과 상회의 모든 경영이 걸려 있으니 그 엄청난 업무량도 어쩔 수 없기는 하다.
하지만 그 사실을 이해하는 영주가 달리 얼마나 될까?
"곤란하군……."
이대로는 나으려다가도 다시 몸이 안 좋아질 것이다.
하지만 너무 기분 좋게 자고 있어서 깨우기도 망설여졌다.
몸 위에 뭔가 덮어 줄까 하는 생각도 들었지만 적당한 것이 보이지 않았다.
……애초에 잠들어 있는 숙녀에게 몸이 닿을 만큼 가까이 다가가는 것은 바람직한 행동이 아니다.
그녀의 시녀를 부르자.
그렇게 생각한 그는 문득 등 뒤에 기척을 느끼고 뒤를 돌아보았다.
"마침 잘됐군요. 타냐 씨, 아가씨가 잠드셨습니다. 뭔가 덮을 것을."
"네. 그런데 용케 제가 있다는 걸 눈치채셨군요?"
타냐의 말에 그의 미소는 더욱 깊어졌다.
"무슨 말씀이신지? 아가씨가 잠든 걸 보고 사람을 부르려고 뒤를 돌아봤더니 '우연히' 당신이 있었던 것뿐입니다만……."
그의 말에 타냐는 눈썹을 찡그렸다.

“……대체 당신의 정체는 뭔가요?”
그 말에 이번에는 그가 난처한 표정을 지었다.
“정체 말입니까……? 저는 왕도에 있는 보잘것없는 상회의 아들입니다. 장군님의 밑에서 잠깐 무술을 배운 것 외에는 그다지 내세울 게 없는 몸이죠.”
“상회의 장남은 원래 당신처럼 몸을 단련하나요?”
“글쎄요? 다른 집안은 모르겠지만 아무래도 사부가 장군님이시니까요. 그분은 적당히라는 말을 모르는 분이지요.”
“네……. 당신의 몸놀림은 저나 라일, 디더와 똑같아요. 후작님의 밑에서 배운 것도 납득이 가죠. 하지만…… 아까 그 기척을 읽는 기술. 제 기술은 라일이나 디더가 배운 것과는 다릅니다. 제가 진심으로 기척을 지우면 후작님밖에 간파하지 못하는데……. 어째서 당신이…….”
“우연이라니까요.”
그의 대답에 타냐는 한숨을 쉬었다.
더 이상 물어봤자 그가 대답하지 않을 것을 깨달았기 때문이다.
……어차피 정체를 알 수 없는 자다. 요주의 인물이라는 생각에는 변함이 없다.
“……알겠습니다. 지금 들고 있는 서류는 제가 전해드리도록 하죠.”
“감사합니다.”
그는 타냐에게 서류를 건넨 후 아무 일도 없었던 것처럼 방에서 나갔다.

“곤란하군.”

방을 나온 후, 그는 무거운 한숨을 쉬며 중얼거렸다.

지금 그 말은 조금 전에 중얼거렸던 말과 완전히 똑같았지만 그 속에 담겨 있는 의미는 전혀 달랐다.

어떻게든 빠져나오긴 했지만 앞으로 그녀에게는 주의가 필요하겠군……. 그게 '곤란하군.' 이라는 말에 담긴 그의 생각이었다.

공교롭게도 그것은 그녀의…… 타냐의 생각과 똑같았다.

괜히 의심을 사서 소동이 일어나는 것만은 피하고 싶다.

왜냐하면 그는 이곳 생활이 순수하게 마음에 들었기 때문이다.

자신이 생각하지 못한 아이디어를 끊임없이 떠올리는 그녀.

그 아이디어에 대해 토론하는 것은 무척 즐겁다.

그 즐겁다는 감정은 이곳에 온 후 처음 맛보는 것이다.

그녀가 열심히 일하는 모습을 보면 힘이 되어 주고 싶고, 도움을 받은 그녀는 더욱 그를 즐겁게 해 준다.

앞으로 조금만 더 이곳에서 즐기고 싶다. 그것이 그의 거짓 없는 진심이었다.

† † †

타스멜리아 왕국 왕도. 그곳은 문화와 경제의 중심지.

그리고 그 일각에 학원이 자리 잡고 있었다.

아마도 처음 보는 이들은 학원이라고 불리기에는 지나치게 호화롭다는 인상을 받을지도 모른다……. 그도 그럴 것이, 이 학원은 왕국의 귀족 자제와 자녀들이 모여서 공부와 인맥 쌓기에 불철주야 매진하는 곳이기 때문이다.

광대한 부지에는 교사와 교정, 그리고 수련장 외에 기숙사도 있다.

“안녕하십니까, 에드워드 님. 유리 님.”

아이리스의 동생 베른이 기숙사에서 걸어 나왔다.

그의 눈앞에 있는 것은 이 나라의 제2 왕자 에드워드와 그의 연인 유리.

두 사람은 기숙사에서 교사로 이어지는 길을 다정하게 걷고 있었다.

……물론 남학생 기숙사와 여학생 기숙사는 따로 떨어져 있는 데다 아무래 약혼자라도 이성 교제에 관한 규칙은 매우 엄격하기 때문에 아마 다른 곳에서 만나서 같이 오는 길일 것이다.

“음.”

“안녕, 베른.”

에드워드의 특징은 제2 왕비 엘리아와 꼭 닮은 선명한 붉은색 머리와 짙은 검은색 눈동자.

살짝 눈꼬리가 치켜 올라가서 날카로운 인상을 주지만, 유리와 함께 있을 때에는 그 눈꼬리가 내려가서 부드러운 표정을 그린다.

아이리스가 에드워드의 약혼녀였을 때는 이런 표정은 한 번도 못 봤는데……. 베른은 문득 생각했다.

정말로 유리가 사랑스럽고 사랑스러워서 견딜 수 없나 보구나.

그 옆에 서 있는 유리는 스트로베리 브라운의 솜털 같은 머리카락을 땋아 내리고 있었다.

보기 드문 헤어스타일이 무척 인상적이었다.

아름답고 커다란 초록색 눈동자. 쉴 새 없이 변하는 표정은 너무나도 사랑스러웠다.

햇살 같은 사람. 그것이 그녀를 둘러싼 모든 이가 지닌 공통적인 생각이었다.

“베른, 또 늦게까지 공부했나 보군.”

문득 에드워드가 베른에게 말을 건넸다.

"네, 뭐……."

그에 비해 베른의 대답은 어딘가 애매했다.

"어머, 베른. 또 무리했나 보군요――?"

"아뇨, 무리하지는 않았습니다. 걱정해 주셔서 고맙습니다."

걱정스러운 유리의 표정에 베른은 한순간 표정을 누그러뜨렸다. 문득 마음이 따뜻해지는 기분이었다.

그러고 보니…… 그는 유리를 좋아하게 된 계기를 마음속으로 떠올렸다.

『베른 님, 굉장해요――.』

그녀가 처음으로 건넨 말은 바로 그것이었다.

그때는 그녀에게 전혀 흥미가 없어서 무척 차갑게 대했다.

아니, 그보다 뭐가 굉장한지 이해할 수 없었다.

1등을 하는 것은 그에게 '당연한 일' 이었고, 주위에서도 그렇게 받아들이고 있었다.

하지만 그녀는 학과에서 1등을 하는 게 얼마나 굉장한 일인지 열심히 떠들어대며 자신에게 공부를 가르쳐 달라고 몇 번이나 부탁했다.

그 말이 왠지 기분 좋아서 정신을 차리고 보니 어느샌가 그녀에게 공부를 가르쳐 주게 되었다.

그리고 열심히 노력하는 모습과 자신의 가르침을 받고 조금씩 성장하는 그녀를 보고 마음이 따뜻해졌다.

『베른 님, 이것 보세요――. 베른 님 덕분에 성적이 이렇게 올랐어요――.』

원래 중간 정도였던 성적이 상위권에 올랐을 때, 그녀는 기쁜 듯이 그에게 성적표를 보여 줬다.

그걸 보고 그도 자신의 일처럼 기뻐했다.

……어느샌가 그녀의 밝은 목소리가 기분 좋게 느껴졌고, 옆에 있으면 마음이 치유됐다.

몇 번인가 연인이 되려고 시도해 봤지만 경험이 없는 그는 서툴기 짝이 없었고.

결국 그녀는 에드워드와 맺어져 버렸다.

그래도 그녀가 행복해진다면 그걸로 됐다고…… 그녀의 곁에서 지켜보고 싶다고…… 그렇게 생각했다.

그건 그렇고…… 언제부터 나는 자신이 굉장하다는 믿음에 사로잡혔던 걸까? 베른은 내심 쓴웃음을 지었다……. 아니, 후회했다.

1등 자리를 양보한 적도 없고, 한 번 들은 것은 절대 잊어버리지 않는다.

그래서였다.

하지만 그 생각은 얼마 전, 멋지게 산산조각 나고 말았다.

산산조각 낸 사람은 그의 누나 아이리스.

그녀는 학원에서 그렇게 뛰어난 학생은 아니었다.

하지만 얼마 전 영지로 돌아간 후…… 그녀는 현재 선풍적인 인기를 모으고 있는 상회의 총수로서 조직을 이끌어 나가고 있다. 또한 영주 대행으로서 영지를 다스리고 있었다.

산더미처럼 쌓인 서류와 격투하고 있는가 하면, 자신이 모르는 단어를 사용하며 대화를 나누고, 상담해 주고, 그리고 다시 서류와 격투하고.

자신을 타이르는가 싶더니 또다시 일을 하고……. 그녀는 어지러울 만큼 일에 몰두해 있었다.

그 모습을 보고 놀라움과 동시에…… 충격을 받았다.

지금껏 나는 굉장하다고 우쭐댔지만…… 대체 무슨 근거로 잘난 척한 걸까?

지식도 없고, 경험도 없다.

그녀에 비하면…… 자신은 그저 머리만 조금 똑똑한 애송이에 불과하다.

아니…… 그녀뿐 아니라 자신보다 뛰어난 사람은 사실 더 많을지도 모른다.

자신이 보려고 하지 않았던 것뿐.

그게 아르메리아 공작령에서 돌아온 후 고민 끝에 내린 그의 결론이었다.

그래서 그는 아버님을 찾아가서 가르침을 청했다.

이대로는 안 된다, 그렇게 생각했다.

무엇보다도 분했다.

아버지인 루이의 밑에서 지금까지 뒤쳐진 것을 만회하듯 혹독하게 가르침을 받고, 게다가 과제까지 산더미처럼 떠안았다.

그 과제를 해내느라 밤늦게까지 깨어 있었던 것이다.

문득 앞을 바라보자 교사 입구에 도르센이 서 있었다.

여전히 근육질 몸매와 짧은 머리가 눈에 띄었다.

"……안녕하십니까?"

"오, 도르센. 안녕."

"안녕, 도르센. 왠지 피곤해 보이는데…… 괜찮아요?"

"네. 어제 훈련이 좀 힘들었던 것뿐입니다. 전 괜찮습니다."

그는 언제나 과묵하고 무표정하지만, 오늘은 조금 지쳐 보였다.

사실 듣고 보니 그런 것일 뿐 평소와 큰 차이는 없지만.

"그렇구나……. 너무 무리하진 말아요."

"고맙습니다."

도르센도 최근 기사단에서 묘하게 혹독한 훈련을 받는 것 같던데……. 베른은 문득 생각에 잠겼다.

계기는 도르센의 아버지 도르나가 '근성을 고쳐 주겠다.' 라고 하며 그를 강제로 훈련에 참가시킨 것이었다.

그리고 도르센이 눈 밖에 난 이유는 아르메리아 공작 부인이 도르센의 가문인 카타벨리아가의 다과회와 파티를 모조리 불참한 데다, 공식 행사에서 그야말로 냉랭하기 짝이 없게 굴었기 때문이라고 한다.

즉 쉽게 말하자면 아르메리아 공작 부인의 보복 때문이라고 할 수 있다.

그 계기도, 비화도 아버지께 일을 배우면서 처음으로 알게 됐지만.

그때 그는 묘하게도 '영향을 생각해.' 라는 아이리스의 말을 떠올렸다.

교실에 도착하자 모두가 그들을 향해 인사했다.

……뭐, 제2 왕자와 그 약혼녀가 있으니까…… 신분을 생각하면 인사하는 게 당연하다.

그들이 자리에 앉고 곧 시작종이 울릴 무렵, 또다시 문이 열렸다.

"안녕——."

"오, 안녕, 반."

지각하기 일보 직전에 교실로 들어온 것은 반 루타샤.

다릴교 교황의 아들이다.

다릴교는 국교이기 때문에 대대로 교황을 맡는 가문쯤 되면 거의 귀족이나 다름없는 대우를 받는다.

그 때문에 교황의 아들 반도 이 귀족들만 모인 학원에 다니고 있다.

"반, 여전히 늦네요——. 조금만 늦었어도 지각이었을 거야——."

"나름대로 일찍 오려고 노력한 건데. 그보다 유리 님, 머릿결이 더 아름다워지셨군요."

"고마워요——. 반에게 칭찬받아 봤자 별로 칭찬받은 것 같지 않지만."

반의 머리카락은 긴 금발.

그의 머리카락은 여성 중에서도 찾아보기 힘들 만큼 찰랑찰랑하고 윤기가 흐른다.

그리고 길게 뻗은 눈매가 특징인 중성적인 얼굴.

"그렇지 않아. 정말 아름다워요."

"고, 고마워요. 아즈타 상회의 미용품 덕분이랍니다."

그의 진지한 목소리에 유리의 뺨이 살짝 붉게 물들었다.

반은 그 모습을 보고 만족스럽게 웃으며 그녀의 말에 고개를 끄덕였다.

"아, 그 상회."

"네——. 참, 이번에 겨우 회원이 됐어요——."

"고작 일개 상회 따위가 내 약혼녀를 기다리게 하다니……."

에드워드가 짜증스럽게 혀를 찼다.

유리와 반의 대화가 마음에 들지 않아서 원래 기분이 좋지 않았는데다가 불쾌한 기억까지 떠올라서 더더욱 심기가 불편한 모양이다.

"에드 님, 그런 말은 하면 안 돼요——. 다들 기다리는데 저도 평등하게 기다려야죠."

"유리는 착하구나."

하지만 유리의 말에 에드워드는 곧 표정을 바꿨다.

……유리 님도 회원이 됐나 보군……. 베른은 내심 놀라움을 감추지 못했다.
그런 일이 있었는데 어째서.
그녀가 회원이 되지 못한다 해도 전혀 놀라울 건 없다. ……아니, 오히려 그게 더 납득이 간다.
하지만 '그' 누님이라면 왕족과 트러블이 생기는 건 상회의 운영에 좋지 않다는 생각에 감정을 억누르고 승인했겠지…….
분명 누님을 흠모하는 고용인들은 참을 수 없이 분노했을 것이다. 베른은 그런 생각을 하며 아련한 눈빛을 지었다.
"그 상회, 정말로 인기가 굉장하네. 나도 아직 기다리는 중이야."
"맞아요——. 그곳 총수는 분명히 굉장한 사람일 거예요. 존경스러워. 한번 만나 보고 싶어요——."
"유리가 보고 싶다니 다음에 왕궁으로 불러 볼까? 분명히 그 사람도 기뻐하며 영광으로 생각할 거야."
"좋은 생각이네요——."
베른은 천진난만하게 기뻐하는 유리의 옆에서 내심 식은땀을 흘렸다.
……절대 안 올걸……. 그렇게 생각하면서.
애초에 아르메리아 공작령의 사람들에게는 현재 제2 왕자에 대한 분노가 매우 깊이 쌓여 있었다.
베른이 영지를 찾아갔을 때 그를 냉대한 것은 어머니 아르메리아 공작 부인뿐만이 아니었다. ……아이리스와 떨어진 순간, 모든 고용인이 그를 무시했다. 흡사 바늘방석에 앉아 있는 기분이었다.
"참, 그보다 전에 말씀드렸던 일은 어떻게 됐나요——?"
"아, 교회에서 음식을 나눠 주는 거 말이지. 물론 승낙은 얻었어.

그렇지, 반?"

"네. 다릴교도 기꺼이 돕겠습니다."

"잘됐다――. 다들 기뻐해 주면 좋겠네요――."

"물론이지. 유리가 하는 일이라면 다들 기뻐할 거야."

유리는 상냥한 여성이다.

이렇게 백성들을 위해서 음식을 나눠 주자고 에드워드에게 부탁하고, 그도 적극적으로 움직이고 있다.

하지만…… 거듭되는 그 행위에 예산이 압박받고 있다는 사실을 알고 있을까……? 베른은 그들의 대화를 들으며 또다시 생각에 잠겼다.

당연하다.

왕족의 생활은 지금까지와 마찬가지……. 아니, 오히려 지출이 늘었다.

엘리아는 자신을 위해서, 에드워드는 유리에게 선물하기 위해서 상당히 많은 돈을 낭비하고 있기 때문이다.

그러나 세수는 변함이 없다.

『백성들에게 은혜를 베풀기 전에 자신의 생활을 돌아봤으면……. 그 약혼녀도 마찬가지다. 구호 활동을 하고 싶으면 에드워드 님께 받은 선물을 팔아서 그 돈으로 하면 될 것 아니냐? 게다가 그녀는 선물을 조르기까지 하니 더더욱 문제야.』

아버지는 몹시 분개하며 그렇게 말했다.

구호 활동도 한두 번이면 별문제 없지만 여러 번 거듭되다 보니 국고가 압박을 받고 있다.

아르메리아 공작을 비롯한 신하들이 아무리 반대해도 엘리아와 에드워드가 고집스럽게 밀어붙이는 바람에 국고 비축분과 인건비가 차츰 깎여 나갈 정도다.

게다가 구호 활동을 벌이는 곳은 왕도.

……정말로 도움이 필요한 사람들은 도움을 받을 수 없는, 그저 인기를 얻기 위한 쇼에 불과하다고 아버지는 투덜거렸다.

인건비가 줄어들면 백성들이 생활하기 위한 수입이 줄어든다.

그 결과, 지금까지 중산층이었던 백성들까지 가난해진다.

지금까지 유리 님은 너무 착하다고만 생각했는데…… 자신은 정말 눈이 멀었던 걸지도 모른다.

문득 또다시 누나의 말이 떠올랐다.

『너는 계속 왜냐고 묻기만 하는구나. 하지만…… 그래. 여기서 공부하고 지식을 쌓은 자가 늘어나면 이윽고 그 혜택은 백성들에게 돌아가기 마련이야. 시간이 걸리긴 하겠지만 10년 후, 20년 후를 생각하면…… 백성들의 생활 수준은 분명히 향상될 거야. 영주 대행으로서 미래를 내다보고 필요하다고 생각한 것뿐이야.』

정말로 백성들을 생각한다면 변덕스럽게 베푸는 구호 활동으로 돈을 낭비할 게 아니라 지속적으로 돈을 벌 힘을 키워 줘야 하지 않을까?

베른은 이제야 아버지와 누나가 했던 말의 의미를 이해할 수 있었다.

동시에 새삼 마음속에서 후회의 파도가 밀려왔다.

"……더 이상 구휼을 베풀면 국고에 부담이 됩니다. 이번에는 그만두는 게 좋을 것 같습니다만……."

"베른, 왜 그런 말을 하는 거죠? 백성들의 생활을 돕는 게 제일 중요하잖아요? 모두 기뻐할 거예요. 정말 좋은 일인데……."

유리가 베른의 말에 고개를 갸웃거렸다.

커다란 눈동자에서 당장에라도 눈물방울이 굴러떨어질 것 같았다.

"좋은 일이지만 도가 지나치면 좋지 않습니다. 유리 님, 에드 님께 너무 무리한 부탁은 하지 않는 게……."

"에드 님은 이 나라의 왕자님인걸요. 왕자님은 뭐든지 할 수 있잖아요? 나라의 예산이 부족하면 세금을 걷으면 돼요——. 아. 아니면 군대를 없애는 건 어때요? 그래, 좋은 생각이다——. 이 나라는 평화로운걸. 군대 같은 건 필요 없어요. 그렇죠, 에드 님?"

유리는 묘안이라도 떠올린 것처럼 활짝 웃었다.

베른은 그 말에 놀라움을 감출 수 없었다.

마치 어린아이 같다고 생각했다.

어린아이처럼 천진난만하고…… 잔혹한.

조금만 생각해 보면 국방 면에서도, 치안 면에서도 불가능한 일이다. 무엇보다도 그 때문에 직업을 잃은 사람들은 어쩌란 말인가?

……구휼 음식을 받으러 줄을 서야 하는 미래로 직행하게 될 것이다.

"아아, 유리는 똑똑하군. ……베른, 너는 너무 고지식해. 꼭 어느 신하처럼."

하지만 에드워드의 그 말에 결국 베른은 더 이상 아무 말도 할 수 없었다.

"……주제넘은 소리를 해서 죄송합니다."

차갑게 노려보는 에드워드의 눈빛에 베른은 입을 꾹 다물었다.

……아아, 또 아버님의 분노가 폭발하겠구나.

아니, 벌써 분노하고 계시려나. 그런 생각을 하면서.

† † †

“이제 그 아이들도 졸업이구나…….”
나는 문득 혼잣말을 중얼거렸다.
“……아이리스 님, 왜 그러시죠?”
그 말에 타냐가 반응했다.
“그냥…… 베른도 이제 곧 졸업이구나 싶어서.”
내가 그 학원을 떠난 지 꽤 많은 시간이 흘렀다.
워낙 노도 같은 나날을 보내다 보니 실감은 잘 나지 않지만.
그들도 이제 학원을 졸업하는구나, 하고 생각하면 감개무량했다.
여기서 잠시 이 게임을 설명하자면, 입학한 후 1년 만에 주인공 유리가 공략 대상자 중 누군가를 공략하면 해피엔딩.
에드 님 루트를 선택할 경우, 나를 규탄해 학원에서 쫓아내고, 그 후 오래오래 행복하게 살았습니다……. 뭐, 그런 느낌이었다.
물론 아무도 공략하지 않으면 노말 엔딩. 지금 이 현실에 일어나고 있는 할렘엔딩은 원래 게임에는 존재하지 않는 시나리오였다.
……아마도.
나는 공략본이나 사이트를 보지 않고 내 힘으로 플레이하는 타입이었던 데다, 제2 왕자밖에 공략하지 않았기 때문에 자세한 건 잘 모르겠지만.
뭐…… 알아 봤자 기억을 되찾은 건 게임의 엔딩을 맞이할 시점이었으니 어차피 아무 도움도 되지 않았을 것이다.
참고로 새삼스럽지만 나와 베른은 연년생이다.
게다가 나와 같은 학년……. 즉 에드 님도 베른과 같은 시기에 졸업하게 된다.
“아가씨, 학원이 그리우세요?”

"그립다면 그립지만……. 뭐, 그뿐이야. 쫓겨난 후로 너무 바쁜 나날을 보내다 보니까 떠올린 적도 별로 없고."

"그렇군요……."

"그들이 졸업하는 게 과연 길일까, 흉일까……? 베른을 그들과 떼어 놓을 수 있다는 점에서는 뭐, 우리에겐 잘된 일이지만."

"아가씨께서 굳이 그자를 걱정할 필요는 없습니다."

타냐, 베른은 일단 우리 가문 후계자거든……. 이젠 아예 막 부르는구나.

"하지만 국가가 존속하는 이상 영지에는 중앙과의 파이프가 필요해. 아무 일도 없다면 아버님이 재상직에서 물러나는 건 아직 먼 훗날 얘기지만……. 장래를 생각하면 베른이 재상직을 물려받을 준비만큼은 꼭 해 줬으면 좋겠어."

"……아가씨, 그 말씀은…… 혹시 이 나라가 멸망하는 것도 염두에 두고 계신가요?"

"앞일은 모르는 거니까. 제2 왕자가 졸업하면 아마 본격적으로 내란이 시작될 거야……."

과연 게임 속 해피엔딩처럼 '그들은 오래오래 행복하게 살았습니다'로 끝날까……?

만약 정말로 제1 왕자와 제2 왕자가 계승권 다툼을 벌이고 내란이 격화되면 나라는 상당히 피폐해질 것이다.

"그러고 보니 공작님께서 편지를 보내셨죠. 무슨 내용이던가요?"

"응? ……잘 모르겠지만 고맙다고 하시던데. 베른이 요즘 아버님을 찾아오고 있다면서. 난 딱히 아무것도 한 게 없으니까 감사하려면 기회를 마련해 주신 어머님께 하라고 말씀드렸어."

솔직히 베른이 어떻게 되건 정말 아무래도 상관없다.

굳이 말하자면 쓸 수 있으면 쓰고 싶은 장기짝…… 정도?
"하지만 아가씨, 외람된 말씀이지만…… 그런 것치고는 그 편지를 읽으실 때 얼굴이 무척 어두워 보이시던데……."
"응, 뭐……. 에드 님 얘기도 조금 적혀 있었거든."
정말 놀라웠다.
우선 첫 번째로 놀라운 것은 학원에서 에드 님 일행이 어떤 이야기를 나누는지, 베른이 아버님께 말씀드리게 됐다는 점이다.
하지만 그 이상으로 놀라웠던 것은 대화의 내용이었다.
놀랍게도 베른이…… 그 베른이 국고에 부담이 된다는 충고를! 그러나 그 충고를 들은 그녀는 '그럼 군을 없애면 되잖아요?' 라고 말했다고 한다.
할아버님도 아버님께 그 얘기를 들었는지 몹시 진노하셨다.
"군은 쓸데없는 예산 따윈 사용하지 않는다. 줄이려면 기사단을 줄이면 될 것 아니냐!" 라면서.
뭐, 일단 국내 정세는 아직 안정적이고 할아버님이 전공을 세웠던 이웃 나라 트와일과의 전쟁 이후로 다른 나라와의 분쟁도 없지만……. 트와일과는 정식으로 전쟁을 끝낸 것이 아니라 어디까지나 휴전 상태이기 때문에 안심할 수 없다.
그 이야기를 듣고 군이 조금 걱정됐는지 할아버님도 왕도로 돌아가셨다.
"……정말 지긋지긋하군요."
타냐의 작은 중얼거림에 문득 정신을 차렸다.
무표정하게 그런 말을 중얼거리는 모습이 진심으로 무서웠다.
"타냐, 난 딱히 에드 님을 떠올렸거나 에드 님이 그리워서 어두운 표정을 지은 게 아니야. 그냥 편지를 읽고 좀 놀란 것뿐이야."

"하지만 아가씨의 마음을 상하게 하다니 용서할 수 없습니다."
"걱정해 줘서 고마워, 타냐."
그 마음이 고마워서 솔직하게 말했다.
"……자, 그럼 다시 일을 시작해 볼까."
티타임을 마치고 서재로 돌아갔다.
할아버님이 돌아가셔서 그런가, 왠지 저택이 평소보다 넓게 느껴졌다.
……역시 할아버님의 존재감은 대단하시다.

"어머……. 라일, 디더. 무슨 일이야?"
복도를 걷다가 서재 앞에서 두 사람을 딱 마주쳤다.
"저는 보고를 드리러 왔습니다."
"난 할 일이 없어서 왔어."
"너란 녀석은…… 아가씨께 무슨 말버릇이냐!"
라일이 표표하게 대답하는 디더를 노려보며 말했다.
그건 그렇고 이 대화, 대체 몇 번째더라?
그런 생각을 하며 의자에 앉았다.
"괜찮아, 라일. 그보다 경비대 쪽은?"
"꽤 좋습니다. 가젤 님이 계시는 동안 매일 훈련을 봐주셨으니까요."
음——. 칭찬에 인색한 라일이 이렇게 말하는 걸 보면 정말 훌륭한가 보네.
"맞아, 맞아. 이젠 우리랑 검을 맞대도 어느 정도 버틸 수 있어."
"어머…… 정말 훌륭하군요."
타냐가 보기 드물게 아낌없이 칭찬했다.

음, 라일이나 디더와 검을 맞댈 수 있다니—— 정말 실력이 좋아졌나 보네.

전에 잠깐 훈련하는 걸 몰래 구경하러 갔을 때에는 라일과 디더를 상대로 검을 뽑지도 못했었는데.

……그런데 라일과 디더는 대체 얼마나 강한 거야?

왕도로 돌아가시기 얼마 전에 할아버님은 "그 두 녀석한테 졌다! 나도 나이를 먹었구나."라고 말씀하셨다.

하지만 그 이상으로 즐겁다고, 어린아이처럼 눈을 빛내면서 왕도로 돌아가실 때까지 그야말로 매일매일 라일, 디더와 모의전을 벌이셨다.

"아가씨…… 두 사람과 검을 맞댈 수 있다면 최소한 기사단이나 군에서도 실력자라고 불리는 수준이랍니다."

……할아버님, 고맙습니다. 나는 마음속으로 할아버님께 감사드렸다.

할아버님이 우리 경비대를 어쩌고 싶으신지 조금 의문이지만.

……뭐, 앞으로 나라에 무슨 일이 벌어질 경우는 물론 우리 영지를 지키기 위해서라도 그들이 힘을 기르는 건 매우 중요한 일이다.

† † †

별궁. 왕궁에서 떨어진 곳에 위치한 그 성은 왕궁처럼 화려하지는 않지만 매우 견고하게 만들어져 있으며 자세히 살펴보면 곳곳이 섬세하게 장식되어 있었다.

그 궁에 살고 있는 것은 정적을 사랑하는 태후…… 아이리아 폰 타스멜리아.

전 왕비이자 현왕의 어머니.
이 나라에서 가장 고귀한 여성이다.
"그러고 보니 알프레드, 요즘 루디와 자주 외출하는 것 같더구나."
그녀는 눈앞에 있는 손주 알프레드에게 말을 건넸다.
제1 왕자 알프레드.
그리고 그 옆에 있는 청년은 루디.
알프레드의 소꿉친구이자 보좌관이다.
"네, 할머님. 저도 바빠서요."
내 손주지만 이 아이는 정말 표정에서 감정을 읽기 힘들구나…….
그녀는 미소 짓는 알프레드를 바라보며 내심 한숨을 쉬었다.
인위적으로 만들어 낸 그 웃음은 지나치게 자연스러웠다.
오랫동안 권모술수가 만연한 사교계에서 살아온 자신도 함께 지내지 않았더라면 알지 못했을 것이다…….
"나도 알고 있단다. 엘리아와 에드가 저지르는 온갖 일을 재상과 함께 뒤처리하고 있다지?"
현재 타스멜리아 왕국에는 30년 전, 트와일과의 전쟁 때 진 부채가 남아 있다.
차근차근 갚아 나가고 있기 때문에 쓸데없는 짓만 하지 않으면 딱히 큰 문제는 없다.
그런데 엘리아와 에드워드는 멋지게 사고를 쳐 대고 있었다.
백성들에게 빈번하게 베푸는 구휼과 언제 입을지 알 수 없는 엘리아의 공식 행사용 드레스, 에드워드의 새로운 약혼녀의 드레스까지 사들이고 있다고 한다.
그녀가 에드워드와 리조트로 여행을 떠났을 때, "여긴 멋진 곳이

네요. 좀 더 많은 사람이 즐길 수 있었으면 좋겠어요."라는 그녀의 말을 과대 해석한 에드워드가 리조트를 통째로 개발하려고 덤벼들었던…… 농담으로 넘기기에도 끔찍한 사건도 있었다.

후자는 왕국의 재상 아르메리아 공작이 끝까지 반대해서 막았지만…… 그 때문에 화가 난 에드워드가 말도 안 되는 고집을 부리는 바람에 결국 유리의 드레스 제작은 막지 못했다고 한다.

……본래 유리의 의상을 왕가의 예산으로 만드는 것 자체가 이상한 일이다.

엘리아와 유리에게 달콤한 말만 듣고 점점 거만해지는 에드워드도 문제다.

나라의 예산은 왕실 예산과 국가 운영비로 나뉜다.

왕실 예산은 왕가의 살림과 개인적인 생활을 위한 자금.

국가 운영비는 말 그대로 국가를 운영하기 위해 사용되는 자금이다.

예를 들면 태후의 경우, 평소 입는 드레스는 왕가의 예산을 사용하지만 공식 행사에 참석할 때 입는 의상은 국가 운영상 필요한 자금으로 분류되어 국가 예산을 사용한다.

평소 시중을 드는 시녀는 그녀 개인의 자금…… 즉, 왕가의 예산에서 지불된다.

하지만 태후의 시중을 드는 여관(女官)의 급료는 국가 운영비에서 지급된다.

시녀와 여관의 차이는 매우 구분하기 어렵지만…… 아이리야라는 개인을 모시며 사생활을 시중드느냐, 관리로서 태후라는 국가 정상의 공무를 돕느냐.

단적으로 말하자면 그 차이이다.

시녀가 전자, 여관이 후자다.

이야기가 잠시 다른 곳으로 샜다만, 왕실 예산과 국가 운영비는 때와 장소에 따라 어느 쪽으로 분류되는지 나누는 기준이 있다.

하지만 어느 쪽이든…… 유리의 입장은 아직 약혼녀.

보통이라면 왕실 예산도, 국가 운영비도 사용해서는 안 된다.

"네. 금전적으로도 많은 문제가 있지만 성안에서도 온갖 사고를 치고 있으니까요. 주로 왕비의 친정인 후작가와 그 일파 탓에 훌륭한 인재들이 계속 한직으로 쫓겨나고 있습니다. 그 결과가 지금 이 상황입니다."

"이럴 때 힘이 되어야 할 왕은 샬리아가 세상을 떠난 후 점차 무기력해졌다가…… 요즘은 병석에 누운 신세. 정보 통제 덕분에 아직 외부에는 알려지지 않았지만…… 이윽고 그리 머지않은 시일 안에 밝혀지고 말게다."

"네. 그래서 후작가 측도 더더욱 기승을 부리는 거겠지요."

"……알프레드."

온화하게 미소 짓는 알프레드를 바라보며 그녀는 충고의 의미를 담아 나무라듯 이름을 불렀다.

"네. 알고 있습니다. 전 아직 죽을 생각은 없으니까요. 당분간 사람들의 앞에 모습을 드러낼 수 없지요."

"알고 있다면 됐다."

"모든 것을 끝낼 준비가 갖춰질 때까지는 이대로 조용히 숨죽이고 있겠습니다."

"도움이 될 인재를 모아서 고름을 짜낼 준비가 끝날 때까지 참겠다는 뜻이로구나."

"……할머님께는 아무것도 숨길 수 없군요."

비록 그가 긍정은 하지 않았지만 그녀는 그 대답에 만족했다.
알프레드라면 해낼 거라는 믿음이 있기 때문이었다.
"참, 그런데…… 요즘 루디와 함께 외출이 잦다면서. 레티시아가 쓸쓸해하더구나. 그 얘기는 해 주지 않을 거니?"
레티시아는 알프레드의 동복누이.
제2 왕자인 에드워드보다 나이는 어리지만 태후는 총명한 그녀를 알프레드만큼이나 총애했다.
"……그건 언젠가 말씀드리겠습니다."
알프레드는 또다시 감정을 읽을 수 없는 미소를 지었다.
……더 이상 얘기할 생각은 없다는 듯이다.
그 후로 몇 마디 얘기를 나눈 후 알프레드는 루디와 함께 방에서 나갔다.

"후후……."
방에 혼자 남겨진 그녀는 조금 전까지 나눴던 알프레드와의 대화를 떠올렸다.
그만 기뻐서 웃음이 흘러나왔다.
알프레드는 나중에 말씀드리겠다고 했지만…… 사실 그들이 어딜 드나들고 있는지는 대충 알고 있었다.
여기저기 돌아다니고 있지만…… 가장 빈번하게 드나드는 것은 아르메리아 공작령.
그 소식을 들은 그녀는 혹시나 자신의 꿈이 이루어질지도 모른다며 몹시 기뻐했다.
그녀의 꿈은 공작 영애와 왕족을 혼인시키는 것.
……왜냐하면 그녀는 아이리스의 어머니 메를리스를 무척 좋아

하기 때문이었다.

인형처럼 귀여운 얼굴의 그녀를 처음 본 순간부터 어떻게든 며느리로 삼고 싶었을 만큼.

하지만 당시 메를리스는 이미 공작가의 적장자 루이와 약혼한 몸이었다. 게다가 메를리스가 어릴 적부터 루이를 너무나도 좋아했기 때문에 눈물을 삼키며 포기할 수밖에 없었다.

억지로 강요하다가 메를리스에게 미움받기는 싫었으니까.

하지만 그렇다고 완전히 포기한 건 아니었다.

이윽고 메를리스와 공작 사이에 대망의 딸이 태어났다. 아르메리아 공작인 루이에게 그 소식을 전해 들은 그녀는 곧 그 아이에게 아이리스라는 이름을 지어 줬다.

아이리아 폰 타스멜리아의 '아이' 와 메를리스의 '리스' 를 딴 이름이었다.

아직 얼굴도 못 봤는데 너무 성급한 기대 아닐까……? 잠시 그런 생각도 들었지만 메를리스가 데려온 어린 아이리스를 본 순간 그녀는 또다시 반해 버렸다.

메를리스와 꼭 닮은 얼굴.

눈동자 색은 루이를 닮아서 짙은 푸른색이었지만 그것도 나름대로 분위기가 있어서 좋았다.

반드시 내 손주 며느리로 삼고 말리라……. 될 수 있으면 엘리아의 아들 에드워드보다 알프레드와 맺어지는 게 정치적으로도 좋겠지……. 그러나 그녀의 바람과는 달리 알프레드의 생모 샬리아가 세상을 떠난 후 알프레드와 레티시아에게는 그야말로 온갖 풍파가 몰아쳤고, 그러는 동안 아이리스는 에드워드와 약혼하고 말았다.

실은 예전에 아이리스에게 한 번 '왕가로 시집오지 않을래?' 라고 넌지시 떠본 적이 있었다. 상대가 누군지 굳이 말하지 않았던 것은 엘리아를 싫어하는 메를리스라면 절대 에드워드와 결혼시키지 않을 거라고 생각했기 때문이었지만…… 정작 제일 중요한 아이리스가 에드워드에게 반할 줄이야.

아이리스를 몹시 아끼는 두 사람은 본인이 원한다면 어쩔 수 없다는 생각에 결국 승낙하고 말았다.

어쨌든 손주 며느리가 되는 건 변함없으니까 괜찮겠지……. 마지못해 간신히 받아들였을 때, 놀랍게도 두 사람은 파혼했다.

그 얘기를 들었을 때에는 또다시 기대가 어긋났다고 낙담했지만…… 그녀는 곧 생각을 바꿨다. 잘 생각해 보면 이건 기회일지도 모른다.

이번에야말로 반드시 알프레드와 아이리스를 결혼시켜서 그 사랑스러운 아이를 손주 며느리로 삼겠노라.

두 번 일어난 일은 세 번 일어날 수도 있다는 말도 있지만…… 절대 그렇게 만들지 않겠다.

무슨 일이 있어도 두 사람을 결혼시켜서 그 아이를 손주 며느리로 삼겠다. 그녀는 그렇게 결의했다.

그래서 스스로 움직였다. ……먼저 '사교계에서 추방당한' 아이리스를 사교계로 돌아오게 하는 것부터 시작이다.

만약 기대대로 두 사람이 가까워진다 해도 사교계에서 추방당한 채로 일을 진행시켜 봤자 나중에 아이리스만 곤란해질 것이다.

아이리스는 학원에서 추방당한 때부터 사교계에 발걸음을 일절 끊었다.

……사교계에 나서 봤자 어차피 파혼당한 여자라고 웃음거리만 되었을 것이다.

하지만 지금 그녀는 영지를 훌륭하게 경영하고 있을뿐더러 인기 상회의 총수……. 오히려 그런 그녀를 놓친 에드워드의 어리석음이 한층 두드러질 것이다.

남은 건 그 아이가 사교계에 얼굴을 내밀 계기를 만드는 것뿐.

……자, 나도 움직여 볼까? 그렇게 생각하며 태후는 무거운 몸을 일으켰다.

† † †

"……오래오래 행복하게 살았습니다. 오늘 이야기는 이걸로 끝."

펼쳐 놓았던 책을 덮고 모두에게 선언하자 아이들이 불만스러운 표정을 지었다.

"이잉—— 더 읽어 줘, 더 읽어 줘!"

"다음은 이 그림책을 읽어 줘."

아아, 마음이 치유된다.

아마 지금 나는 차마 눈뜨고 못 봐줄 만큼 흐물흐물 풀어진 얼굴을 하고 있을 것이다.

머릿속 한구석으로 그런 생각을 하며 아이들이 조르는 대로 좀 더 읽어 주고 싶은 충동을 꾸욱 억눌렀다.

"미안. 오늘은 이만 돌아가야 돼. 다음에 꼭 또 놀러 올 테니까 오늘은 봐주렴."

"히잉……."

"언제 올 거야?"

아이들의 쓸쓸한 목소리에 그럴 수만 있으면 계속 여기 있고 싶다고 말하고 싶었지만, 차마 그럴 수도 없고…….

"언제인지는 모르겠지만 꼭 올게. 응? 약속."

"알았어——."

"……다음에 또 그림책 읽어 줘."

"그럼, 물론이지."

아이들과 작별 인사를 하고, 미나 선생님에게 인사한 후 고아원을 빠져나왔다.

……아아, 돌아가기 싫다. 나중에 은퇴하면 고아원에서 일할까?

결혼은…… 왕가에 파혼을 당한 내게는 바랄 수도 없는 일이고, 그런 일을 겪고 나서 결혼에 대한 꿈은 내 마음속에서 무너져 버렸다.

언젠가 나도 상회와 영지 정무에서 물러설 때가 온다.

그때가 오면 이렇게 아이들에게 둘러싸여 조용히 지내고 싶다……. 그것이 내 꿈이다.

정말로 마음이 치유된다.

……본격적으로 아이를 키워 본 적은 없으니까 분명히 힘든 일도 많겠지만…… 그래도 지금처럼 때때로 마음이 얼어붙지는 않을 것이다.

이해관계, 줄다리기……. 상회는 물론 특히 영지 운영에는 늘 그런 것들이 따라다닌다.

국가나 다른 영지와의 거래에는 특히 신경을 써야 한다.

나는 성인군자도 아니고 다른 것에 눈을 돌리느라 소중한 걸 지키지 못하기는 싫다. 때로 뭔가를 잘라 버려야 할 때는 마음을 독하게 먹고 잘라 버려야 하고, 이용할 수 있는 건 뭐든지 이용해야 한다.

나는 우리 영지와 이곳에 살고 있는 모든 백성, 그리고 나의 소중한 어머님, 아버님, 할아버님, 할머님, 그리고 나와 함께 일하는 동료들을 지키지 않으면 안 되니까.

하지만 나도 지치지 않는 것은 아니다.

몸보다는 마음이 지친다. 어느 책에서 읽었더라……. 왕이란 늘 고독한 존재라고.

나는 왕이 아니지만 나의 최종 결정으로 수많은 사람의 미래가 바뀐다면…… 어떤 형태이든 그것은 나의 책임이다.

그렇게 생각하면 역시 새삼 무겁게 느껴진다.

스스로 받아들이기로 결심했고, 해야 할 일은 해낼 것이다……. 하지만 나도 언젠가 나이를 먹고 더 이상 이 일을 계속할 수 없을 때가 오겠지. 그때는 적당한 사람이 내 뒤를 이어 줄 것이다.

그때가 오면 이렇게 아이들에게 둘러싸여 평온하게 살면서…… 어라, 너무 성급한가?

뭐, 그런 평화로운 미래를 손에 넣기 위해서라도 지금은 열심히 일해야지.

† † †

할아버님이 아르메리아 공작령을 떠난 지 반년이 지났다.

베른과 제2 왕자는 무사히 학원을 졸업했고, 베른은 현재 아버님의 밑에서 집무를 배우는 중이다.

다른 추종자들도 각각 부모님의 밑에서 수업 중.

에드 님도 성안에서 집무를 배우는 중이라고 한다.

아직 유리 영애와 정식으로 결혼식을 올리지는 않았다.

언제 결혼할지 아직 발표도 하지 않았지만 아마 가까운 시일 안에 결혼하게 될 것이다.

집으로 돌아가자마자 곧 서재로 향했다.

먼저 상회의 내용을 한차례 훑어보고, 다음은 영지 쪽 업무를 살펴보았다.

"아가씨, 돌아오셨군요."

그때 딘이 서재로 들어왔다.

한 번 쓰러진 후로는 일에 여유가 생겨도 나와 딘 둘이 함께 외출하는 건 그만뒀다.

둘 중 한 사람만 있으면 무슨 일이 생겨도 대응할 수 있으니 휴일도 각자 다른 날로 잡았다.

……사실 그건 표면적인 이유일 뿐, 그날 이후 나는 딘과 조금 거리를 두고 있다.

"다녀왔어, 딘. 어서 보고를 부탁해."

"네. ……역시 관세 완화를 시행하면서 수입과 수출이 증가했습니다. 각 상회도 이익이 상승했다고 합니다."

그 후 관세를 완화하고, 인두세에서 소득세로 세금 제도를 전환했다.

도입기에는 조금 혼란스러웠지만 조금씩 나아지고 있는 중이다.

여기서 아르메리아 공작령에 대해 다시 한번 설명하자면, 아르메리아 공작령은 왕도 남동쪽에 위치한 세로로 긴 영지다.

기후는 사철 봄 날씨. 일부 남쪽 지방은 아열대, 동쪽은 바다와 맞닿아 있으며 항구도 몇 군데 소유하고 있다.

아르메리아 공작령은 축복받은 지리 조건을 갖추고 있다.

기후도 온화하고, 항구 마을도 있고. 바다를 사이에 두고 다른 나라와 이웃하고 있는 것은 전쟁이 일어났을 때를 생각하면 리스크에 해당하지만 지금은 이익 쪽이 크다.

게다가 만약 영지가 왕도 북서쪽에 위치했더라면 트와일 전쟁으로 유명한 트와일 국과 국경을 맞대야 하기 때문에 그에 비하면 훨씬 낫다.

현재 관세 완화로 인해 다른 나라와의 무역도 더욱 증가했다.

예전에는 물품을 수입할 때와 수출할 때 양쪽 모두 관세를 지불해야 했으며, 다른 나라나 다른 영지로 이동할 때는 물론 같은 영지 안에서도 마을과 마을을 이동할 때는 관세를 내야 했다.

그런데 이번에 수출 시 관세를 철폐하고, 수입할 때에만 세율 인하를 시행.

앞으로도 세율은 상품 품목에 따라 그때그때 정세에 맞춰서 조절할 생각이다.

관세 완화를 시행한 후로 수출입 양이 다른 영지, 다른 나라와 함께 증가하고 있다.

취급하는 상품이 늘면서 상회의 수익도 증가하여 다음 달 상회 소득세 ――개인 세금과는 별도로 상회세라는 이름을 붙였다―― 도 매우 기대 중이다.

일단 아즈타 상회의 상품도 국외에서 판매를 개시했으며 조금씩 상품 수를 늘려 가고 있다.

또한 유통량이 증가하면서 재미있는 것을 발견했다.

그건 바로 비단이다.

원래 세계에는 분명 로마 시대쯤 유럽에 비단이 들어와서 상류 계급의 사랑을 받았지만…… 어째서인지 이 세계의 이 나라에는 아직 비단이 없다.

주로 사용하는 천은 마와 모직물, 그리고 면.

면이 먼저 유통되다니, 재미있다고 생각하면서도 그럼 비단은 원래 없는 걸까 아쉬워했지만…… 무역량이 증가하면서 최근에 드디어 비단을 발견했다.

언젠가는 누에 양식부터 시작해서 아르메리아 영지를 비단 산지로 만들고 싶지만…… 비단이 어디에서 나오는지는 알아도 그걸 만드는 방법은 전혀 모르기 때문에 그러려면 아주 오랜 시간이 필요할 것이다.

언젠가 세수가 안정되면 영지의 보호 아래 두고 시행착오를 거듭하며 연구해 볼까?

"실례합니다, 아가씨."

노크 소리와 함께 세바스가 들어왔다.

"무슨 일이지?"

"아가씨, 편지가 도착했습니다."

세바스가 건넨 편지를 본 순간, 나는 저도 모르게 눈을 크게 떴다.

봉투에 찍혀 있는 것은 다름 아닌 왕실의 문장.

나는 편지를 받아 든 후 재빨리 읽기 시작했다.

"……왜 나한테 이런 게 온 거지……?"

그것은 초대장이었다.

건국제날 왕궁에서 열리는 파티에 초대하는 초대장.

공식 행사이기 때문에 데뷔한 귀족이라면 보통 누구나 참석한다.

그렇다, 보통이라면.

하지만 나는 추방당한 몸이기 때문에 학원에서 쫓겨난 후 단 한 번도 초대장이 날아오지 않았다.

그게 당연한 일이었고, 오히려 이제 와서 내게 이런 초대장을 보낸 게 더 이상하다.

"……하지만 아가씨, 이번 파티는 왕족의 초대여서 선불리 거절할 수 없습니다."

그렇게 말한 세바스도 어딘가 수상하다는 얼굴로 초대장을 보고 있었다.

"그렇군. ……그럼 각오를 해 볼까."

"영지는 걱정 마십시오. 마침 딘도 있고, 무슨 일이 생기면 곧 파발을 보내겠습니다."

"응. 세바스, 잘 부탁해."

그로부터 며칠 후, 오랜만에 영지를 떠나 왕도의 저택으로 향했다.

약 3년 만의 왕도. 너무 오랜만이라 왠지 감회가 새로웠다.

"어서 오십시오, 아가씨."

고용인이 모두 나와서 나를 맞이해 줬다.

제일 앞에 서 있는 것은 이 저택의 시녀장 에를르.

"오랜만이야, 에를르."

"네. 아가씨를 다시 뵙게 되다니 이보다 기쁜 일은 없을 겁니다."

"과장은."

그렇게 고용인들이 늘어선 곳을 지나 살롱으로 향했다.

"……오랜만이구나."

"어서 오렴, 아이리스."

살롱에는 부모님과 동생이 서 있었다.

"오랜만에 뵙습니다. 아버님, 어머님, 베른."

"건강해 보여서 다행이구나. 편히 지내거라."

평소에는 엄격한 아버님이 부드러운 표정을 지으며 말했다.

그것만으로도 조금 기뻤다.

"네. 그럴게요."

"참, 또 신상품이 있다면서? 세이한테 들었어. 기대하고 있단다."

"아직 상품화는 못 해요. 하지만 이번 파티에서 시험작을 선보일 생각이니까 기대해 주세요."

"어머나. 나중에 나한테 몰래 보여 주면 안 되겠니?"

"내일을 기대하세요."

그렇게 말하자 어머님은 조금 아쉬운 표정을 지으면서도 이해해 주셨다.

"누님…… 정말 내일 파티에 참석하실 겁니까?"

어머님과의 대화가 일단락되자 다음에는 베른이 말을 건넸다.

눈썹을 축 늘어뜨린 채 마치 걱정하는 듯한 표정을 짓고 있었다.

"할 수 없잖아. 왕족의 초대인걸."

"하지만 에드 님과 유리 님도 참석하실 겁니다."

베른의 말에 너무 놀라서 그만 잠시 침묵하고 말았다.

"……놀랍구나."

내 말이 의외였던 걸까. 베른은 의아한 표정을 지었다.

"뭐가 말입니까?"

"네가 나를 걱정하다니."

그리고 다음으로 흘러나온 내 감상에 베른의 표정은 조금 어두워졌다.

"그건…… 물론 제가 이제 와서 누님을 걱정하는 건 우스울지도 모르지만……."

"아니야, 고마워."

그 후로 나는 방에서 느긋하게 시간을 보냈다.

마지막으로 이 방에 머물렀을 때에는 아버님과 교섭 전이라 무척 긴장하고 있었다. 그리고 아버님을 만난 후에는 여러 가지 준비로 바빴기 때문에 이 방에 대한 기억은 별로 없는 편이다.

그래서 더욱 그립게 느껴졌다.

잠시 쉬고 있을 때, 에를르가 방 안으로 들어왔다.

"아가씨, 주인님께서 부르십니다."

"어머, 아버님이……? 곧 갈게."

방으로 들어가자 아버님은 서류에 둘러싸여 의자에 앉아 있었다.

……왠지 내 모습과 겹쳐 보이네.

"……왔느냐?"

"네. 실례합니다."

"보아하니 영지에서는 잘 해내고 있는 것 같구나."

"네, 그럭저럭."

"겸손하구나. ……뭐, 그건 됐다. 그보다 이번 일은 정말 미안하구나."

"이번 일이라면 파티 말인가요?"

"그래. 나도, 메리도 슬쩍 떠봤다만…… 왕가와 공식 행사를 관리하는 부서에서는 왕족의 초대라는 대답만 되풀이하더구나."

"저 같은 걸 참석하게 해서 뭘 어쩌려는 걸까요? 아무 메리트도 없을 텐데."

"오히려 너에게는 괴로운 자리일 게다. 귀족들은 한 번 사교계에서 추방당한 자에게는 가혹한 법이지."

"그건 각오하고 있어요. 도망칠 수 없는 이상 어쩔 수 없죠."

"그나마 다행인 건 당일 폐하께서 불참하셔서 분위기가 혼란스러울지도 모른다는 것이다."

“폐하께서 건국 기념 파티에 참석하지 않으신다고요? 무슨 일이 있나요?”

그런 국가적인 파티에 왕이 참석하지 않는 것은 어지간한 이유가 없는 한 있을 수 없는 일이다.

“……폐하께서는 반년 전에 쓰러지셨다.”

“설마…….”

너무나도 심각한 내용에 나는 무의식적으로 한숨을 쉬었다.

이런 타이밍에 하필이면 왕이 쓰러지다니.

아무리 생각해도 나라의 혼란은 앞으로 격화될 것이 분명하다.

“쓰러진 시점에서는 딱히 중병이라고 부를 정도는 아니었다. 하지만 지금은 옆에서 보기에도 점점 악화되고 있다는 걸 금방 알아차릴 정도지. 분명 내일 파티가 방아쇠가 되어 나라 전체에 소문이 퍼질 게다.”

그렇겠지.

왕이 없으면 누구나 수상하게 생각할 것이다.

그리고 그 소문은 눈 깜짝할 사이에 퍼지리라.

“그렇다면 일개 공작 영애보다 그쪽이 훨씬 화제가 되겠군요. 내일만 넘기면 저의 존재는 모두의 기억 저편으로 날아가겠죠. 그럼 전 곧장 영지로 돌아가서 원래대로 지내겠어요.”

“음, 그래…….”

“아버님, 파티가 끝난 후에는 지금까지보다 더욱 격무에 시달리시게 될 거예요. 부디 건강을 조심하세요.”

“너도 마찬가지다. 다 들었단다. 한 번 쓰러졌다면서?”

“하루뿐이에요. 그 후로 어깨의 힘을 빼는 법도 배웠어요.”

“그렇구나. 일할 때는 몸이 자본이지. ……너도 너무 무리하지 말

거라."

"네, 감사합니다."

……다음 날은 날씨가 무척 맑아서 평소 일과인 요가를 정원에서 시도해 보았다.

타냐는 마로 만든 상의와 바지 차림에 잔소리를 하는 것은 포기한 모양이었지만, 설마 그 꼴로 밖에서 운동을 할 줄은 몰랐는지 나를 발견하고 몹시 당황했다.

……미안해, 타냐.

하지만 왕도치고는 너무 따뜻하고 날씨가 좋은걸. 그래서 나도 모르게 그만…….

타냐와 함께 나를 발견한 어머님은 요가에 흥미를 보이셔서 내일 아침에 가르쳐 드리기로 약속했다.

오늘은 파티에 참석해야 하니까 슬슬 준비를 시작해야지.

샤워하고 단장을 시작했다. 타냐의 도움을 받아 드레스를 입고, 화장하고, 머리도 매만졌다.

참고로 이번 시험작은…… 이 드레스.

이번에 발견한 비단으로 만든 드레스다. 역시 비단……. 정말 근사한 광택이네.

"아아……. 멋져요, 아가씨……."

타냐도 드레스를 보며 황홀하게 중얼거렸다.

……자, 준비는 모두 끝났다. 기합도 충분하다. 그럼 전장으로 가 볼까?

후기

처음 뵙겠습니다. 레이아입니다.
이 책을 읽어 주셔서 정말 감사합니다.
이 책은 인터넷 소설 사이트에 투고했던 글을 가필·수정한 작품입니다.
테마는 일하는 여성입니다. 열심히 일하는 여성은 정말 멋져요. 그 속에 제가 좋아하는 상황과 설정을 이것저것 집어넣어 보았습니다.

그건 그렇고 인터넷 소설하니까 말인데요. 저는 소설을 무척 좋아합니다.
프로필에도 적혀 있지만 어릴 때는 완전히 먹고 자는 걸 잊어버릴 정도였답니다.
여름방학이 끝나고 학교에 가서 "얼굴이 하얀 정도가 아니라 창백한데 괜찮아?"라는 말을 들은 적도 많습니다.
생활 리듬이 무너져서 등교 첫날은 항상 졸음이랑 햇빛과의 싸움을 되풀이하곤 했죠.
지금도 당시에 사 모은 책들이 제 방을 압박하고 있습니다.
얼마 전, '밤도 깊었으니 슬슬 자 볼까.'라며 비몽사몽 침대에 누워 있을 때, 집 앞 큰길로 트럭이 지나갔는지 조금 진동이 느껴졌습니다.

그때, '뭔가 큰 소리가 들렸다.' 라고 생각했지만 기분 탓이려니 하고 자 버렸습니다.

다음 날 아침에 눈을 뜨니 책장 옆에 있던, 미처 꽂지 못하고 쌓아 뒀던 책들이 무너져 버린 거예요. 너무나 비참한 광경이었습니다.

하지만 아침인 바쁜 시간이기에 일단 그 광경은 못 본 걸로 치고 방에서 나와 준비하려고 생각한 순간 깨달은 한 가지 사실.

그건 바로 방에서 나가고 싶어도 무너진 책 때문에 문이 열리지 않는다는 것이었습니다.

'보면 모르냐?' 라고 생각하시겠지만 그렇게 높지 않은 책 더미였기 때문에 뛰어넘으면 나갈 수 있을 거라고 생각했거든요. 실제로 뛰어넘어서 문에 손이 닿은 순간에 생각났습니다.

이 문은 당겨서 열어야 한다는 걸.

결국 눈물을 흘리며 아침부터 열심히 책을 옮겼습니다.

이번에는 트럭이 원인이라 다행이지만 지진이 일어날 때 제 방에 있으면 피난을 갈 수도 없을 거예요. 빨리 어떻게든 해야지…… 라고 생각하면서도 여전히 책을 수집하고 있습니다.

그런 제가 인터넷 소설을 만난 것은 지금으로부터 10년 전. 당시 크게 유행했던 콘텐츠를 접하고 저도 푹 빠지고 말았습니다. 휴대 전화 배터리 소비량이 장난이 아니라서 언제 전원이 꺼질지 늘 조마조마했습니다.

아직 완결되지 않았기 때문에 '이다음은 어떻게 될까……?' 라고 그 소설의 등장인물을 머릿속으로 떠올리며 상상하는 걸 즐겼습니다.

그게 발전해서 '나는 이런 소설을 읽고 싶어…….' 라고 생각하기 시작했고, 실제로 써 본 것이 이 소설을 투고한 계기랍니다.
설마 이렇게 출판 제안을 받고 책으로 만들어지는 날이 올 줄은…… 지금도 마치 꿈만 같습니다.

친구 M 양, 고민하던 내 등을 밀어줘서 고마워. 응원해 준 가족, 친구들. 정말 고맙습니다.
무엇보다도 인터넷 소설을 읽고 응원해 주신 여러분 덕분에 이렇게 책으로 만들어질 수 있었습니다. 이 자리를 통해 깊이 감사드립니다.
또 담당 K 님, 제안을 해 주시고, 그 후에도 세심하게 지원해 주셔서 정말 고맙습니다.
후타바 하즈키 님, 멋진 일러스트 고맙습니다. 너무 멋진 일러스트에 엄청 흥분했습니다. 그려 주신 일러스트는 액자에 넣어서 히죽히죽 웃으며 보고 있습니다.

그리고 무엇보다도 이 책을 읽어 주신 여러분께 진심으로 감사드립니다.
정말 고맙습니다.

레이아

공작 영애의 소양 1

2023년 09월 21일 제1판 인쇄
2023년 10월 31일 제1판 발행

지음 레이아
일러스트 후타바 하즈키
옮김 김진수

발행 영상출판미디어(주)
등록번호 제 2002-000003호
주소 07551 서울특별시 강서구 양천로 570(등촌동, NH서울타워) 19층
전화 02-337-0610

ISBN 979-11-380-3144-8
ISBN 979-11-380-3143-1(세트)

KOUSYAKU REIJOU NO TASHINAMI Vol.1